이상문학상 작품집

1984년도 이상문학상 작품집
제8회 대상 수상작 이균영 〈어두운 기억의 저편〉 외 3편

ⓒ 문학사상사, 1984

1984년도 제8회 이상문학상 작품집

어두운 기억의 저편 외

문학사상사

제8회 이상문학상 대상 수상작 선정 이유서

오늘날의 문학은 역사 · 사회의 외면적 세계와 개인의식의 내부 세계가 서로 괴리되어 양극화의 현상을 나타내고 있다. 그러므로 작가들은 단순한 절충주의가 아니라 '집단과 개인', '소유와 존재', '역사적 사건과 개체의 운명'과 같은 이항대립적 세계를 뛰어넘어, 진정한 삶의 연속체에서 그 공감대를 넓혀 보려는 노력을 시도해 왔다.

우리는 특히 그중에서도 이균영의 〈어두운 기억의 저편〉에서 그같은 모색과 그 결실을 인정하게 되었다. 평범한 한 소시민의 의식을 추구해 가는 과정에서 뜻밖에도 우리는 이산가족의 역사적 비극 같은 역사성과 만나게 된다. 그러나 그 역사성이나 집단의식 같은 것이 생경한 관념이나 목적성에 흐르지 않고 자연스러운 일상의 개인적 삶을 통해 굴절되어 있기 때문에, 작품을 읽는 이로 하여금 뜨거운 감동을 불러일으키게 한다. 뿐만 아니라 이 작품은 작품의 구성력과 참신한 문체, 그리고 이야기의 긴장감 등 형식적인 면에 있어서도 뛰어난 솜씨를 보여 주고 있다.

본 심사위원들은 이상문학상 본상이 단순한 공로상이 아니라 항상 새로운 상상력과 창조력을 보여 주고 있는 작품에 주어진다는 또하나의 실증으로서 이번 제8회 이상문학상을 〈어두운 기억의 저편〉에 수여하게 된 것을 여기에 알린다.

1984년 10월

이상문학상 심사위원회

백철 · 김동리 · 최정희 · 김윤식 · 이어령

차 례

어두운 기억의 저편

이균영

1951년 전남 광양 출생.
한양대 사학과 졸업.
1977년 《동아일보》 신춘문예에 〈바람과 도시〉 당선 등단.
소설집 《바람과 도시》《멀리 있는 빛》《나뭇잎들은 그리운 불빛을 만든다》,
장편소설 《노자와 장자의 나라》《떠도는 것들의 영혼》 등.

어두운 기억의 저편

1

눈을 뜨자 그는 벌떡 자리에서 일어났다. 아무것도 보이지 않았다. 그는 벽을 더듬거려 겨우 문 옆에 붙은 스위치를 찾아냈다.

희미한 백열등이 켜졌다. 그곳은 장식이 없는 작고 낯선 방이었다.

지독한 두통과 함께 응급 환자와 같은 목마름이 그를 덮쳤다. 잠자리의 머리맡엔 주전자가 있었다. 컵이 있었으나 그는 허겁지겁 꼭지에다 입을 붙이고 두통과 목마름을 다스렸다. 머리는 여전히 지끈거렸다. 여느 때와는 모든 것이 달랐다.

대개 그는 잠자리에서 깨어나면 눈을 감은 채 그대로 있었다. 오래 길들어진 그의 버릇 중의 하나였다. 그는 지난밤 잠자리에서 하던 생각의 끝을 이어 내거나 어렴풋이 남아 있는 꿈을 되새기며 정해진 일조 시간日照時間을 아끼는 꽃처럼 눈뜨기를 망설였었다. 그는 될 수 있는 한 오늘은 무엇을 해야 할 것인가, 누구를 만나고 누구에게 잊지 말고 전화를 해야 할 것인가 하는 따위의 일상을 생각하지 않았고 그저 될 수 있는 대로 아무런 생각도 없이 누워 있곤 했었다. 깨어서 아무런 생각 없이 눈을 감고 있는 동안의 어둠이란 완전한 평화라고 그는 생각하기로 했었다. 그래서 그는 아침 일이 바쁜 시각에도 깬 정신으로 눈을 감고 어김없이 이 어둠을 즐기는 것이었고, 그 때문에 가끔 출근 시간을 맞추지 못하기도 하고 약속을 어기게 되는 경우가 있었지만 이 버릇을 고쳐야겠다고 다짐을 둔 적이 없었다. 이 어둠의 평화가 권태롭게 느껴지기 시작하고 혹시 오늘은 늦잠을 잔 것이 아닐까 하는 불안감이 그 평화를 침범할 때쯤 그는 기지개를 켜듯이 위로 손을 뻗어 라디오를 틀고 드디어 몸을 일으켰던 것이다. 그리고 이 버릇이란 그의 단조로운 생활 때문에 근래 몇 달 동안 거의 변함이 없었던 일이었다.

그러나 여느 때와는 모든 것이 달랐다.

당장은 아무런 기억도 해낼 수가 없었다. 심한 두통이 정신을 사납게 했고 속은 쓰리고 메스꺼웠다.

멍하게 천장을 쳐다보며 서 있던 그는 해야 할 일을 갑자기 생각해 낸 사람처럼 허둥지둥 벽으로 다가가서 벽에 걸린 양복의 호주머니를 뒤졌다. 지갑을 꺼내고 그 안을 들여다보았다.

오만 원권 자기앞수표가 여섯 장, 만 원권 지폐가 네 장, 오천 원권 지폐가 한 장, 한 달 치 봉급은 고스란히 있었다. 돈 외엔 예닐곱 장의 명함, 진찰권, 병역 수첩, 주민등록증.

지갑은 그대로였다. 적조했던 옛 친구를 만난 것처럼 그는 주민등록증에 붙은 그의 사진을 오랫동안 들여다보았다.

바짓가랑이에는 흙이 진창이 되어 있었고 엉덩이와 저고리 깃에는 토한 흔적이 남아 있었다. 그제서야 그는 바지저고리가 옷걸이에 단정하게 꿰어져 벽에 걸려 있다는 사실을 이상하게 느끼기 시작했다. 그는 무엇인가 기억해 내려고 애를 썼다. 그러나 아무런 기억도 만날 수 없었다. 머리맡엔 시계가 벗겨져 있는데 들여다보니 죽지 않고 돌아가고 있었다.

다섯 시 삼십오 분.

더 자세히 살피니 베개가 두 개였다. 두 개의 베개를 내려다보며 그는 다시 무엇인가 기억해 내려고 애를 썼다. 두통은 계속되었다.

"아, 아."

그는 갑자기 메마른 입술 사이로 탄성과도 같은 신음 소리를 터뜨렸다. 그는 천장을 올려다보았으나 초점이 흐려진 그의 시선이란 천장을 붙들지 못했다. 그것은 기억의 실마리를 붙들어 내려는 시선이라고 하는 편이 옳았다.

시선을 거두고 방 안을 두리번거리다 그는 자고 나온 이불을 들췄다. 볕이 닿지 않은 곳에서 생기는 퀴퀴한 곰팡이 냄새가 코를 찔렀다. 이불 속에는 아무것도 없었다. 곰팡이 냄새에 얼굴을 찌푸리며 그는 처음으로 이곳이 어디일까 하는 생각을 했다. 무섬증이 돋았다. 어쩌면 자신이 갇혀 있는 것인지도 모른다는 의구심 때문이었다.

방에는 창이 없었다. 음모처럼 어두운 지하실과 같았다. 깔고 누웠던 요까지 들춰 보았다.

없다!

가방을 잃어버렸구나!

생각이 거기에 미치자 그는 이제야 완전한 현실 세계로 돌아오는 것 같은 느낌이 들었다.

그는 서둘러 옷을 입었다. 가방 때문에 더럽혀진 옷에도 신경이 쓰이지 않았다.

문을 열고 밖으로 나오니 길고 어두운 복도였다. 복도 가운데 형광등이 하나 켜져 있었다. 희미한 불빛에도 불구하고 그것은 그가 조금 전에 느꼈던 어둠과 단절에 대한 두려움을 해소시켜 주었다.

걷기 시작하자 발밑에서 삐거덕거리는 소리가 났다. 방문마다 녹색 플라스틱 번호판이 붙어 있었다.

복도가 끝나는 곳에서 그는 여닫이식의 유리문을 만났는데 그것을 밀치니 마당이 나왔고 밝아 오는 새벽 공기가 느껴졌다. 하늘은 흐려 있었다. 잠시 하늘을 올려다보고 섰다가 '내실'이라는 푯말이 붙은 방으로 다가가서 잔기침을 세 번 하고 목소리를 낮추었다.

"여보세요."

처음엔 기척이 없더니 두 번을 더 불러서야 문이 열렸다.

"왜 그러세유?"

웬 여자가 눈을 부비며 목을 빼는데 그녀의 푸석푸석한 얼굴과 헝클어진 머리 때문에 그녀의 나이는 사십대와 오십대 사이를 오락가락하게 했다. 하품을 하고 머리를 뒤로 쓸어 모으면서 방문을 나서더니,

"벌써 날이 샜네."

그제서야 그를 똑바로 쳐다보았다.

"아, 나는 누구시라고."

그녀는 그를 보고 단번에 아는 시늉을 했는데 이제 사십대 중반으로 확실하게 짐작이 가는 그 여자는 오래 알아 왔던 사람에게처럼 말을 거는 것이었다.

"아유, 선상님도 술을 그렇게 드시면 어뜨케요."

여자는 유연한 중부 지방 사투리를 썼고 그 때문에 그녀가 장사하는 여자로서는 드물게 순진하다는 생각이 들게 했다.

"그란디 왜유?"

그는 침을 삼켰다.

"제 가방을 맡아 두지 않았나 해서요."

그는 다시 마른침을 삼키며, 여자의 두툼한 입술을 주시했다.

"아니요, 들어오실 때부텀 빈손인 것 같았지유, 아마. 그 가방을 잃어버렸나유?"

"예."

"돈이에요?"

긴장으로 잊고 있었던 두통과 갈증이 다시 시작되었다. 그는 마당가의 펌프로 다가가서 갈색 고무통에 남아 있는 물을 부어 넣고 펌프질을 했다.

맑은 물이 쏟아졌다.

이른 아침, 맑은 물이 통 속으로 쏟아져 나오며 내는 명랑한 소리가 그의 기분을 한결 밝게 만들었다. 그는 고무통이 넘치도록 펌프질을 해댔다.

물은 따스했다. 마신 후 얼굴을 적셨다. 주인 여자는 화장실에서 나와 마당을 가로질렀다.

"그런데 아주머니, 여기가 어디쯤 됩니까?"

그는 물었다. 묻는다기보다 그것은 자신의 위치를 확인하는 일이었다.

"이문동이에유."

그는 이문동에 있었다. 아니, 이문동이라고? 그는 놀랐다. 그의 표정을 눈치챈 듯

"왜 취중에 엉뚱한 곳으로 오셨남 보네유."

정말로 엉뚱했다. 어떻게 해서 여기로 오게 된 것일까.

어제저녁.

헝겊에 물을 묻혀 옷을 닦아 내며 그는 생각했다.

어제, 그가 퇴근 시간을 맞은 곳은 은행이었다. 빌어먹을, 젠장, ×할…… 퇴근 시간을 생각하면 잡스러운 욕설이 입 안에 가득히 쌓였다. 퇴근 시간이라고는 하지만 그는 제시간에 퇴근을 해본 적이 없었다. 회사보다 은행에 있는 시간이 많았으니까. 시간에 맞추어 퇴근을 한다기보다 그날그날에 배당된 업무를 마쳐야만 퇴근이 가능하도록 되어 있는데 은행의 일이라는 게 그랬다.

중소 무역회사의 수입부 말단 사원에게 은행 일이라는 게 으레 그랬다.

어제는 내고서류 때문이었다. 결재된 서류가 그의 손에 넘어온 것은 일곱 시가 넘은 시각이었다.

"전생에 나에게 무슨 원수가 졌기로 이다지 못살게 구는 거요."

서류를 넘겨주며 담당은행 대리 신경식申慶植이 말했다. 신 대리의 지친 표정을 보며

"갑시다. 오늘은 내가 한잔 사겠소."

그가 말했다.

주머니는 두둑했다. 월급봉투가 그대로였다. 술집을 찾아 걷는 동안 그와 신 대리는 피로를 풀려면 독한 소주가 좋다는 데 합의를 보았고, 그래서 처음 간 곳은 다동 뒷골목의 간판도 기억할 수 없는 술집이었다. 소금구이를 안주로 소주를 마시면서 그들은 저녁 대용으로 공기밥 한 그릇씩을 해치웠다.

소주 두 병을 마셨을 때에도 그들은 취기를 느끼지 않았으나 '소주 한 병씩'이라는 처음의 약속대로 그와 신 대리는 그 술집을 나왔다. 그때 그는 확실히 가방을 들고 있었다. 그것은 확실하다. 신 대리가 그를 보고, 옆구리에 가방을 끼고 다니는 사람은 꼭 세무 공무원 같은 기분이 들어요, 하는 농담을 했고 그는 그 말을 받아, 아니 대학교 교수는 어때요, 했으니까.

그런데 이차·삼차라는 모든 술자리가 그렇게 시작되듯 그가 먼저 소주 마신 후의 입가심으로 맥주를 한 잔씩 하자고 신 대리를 이끌었던 것이다.

다동 소줏집에서 종로를 향해 걷다 우연히 들른 맥줏집이었다.

입가심이라는 조건은 쉽게 무너졌다. 그뿐 아니다. 그들은 빈 병의 수도 헤아리지 않고 마셨다. 그 맥줏집을 나왔을 때의 정확한 시간은 알 수 없으나 열 시에서 열 시 삼십 분 사이로 짐작이 갔다.

그는 신 대리가 약간 비틀거리는 것을 보았었다. 아, 그리고 그는 신 대리를 이끌고 제과점으로 갔다. 그는 케이크 한 상자를 사서 신 대리에게 주었다. 확실한 이유는 알 수 없는데 신 대리가 당신은 홀몸이어서 좋겠다. 나는 일찍 장가들어 일찍 고생길로 들어섰다. 애들이 셋이다. 오늘 저녁도 기다리다 아마 지금은 잠이 들었을 것이다. 들어가면 세 놈이 한 다리씩 잡고……. 그는 웃었다. 신 대리는 웃지 않았다. 한 다리씩 잡고 매달리는데 그때마다 나는 아, 이것이 그래도 사람 사는 재미인 모양이다 하고 느껴져서 서글프다. 마누라는 하루도 빠짐없이 바가지를 긁는다. 아, 그것은 강물이 흐르듯이 멈추지 않는다─ 그런 신파 조의 넋두리를 늘어놓았으므로 그는 불현듯 신 대리를 위로해 주고 싶은 마음이 발동했음이 틀림없다.

제과점을 나와서도 정류장을 찾아 걸은 것은 아니었다. 그들은 취기가 모는 대로 걸었다. 신 대리가 삼차를 고집한 것은 그때였다.

나는 공짜를 좋아하는 놈이 아니다. 오늘은 내내 당신만 돈을 쓰는데 나라고 은행에 코 내밀고 돈 냄새 맡은 지 십 년인데 술 한잔 못 사겠는가.

신 대리의 그러한 고집으로 세 번째로 들어간 술집에서 그들은 위스키 종류의 술 몇 잔씩을 더 섞었다.

그 술집을 나올 때에 잠깐 그를 부축했던 종업원의 나비넥타이, 신 대리가 지나가는 여자에게 느닷없이 팔을 벌렸으므로 일어났던 여자의 짧은 비명, 돌아서 달아나던 여자의 연두색 바바리코트, 한기를 느끼며 그가 오줌을 내질렀던 골목과 그곳을 희미하게 비추던 방범등, 그가 상체를 구부린 시멘트 벽 위에 붙어 있던 영화 포스터, 그 속의 여자 나체, 신 대리가 달리는 택시를 막아서자 갑자기 브레이크를 걸며 뛰어내리던 운전사, 고함, 호루라기 소리……

그것들은 머릿속에서 어지러운 무늬로 피었다가 지고, 그런가 하면 다시 피어났다.

그 후 그는 이 여관을 찾았다.

신 대리의 집이 이문동일까. 주인 여자는 이미 보이지 않는다. 내실의 뒤편에서 그릇 부딪치는 소리가 들렸다. 여자는 부엌에 있었다.

"물으실 말씀이 남았나유?"

"어제저녁 내가 몇 시쯤에 이곳에 들어왔지요?"

"통금 시간이 가까워서였지요. 한데 어제저녁 다친 데는 괜찮아요?"

다친 데라니?

"내가 어딜 다쳤습니까?"

"차암. 그것도 모르시니…… 피를 흘리셨지유, 그 택시 운전사와 다투다가 코를 다쳤나 봐요."

택시 운전사? 그는 점점 당황했다.

"제가 택시를 타고 이곳으로 왔군요."

"그랬지유."

주인 여자는 술 취한 사내의 낭패를 고소하다는 듯한 표정으로 말했다.

"왜 싸웠을까요?"

"몰라요, 그건."

"싸우는 걸 보셨나요?"

그는 물으며 백치처럼 웃었다. 스스로 생각해도 우스운 일이었다.

"밖이 떠들썩해서 나가 보았지요. 어떻게 해서 다투게 되었는지는 잘 몰라도 손님이 한사코 택시 안에서 내리지 않으려고 억지를 부렸어유. 운전사는 통금 시간이 바쁘니 손님을 내리게 하려고 했구요. 정말 그렇게 생각이 나지 않으세요?"

그는 캄캄한 밖으로부터 새벽의 첫 빛줄기와 같은 실마리를 택시 운전사의 영상에다 걸었다. 그러나 어떠한 사람의 윤곽도 잡히지 않았다. 그는 고개를 끄덕일 수밖에 없었다.

"그래, 내가 정말 운전사와 싸웠단 말이오?"

"그럴 처지가 못 되었어요. 취해서 걷지도 못하고 혀가 꼬부라져서 말소리를 알아들을 수 없는 지경이었으니까. 술집 많은 동네에선 흔히 있는 일이라 방범대원이 오자, 나는 안으로 들어와 버렸는데 조금 있으니 바로 우리 집으로 들어오셨더군요."

"방범대원이라구요?"

"네, 방범대원."

"그 방범대원이 내 가방을 맡아 가지고 있는지도 모르겠군요."

"글쎄, 그랬으면 오죽 다행이겠어유."

정말이지 방범대원이 가방을 보관하고 있다면 얼마나 다행한 일인가. 그는 여관을 나서려다 그를 앞서 문을 총총히 나서는 젊은 남녀 한 쌍을 보았다. 이른 아침에 여관을 나가 이제부터 그들은 무엇을 할까 하는 한가로운 생각이 들었다. 남자는 몰라도 여자는 이른 아침부터 집에 들어갈 수가 없을 것이다. 그들은 식당에 가서 아침을 먹을 것이고 남자는 곧 직장으로 가야 할 것이다.

그러나 참, 오늘은 일요일이다.

아아, 일요일.

그는 갑자기 발걸음을 늦추었다. 일요일이라면 남자는 직장엘 가지 않아도 된다. 그들은 아침을 먹고 시장이나 백화점이나 연쇄상가 같은 곳을 돌아다닐 수 있을 것이다. 그들은 영화 구경도 할 수 있고 교외선을 타고 한껏 기분을 낼 수도 있다. 그렇지 않으면 그들은…… 그는 피식 웃음이 나왔다.

일요일이 주는 한가롭고 여유 있는 기분 때문에 꼭 가방을 찾을 수 있을 것이라는 생각이 들었다. 가방을 찾게 된다면 아무것도 달라질 게 없었다. 가방을 찾게 된다면 오늘은 전과 똑같은 일요일이며 내일은 전과 똑같은 월요일이 될 것이다.

여관집 아주머니가 가르쳐 준 대로 길을 따라가니 파출소가 있었다. 파출소의 의자에 앉아 그는 기다렸다. 방범대원이 둘 들어와서 업무 일지를 적었다. 그를 흘끗 쳐다보았으나 아는 체를 하지 않았으므로 그는 더 기다렸다. 또 다른 두 명의 방범대원이 들어왔다.

"아, 당신."

그중의 한 명이 단번에 아는 체를 했다. 그는 괜스레 어깨를 움츠렸다.

"어디서 술을 먹었는데 그 모양이오, 조심하셔야지."

방범대원은 밤을 새워 일한 사람답지 않게 의기양양했고 나이가 그보다 어려 보이는데도 공손한 언사가 아니었다. 그러나 지금 그런 걸 따질 기분은 아니었다.

"그런데 어떻게 오셨어요."

그 물음을 받자 그는 속으로 아, 틀렸구나 하고 생각했다. 방범대원이 가방을 보관하고 있다면 아, 가방 때문이오? 하고 물었을 것이기 때문이었다. 그러나 가지고 있지는 않더라도 혹시 그 소재를 알고 있을 수는 있다. 사정 애기를 해볼 수밖에 없었다.

"이거 미안하게 됐습니다. 어제저녁 가방을 잃어버렸는데 택시 운전사와 실랑이를 벌일 때 아저씨가 혹시 그 가방을 보지 못했을까 해서요."

"돈이오?"

방범대원은 여관집 여자와 똑같은 물음을 던져 왔다. 그는 고개를 저었다. 방범대원도 고개를 저었다.

"당신은 아무것도 가지고 있지 않았습니다. 혹시 택시 안에다 두었다면 모르지만⋯⋯. 이유야 어떻든 간에 당신이 코피를 흘렸기 때문에 내가 그 택시 번호를 적어 두었어요. 필요하오?"

"예."

그는 수첩을 꺼내 방범대원이 불러 준 대로 '서울 아 4513, 노란색 코로나'라고 적어 넣었다.

"마흔 살 가까이 되어 보이는 운전산데 키가 작고 몸집이 좋은 데다 별나게 턱수염이 많았소."

그는 또 수첩에다 '40세가량, 작은 키에 뚱뚱한 몸집, 턱수염이 많음.'이라고 적어 넣었다. 파출소를 나오니 술집이 줄을 잇대어 서 있었다. 문을 연 술집보다 아직 손님을 보지 않는 술집이 더 많았다.

이른 시각이었다. 신 대리에게 전화를 하기에도, 운전사를 찾기에도. 그는 문이 열린 한 해장국집으로 들어갔다. 해장국이란 시래기 국물에다 소 피를 넣고 밥을 말아 놓은 것인데 훌훌 국물을 마시니 속이 시원했다. 까끌까끌하던 입 안이 매끄러워졌다.

해장국 한 그릇을 해치우고 나서 그는 담배를 피우며 계산대 위에 있는 날짜 지난 신문을 집어다 읽었다. 속이 풀어지며 온몸이 나른해졌다. 아직도 이른 시간이긴 했지만 그는 신 대리에게 전화를 해보기로 했다. 먼저 은행에 전화를 한 다음 은행에서 일러 준 대로 번호를 돌렸다.

전화를 받은 것은 계집아이였다.

"응, 우리 아빠요?"

목소리가 깜찍했다.

"누구야, 응?"

끼어드는 사내아이 목소리, 전화기를 놓는 소리, 함부로 문을 여닫는 소리, "아빠" 하고 부르며 서로 얽히는 두 아이의 목소리.

그는 신 대리가 나타나기를 기다리며 목소리로 아이들의 성격과 얼굴을 생각했다. 지금쯤 하얀 앞치마를 두르고 아침을 준비할 아이들의 어머니, 화단에 물을 주는 아빠…… 그러나 가방 생각이 그의 여유 있는 상상을 빼앗아 갔다. 그는 초조하게 기다렸다.

"여보세요."

잠기운이 붙어 있는 목소리가 그를 불렀다. 그는 침을 삼키며 되도록 급한 마음을 숨기려고 애썼다.

"접니다."

"아, 나는 누구시라고. 그래, 엊저녁엔 어떻게 된 거요? 집에는 잘 들어갔어요?"

이제 신 대리와 함께 이문동으로 온 게 아니라는 사실은 분명해졌다.

"아니, 여관 신셀 졌어요."

"그럴 줄 알았어요. 나도 어떻게 집엘 들어왔는지 도무지 생각이 나질 않아요."

그토록 정신을 차릴 수 없었다면 그의 가방까지 챙겨 줄 여유란 도저히 없었을 것이다. 이제 이야기는 끝난 것이다. 그래도 혹시 하였다.

"혹시 내 가방 신 대리님에게 있는 거 아니오?"

"아니. 허, 그래도 당신이 사 준 케이크 상자는 어김없이 가지고 왔드만."

농담 삼아 그렇게 받더니 신 대리는 말을 뚝 끊고,

"가방이라니, 거기에 어제 넘겨준 서류가 들어 있는 게 아니오?"

높고 빠른 어조로 물었다.

"그래요."

"아이쿠."

신 대리는 비명을 질렀다. 하지만 신 대리에게 직접 관계가 되는 일은 아니다. 일요일 아침에 남의 기분을 우울하게 만들 필요가 어디 있는가.

"찾아보면 나오겠죠 뭐, 찾으면 알려 드리지요…… 아침부터 죄송했습니다."

그가 전화기를 놓으려고 하자, 신 대리가 다급하게 붙들었다.

"왜요?"

"나와 헤어질 때까지는 가방을 들고 있었던 것 같아요."

"그래요? 고맙습니다."

이제부터 어떻게 하여야 하는가, 어디에서 가방을 찾을까, 잊고 있었던 두통이 그를 때렸다.

혼자서 책임을 지면 그만인 일이 아니었다. 처음부터 서류를 다시 만들려면 두 달은 걸릴 것이다. 내일이면 대출을 받을 수 있는 수천만 원의 돈이 두 달 후로 미루어지는 것이다. 회사는 타격을 받을 것이다.

어디에서 가방을 찾을 것인가. 그는 외로움을 느꼈다. 신 대리와 헤어질 때까지 가방을 들고 있었다면 택시 안에 두고 내린 것이 분명해진다. 우선 택시를 찾아야 한다. 길을 따라 걸으며 그는 수첩을 꺼내 택시 번호를 확인했다.

'서울 아 4513, 노란색 코로나.'

'40세가량, 작은 키에 뚱뚱한 몸집, 턱수염이 많음.'

운전사를 만나야 한다. 그토록 형편없이 취했었다면 요금도 내지 못했을 것이다. 홧김에 담보로 잡아 두자는 생각에서 그의 가방을 가져간 것일 수도 있다. 그건 그렇고 왜 운전사는 하필 이문동에다 그를 데려다 놓았을까. 통금 시간이 가까운데 자신은 왜 차에서 내리지 않겠다고 억지를 부렸을까. 운전사가 나를 때린 동기는 무엇이었을까……. 의문은 줄줄이 떠오르는데 하나도 해답을 줄 수가 없었다.

2

시청의 안내원은 친절하였다. 차량 사무소는 시청에서 별도로 분리되어 나간 지 오래였다. 일요일임에도 불구하고 귀찮은 기색 없이 안내원은 '차량사업등록소'의 위치며 전화번호, 그곳을 가는 데 필요한 버스 노선을 일일이 가르쳐 주는 것이었다. 그는 시청을 나왔다. 시청 앞 광장에는 비둘기 떼들이 놀고 있었다. 평화는 무관심이다. 그는 택시를 탔다.

"그건 어렵죠. 새벽에 나오면 밤 열두 시가 돼야 들어가는 운전사를 어디서 대낮에 만난단 말입니까."

운전사는 백미러로 그를 들여다보았다.

"그렇겠군요."

대답이야 그렇게 했지만 그렇다고 앉아 있을 수만도 없는 노릇이었다.

"그런데 왜 그러세요."

가재는 게 편이라고 무심결에 자세히 일러 준 운전사는 은근히 후회가 되는 모양이었다.

"찾는 사람이 사고라도 저지르고 도망을 친 모양이죠?"

그렇다면 경찰에 신고를 하면 될 게 아닌가.

"어제저녁 가방을 그 차에 두고 내린 것 같아 그러는 겁니다."

"아, 그래요."

일단 마음을 놓는 듯하더니,

"돈이 들었나요?"

여관집 아주머니와 방범대원이 했던 똑같은 물음을 던져 왔다.

"내게는 귀중하지만 딴 사람에겐 아무 쓸모 없는 것이에요, 서류 가방이니까."

"그럼 돌려줄 거예요. 엊저녁 일이라면 아침에 방송국 분실물 센터 같은 곳에다 연락을 해보지 그랬어요."

"벌써 다 해봤지요."

길에선 먼지가 일었다. 도로 포장 공사를 하고 있었다. 강남의 전경은 낯설었다.

"저기 소방서 옆의 건물입니다."

간판이 걸려 있었다. 건물 안은 한적했다. 창가에 우연히 앉아 있는 사내에게 다가가 용건을 설명하자 사내는 귀찮은 표정으로 피우던 담배를 끄며 캐비닛의 문을 열고 서류철 하나를 꺼내 그에게 내밀었다. 서류는 차량의 번호 순서대로 철해져 있었으므로 4513번은 쉽게 찾을 수 있었다. 운전사의 성명은 오영재吳榮載. 그러나 명함판 사진으로는 뚱뚱한 것도 키가 작은 것도 알 수 없었다. 또한 사진 속의 얼굴에는 수염이 없었다. 어쨌거나 오영재란 사람은 그에게 생소한 얼굴이었다. 그는 수첩에 차량 등록표를 옮겨 적은 후 사내에게 양해를 얻고 전화를 빌렸다.

"네, 남광운숩니다."

상냥한 여자 목소리였다. 쇠붙이 부딪치는 소리가 섞여 들렸다. 무엇을 어떻게 물을 것인가, 망설이며 그는 그대로 서 있었다.

"여보세요."

여자의 목소리가 그를 재촉했다.

"물어볼 게 있습니다만……."

"네, 좋습니다."

"4513 코로나 택시가 그 회사 소속이죠?"

"그렇습니다만."

"그 기사 분을 만났으면 해서요."

"무슨 일이신데요."

경계하는 눈치였다. 그는 또 그대로 서 있었다.

"여보세요……."

도리가 없었다. 솔직하게 말하는 것이다.

"아가씨!"

그는 그렇게 불러 놓고 실수를 한 것만 같았다. 아가씨인지 어떤지는 알 수 없는 노릇이었다.

"사실은 말입니다. 어젯밤 내가 회사의 서류 가방을 잃어버렸거든요. 혹시 그 택시 안에 두고 내린 게 아닌가 해서 그럽니다만……."

"그런데 차 번호를 어떻게 외고 계셨지요?"

여자는 경계를 풀지 않았다.

"사정 이야길 하려면 아주 길어집니다. 다른 사람에게는 필요 없는 서류 가방이니까 그 기사 양반을 만나 보관하고 계신지 어쩐지만 확인하면 됩니다."

그 말만으로는 미흡한 것 같았기 때문에 그는 덧붙였다.

"보관하고 계시다면 성의껏 사례를 하겠습니다. 어떻게 만날 수 없을까요?"

"밤 열두 시가 되면 이곳으로 들어오지요. 차고가 여기니까요."

"거기가 어디죠?"

"이문동이에요."

그는 여자로부터 약도를 익혔다. 전화벨 소리가 울리자 여자는 점점 빠르게 말하더니,

"됐지요?"

하고는 이쪽의 대답을 기다리지 않고 전화를 끊었다. 세상에 이렇게 만나기 어려운 사람이 있담. 그는 '자동차사업등록소'를 나왔다.

바람이 불었다. 들판 곳곳에 건물이 들어서고 있었다. 가을이 지나면 저 들판은 모두 시멘트로 묻힐 것이다. 그는 서둘러 차를 탔다. 밤 열두 시까지, 운전사를 만나기까지 어젯밤에 간 술집들을 돌아볼 심산이었다. 신 대리와 헤어질 때까지 분명히 가지고 있었다면 그것은 헛일이 될 것이지만 신 대리의 정신 상태는 신용할 만한 것이 못 되었다. 또한 헛일이 된다고 하더라도 이 순례(?)가 어떤 해결의 실마리를 붙들게 해줄지도 모른다.

해가 기울고 있었다. 일요일이 끝나 가고 있는 것이다. 월요일은 틀림없이 다가온다. 그 전에 가방을 찾아야 한다. 그는 종로에서 차를 내렸다. 그는 어제저녁의 그를 만나러 갔다. 술값 한번 되게 치르는군. 그는 혼자 중얼거리며 그를 조소했다.

그들이 두 번째로 들렀던 맥줏집은 찾기 쉬웠다. 그때까진 맑은 정신이었으니까. 손님은 몇 되지 않았다. 낮이라서 그런지 술 대신 대부분 커피나 음료수를 마시고 있었다. 그는 어제저녁 신 대리와 그가 앉았던 자리를 찾아갔다.

분명히 여기였지, 그는 마음속으로 확인했다. 스피커에선 노래가 나왔다.

"뭘 드시겠어요?"

앳된 처녀가 물었다. 하루 종일 해장국 한 그릇이었다. 아침에 일어나서 느꼈던 지독한 두통을 자연스럽게 잊어버렸듯이 아침과 점심을 먹지 않고도 배고픔은 없었다. 가방 생각만 있었다.

"밥이 있소?"

그는 오므라이스 한 접시를 비웠다. 지나다니는 종업원들의 얼굴을 유심히 살폈으나 알아볼 수 없었다. 그는 신 대리가 앉아 있던 자리에다 신 대리를 앉히고 신 대리가 하던 이야기와 그가 취하던 자세를 기억하려고 했다. 그때 가방은 어디에다 놓았던가? 그는 지나가는 여급을 불렀다.

"이 자리를 담당하는 아가씨를 만날 수 있겠소?"

"바로 전데요."

"지금이 아니라 어제저녁에 말이오."

"저녁도 마찬가지예요."

"그럼 혹시 나를 기억하겠어요?"

"누구신데요?"

"어젯밤에 친구 한 명과 이 자리에서 맥주를 마셨어요."

"글쎄요."

그가 어제저녁 술시중을 들어준 이 여자를 기억하지 못하듯이 그 여자도 그를 기억하지 못했다. 여긴 아닐 것이다. 아직 완전히 취한 것은 아니었다. 그러나 혹시나 했다.

"혹시 어젯밤 이 자리에서 손님이 놓고 간 가방 하나 보관하고 있지 않아요?"

"아니요."

여자는 지나쳤다. 그는 그곳을 나왔다. 어둠이 내리는 일요일 밤의 거리는 한산했다. 그는 약 십 분 동안 걸었다. 서너 집을 기웃거린 후 그는 '메시지'라는 간판이 걸린 곳으로 들어섰다. 열다섯 개의 붉은 카펫이 깔린 계단을 그는 천천히 걸어 내려갔다. 자신을 발견해 보려고 했다.

계단은 어두운 시간의 늪이었다. 그가 문을 밀치려고 했을 때 그것이 저절로 열렸기 때문에 하마터면 그는 넘어질 뻔하였다. 몸을 일으키며 그는 맨 먼저 침침한 불빛 속에서 흰 꽃 위에 얹힌 듯한 까만 나비넥타이를 보았다. 음침한 벽 구석구석에서 까만 나비들이 나래를 치는 것만 같았다.

젊은 쌍들이 너덧, 구석을 점령하고 있었다. 그는 불빛이 밝은 곳으로 가 앉았다.

대바구니의 갓을 쓴 전등이 붉은 벽돌 칸막이 위에 붙은, 두 손바닥을 겹쳐 놓은 것만 한 크기의 판화를 비쳤다. 판화 속엔 옷을 벗은 겨울 나무 네 그루, 새 두 마리. 그는 뜨거운 커피를 마셨다.

"괜찮으세요?"

그는 갑자기 숨을 쉴 수가 없었으므로 조금 여유를 두었다. 고개를 돌렸다. 그 소리는 등 뒤에서 넘어왔던 것이다. 나비넥타이가 다가와 있었다. 사내답지 않게 목이 길고 얼굴이 갸름했기 때문에 나비넥타이는 나비 리본으로 고쳐 부르는 편이 나을 성싶었다.

"나 말이오?"

"네."

"나를 알아보겠소?"

"네, 어젯밤……."

나비 리본은 웃었다. 가뭄 끝에 묻어 오는 첫 빗줄기를 맞은 풀잎처럼 그는 생기를 회복했다. 오랜 가뭄과 같았던 하루 동안의 갈증과 두통에서 깨어나려는 듯 그는 목소리를 높였다.

"이리 좀 앉을까?"

앞자리에 앉히고 담배를 권했다.

"아직 못합니다."

나비 리본은 수줍은 듯 사양했다. 그는 확증을 잡은 수사관처럼 당당하게

"어젯밤 내가 여기 가방을 두고 갔는데."

물었다.

"아니요."

대답은 간단했다.

"가방을 잃어버리셨나 보지요?"

표정을 바꾸지 않은 얼굴로 되물었다. 대답할 기운마저 없었으므로 그는 고개를 끄덕였다.

"너무 취하셨었어요, 돈이 들었나요?"

그는 고개를 저었다.

"자세히 얘기를 해보겠어? 어젯밤 말이야."

"들어오실 때부터 두 분은 취해 있었어요. 자리에 앉아서는 의외로 조용했지요. 그래, 주문하시는 대로 다 드렸지요. 위스키를 마셨어요."

"내가 나간 게 몇 시쯤 되었을까?"

"열한 시가 막 넘는 때였죠. 제가 입구까지 부축해 드렸어요."

"참 고맙군. 그러면 그때 내가 가방을 들고 있었는지 어땠는지 기억할 수 있겠군."

나비 리본은 생각을 굴려 보는 듯했다. 그는 그 짧은 시간을 오래오래 기다렸다. 산다는 건 어차피 기다리는 것이니까. 그는 엽차로 입술을 축였다.

"옆구리에 끼는 손가방이죠?"

"맞아요, 까만색."

"들고 계셨어요."

그는 '메시지'를 나왔다. 이제 당장은 아무것도 할 일이 없었다. 밤 열두 시가 될 때까지. 4513번, 턱수염 많은 코로나 택시 운전사를 만날 때까지.

기다리는 것이다. 사는 건 어차피 기다리는 것이니까. 미래에 만날 행운과 눈물과 갈등, 사랑과 죽음. '메시지'를 나올 때까지 들고 있었 다면 희망을 걸 수 있는 것은 택시뿐이었다.

택시 안이 틀림없다! 그는 그를 위로했다. 그러나 지금 당장 무엇을 하며 시간을 보내야 할까. 그는 지난 일요일 저녁과 그 전 일요일 저녁 을 그가 무엇을 하고 지냈던가 하는 의문을 떠올렸다. 알 수가 없었다. 방에 앉아 텔레비전을 보았을까, 사람을 만나고 있었을까, 책을 읽고 있었을까…….

그는 되는 대로 길을 따라 걸었다. 극장 앞을 지나는데 표를 끊으려 는 사람들의 행렬이 뱀처럼 길었다. 간판을 올려다보았다. 포옹하고 있 는 두 남녀의 옆얼굴, 그 뒤에서 격투를 벌이고 있는 두 사내, 수평선 너머로 아스라이 사라지는 배, 부두에 선 여자. 그는 다시 걸었다. 양복 점과 서점, 시계점, 빵집, 중국집, 다방, 가구점, 병원을 지나쳤다.

남광운수회사의 사무실은 차고의 한편에 슬레이트로 엮어 놓은 가건 물이었다. 의자가 여섯, 철제 책상 두 개, 규모에 어울리지 않게 전화기 는 두 대였다. 낮에 전화를 받던 젊은 목소리의 여자 주인공은 보이지 않았다. 그는 무료하게 앉아 담배를 피웠다.

"어쩌시다 우리하고 같은 배를 탔습니다."

의자에 둘러앉아 화투짝을 돌리던 사내 중의 하나가 그에게 말을 붙 였다. 차가 들어온 후 정비를 하기 위해 기다리는 정비공과 비번인 운전사들인 듯했다.

"심심파적 시간 기다리는 거예요. 끼어 보시겠어요?"

또 한 사내가 말했다. 그는 사양했다. 무료하긴 했지만 내키지는 않았다.

"씨팔, 끝발 안 서네."

누군가 패를 던졌다. 심심파적이라더니 판이 큰 눈치였다. 열두 시가 되려면 아직 멀었다. 오늘도 여관 신세를 지는 수밖에 없었다. 가방만 찾을 수 있다면 그런 것쯤은 문제될 것이 없었다. 정비공들은 말없이 열중해 있었다. 화투짝을 때리는 소리와 차량들의 굉음 소리를 제외하면 사방은 꽃처럼 고요했다. 그는 완전한 무관심 속에 있었다. 석유난로가 실내 공기를 포근하게 했다. 그는 좋았다.

키 작은 꽃들이 만발한 뜰에서 사내아이와 계집아이가 꽃을 누비며 기어다녔다. 하얀 몸뚱어리를 드러내고 엉금엉금 기는 게 새끼 짐승들 같았다. 정말 짐승처럼 아이들은 서로의 몸을 혀로 핥았다. 향내를 빠는 듯 그들은 꽃 무더기에 코를 박았다. 벌들은 아이들을 피하지 않았다. 아이들은 웃었다. 그들의 하얀 젖니에서 햇빛이 부서졌다. 사내아이가 부드러운 풀 위에다 몸을 굴렸다. 뜰의 경사진 아래쪽으로 굴러 내리던 사내아이가 찢어질 듯한 비명 소리를 냈다. 계집아이가 따라 울었다. "엄마", "엄마", 아이들이 어머니를 부르는 소리가 메아리를 일구었다. 날카로운 가시나무에 사내아이의 팔이 감겨 있었다. "애야, 애들아." 멀리서 여자의 목소리가 들려왔다. "어디 있니, 애들아." 멀리서 여자의 목소리가 들려왔다. 아아, 가시에 감긴 사내아이의 팔에서 피가 솟아오르더니 곧 몸뚱이로 번져 나갔다. 피. 피다! 활짝 웃고 있던 꽃들이 일제히 일어서며 함성을 질렀다. 함성은 하늘을 떠멜 듯했다. 잠자리 같은 비행기가 떴다. "애들아", "애들아" 여자의 목소리가 한껏 절박하게 울렸다. 함성을 지르던 꽃들이 일제히 엎드렸다. 그 순간 꽝하는 폭음이 여자의 목소리를 끊어 놓았다.

애들아 서로 손을 잡아라, 손을 놓아서는 안 된다.

여자의 목소리는 마지막으로 외치고 있었다.

손을 잡자, 엄마가 그랬다. 저 폭음의 뒤에서, 손을 잡으라고.

사내아이가 계집아이의 손을 잡았다. 귀청이 아릴 듯한 총소리가 계속되었다. 계집아이가 손을 놓았다. 그들의 몸이 떨어진 사이로 수많은 피난민들이 지나갔다.

손을 잡아, 손을.

그러나 그럴수록 그들의 몸은 멀어지고 있었다. 폭음과 총소리가 울리자 수없는 사람들이 쓰러졌다. 짧고 절망적인 신음 소리가 땅을 덮었다.

"왜 그러시오."

그는 눈을 떴다.

"헛소리를 질렀어요."

"꿈을 꿨나 봅니다."

꿈속에서 보았던 선명한 장면들이 다시 보였다.

"전화 받으시오."

가시나무, 피, 피난민, 털 안 난 짐승 새끼 같던 계집아이와 사내아이.

"전화 받으라니까요."

그는 얼떨결에 넘겨주는 전화기를 받아 들었다.

"여보세요."

그를 부르고 있었으나 그는 상대가 누구인지 알 수 없었다.

"당신이 기다리던 사람이오, 씨팔."

전화기를 넘겨준 사내가 꽥 소리를 질렀는데 마시막 발은 화투판을 향해서 던지는 것인 듯했다.

"그 친구, 사고를 저질러 회사에 신고를 한 것이니까 꼬치꼬치 캐물어 성질 돋우지 마시오."

정비공들의 어투로 보아 심심파적으로 한다던 화투판은 긴장되어 있음이 분명했다. 그건 그렇다 치고 그는 행운이었다. 열두 시까지 기다리려면 한 시간 반이 남아 있었다.

"4513 기사 분이십니까?"

"예."

엄청난 사고를 저질러 놓고 처분을 기다리는 사람처럼 목소리는 겁에 질려 있었다.

"여쭤 볼 게 있어 여기서 들어오실 때까지 기다리던 사람입니다."

"무슨 일이신데요?"

잘못된 추측이었다. 거리낄 것 없는 부드러운 목소리였다.

"어젯밤 통금이 가까워서 이문동까지 태워다 준 사람을 기억하시겠어요?"

대답이 없다. 차량의 소음이 들려왔다. 타이어가 터진 가벼운 사고 때문에 길가에 차를 세워 두고 약방에라도 들어가서 전화를 하는 것만 같았다.

"그래, 취한 양반을 모셔 내려 드리려다 실수한 걸 가지고 문제 삼을 게 있어요?"

코피를 흘리게 했다더니 그 일이 맘에 켕기는 모양이었다. 수염이 많고 키 작은 뚱뚱한 사람이라면 선량한 성격이라고 그는 생각했다.

"그게 아닙니다. 실은 그 차 안에다 회사 서류 가방을 두고 내렸거든요. 옆구리에 끼는 검은색 손가방……."

"잘못 아셨겠죠. 손님을 어제 마지막 모셨는데 가방은 없었어요."

없었어요. 사내의 마지막 목소리가 그의 머리를 흔들었다. 돈도 아닌데 주워 놓고 주지 않을 리는 없다.

"그래요?"

체념 섞인 말투로 그래 놓고 수화기를 놓으려다가

"그런데……."

더 말할 게 있다는 뜻을 전했다. 저쪽도 끊으려고 했던 듯 당황한 기색으로 받았다.

"왜요?"

"왜 이문동으로 데려갔지요?"

"네?"

"왜 엉뚱한 이문동으로 갔느냐구요?"

"데려가다니, 어허 정말 이분이, 이문동으로 가자고 하니까 이문동으로 간 게 아니오."

"나는 전혀 그렇게 말하지 않았어요. 그렇게 말할 리가 없거든요. 나는 이문동과 전혀 관계가 없어요. 지금의 집도 그곳과는 엉뚱하게 떨어진 곳이고요."

"시간이 없으니 끊겠어요. 그렇게 취해 무슨 말을 했는지 어떻게 아시겠어요. 정 궁금하면 그 여자에게 물으면 될 것 아니에요."

"뭐라구요, 여자?"

"그래요, 여자."

"무슨 말씀을 하시는 거예요?"

"무슨 말이라니, 엊저녁 손님과 함께 내 차를 탔던 여자 말입니다. 그분은 취하지 않았으니까 다 알 것 아니겠어요?"

"내가 여자와 동행이었나요?"

"농담은 그만 하세요. 시간이 없으니까."

운전기사는 그의 뒤에다 바싹 대고 코웃음을 쳤다. 이제 확실해진 것은 4513 기사가 지금 사용하고 있는 것이 공중전화가 아니라는 것과, 그가 절대로 가방을 가지고 있지 않다는 것, 또한 운전기사는 엄청난 사고를 저지르지 않았으며 혹시 그런 사고를 냈다고 하더라도 본래의 성품이 퍽 낙천적인 사람이라는 점이었다.

"아저씨, 실례가 많습니다만 자세히 이야기를 좀 해주시겠어요? 그 가방을 못 찾으면 회사 하나가 거덜이 난단 말입니다."

그는 과장해서 말했다.

"빈 차로 차고가 있는 이문동으로 향하다 종로2가와 3가 사이 어디쯤에서 손님을 태웠어요. 아마 통금 십오 분이나 이십 분 전쯤 된 시각이었을 거예요."

"그때 제가 가방을 든 걸 보셨던가요?"

"눈여겨보지 않았어요."

"여자는 아마 합승 손님이었겠지요."

"아니요, 손님은 그 여자 가슴에 기대어 자고 있었어요. 이문동이 가까워 어디다 세워 드릴까요 하니까 여자 분이 손님을 깨웠어요. 손님이 정신을 돌리는 듯하더니 택시에서 내리지 않으려고 발버둥을 쳤어요. 뭐라고 중얼거리면서 내리지 않으려고 했는데 그때는 이미 혀가 꼬부라져 알아들을 수가 없었죠. 생각해 보세요. 통금 시간은 다 됐는데 취한 사람이 무조건 차에서 내리지 않겠다고 하니, 억지로 끌어내릴 수밖에요. 그러다 다친 거예요. 고의는 아니었습니다만 미안합니다."

그는 대답하지 않고 전화기를 놓았다. 문을 나서는데 아무도 그를 주의하지 않았다.

바람이 찼다. 그는 바바리코트의 깃을 세웠다. 오늘 가방을 찾을 수 없다는 것은 거의 확실해졌다. 빌어먹을, 책임을 지자. 실수를 한 것뿐이다. 어떠한 책임이라도 불평하지 않겠다. 실수에 산목숨을 설마 어떻게 할 것인가, 죄스러운 일이긴 하나 두려워할 필요는 없다. 근성을 살려 내자, 이미 사라져 버린 내 독한 근성, 근성.

그는 속으로 그렇게 외치며 그를 선동했다. 어깨를 흔들고 고개를 아래위로 번갈아 꺾으며 길을 걸었다. 그러나 이럴 수가 있단 말인가. 무슨 여자였을까? 어느 틈에 만난 여자일까.

신 대리와 '메시지'를 나온 것은 열한 시가 막 지난 시각이라고 했다. 4513 운전 기사는 통금 십오 분 전쯤 그를 태웠다고 말했다. 사십여 분의 시간이 공백을 만들었다. 그 시간 동안에 여자를 만났다.

웬 여자였을까. 그 여자가 가방을 가지고 있는지 모른다. 그는 갑자기 달리기 시작했다. 숨이 찼으나 쉬지 않았다. 그가 이제 막 나온 차고에서 어제저녁 잠을 잔 여관은 같은 이문동이 아닌가. 멀지 않았다. 그는 여관으로 들어섰다. 주인 여자가 놀란 눈을 했다.

"웬일로 오늘 밤에도 오셨어유?"

한가로운 기분이 아니었으므로 그는 고개를 끄덕여 인사를 치른 다음 곧장 물었다.

"어젯밤에 내가 이곳엘 누구와 함께 왔었나요?"

여자는 웃기부터 했다. 짐작했던 대로였다.

"못 본 사람이면 깜박 속겠네요. 세상 남자들은 하나같이 다……."

"그럼 아침엔 왜 제게 그런 말을 하지 않았어요?"

"쑥스럽게 그걸 왜 묻겠어요. 그걸 모를 사람이 있다고 생각이나 했어야죠. 숙박비도 여자 분이 내던걸유."

그제서야 그는 그의 잠자리 옆에 놓여 있던 베개와 옷걸이에 단정하게 꿰어져 있었던 바지저고리, 단정하게 벗겨져 있던 머리맡의 시계를 생각했다.

"그 여자가 새벽에 나가는 걸 아주머니가 보셨나요?"

"웬걸유."

"어떻게 생겼던가요, 기억나는 게 없으세요?"

"똑똑히 보았어야죠. 으레 그런 여자려니 했지요. 그런데 아저씨가 잃어버렸다는 가방을 그 여자가 가지고 갔나요?"

"아니에요."

고개를 젓고 나서

"숙박비를 그 여자가 냈다면 숙박계도 그녀가 썼지요?"

"아마 그랬을 거예요."

여자가 숙박계를 가져와 어젯밤 숙박자 명단이 적힌 곳을 펴 주었다.

"그란디 누가 누군지 모르실 거예유."

그녀의 말대로였다. 숙박계에는 투숙한 호실별로 적게 되어 있지 않았다. 들어온 순서대로였다.

"내가 마지막 손님이 아니었나요?"

"이 앞에 술집들이 많아서 열두 시가 넘어서도 손님들이 많답니다."

그는 여관을 나왔다. 온몸의 기운이 말끔히 가신 듯했다. 무슨 여자였을까? 일단은 술집 여자라고 생각되었다. 혹은 길거리에서 만난 여자일 수도 있었다. 그러나 그런 여자라면 무엇 때문에 돈 한푼 받지 않고 그에게 그토록 친절할 수 있을 것인가. 귀찮은 술 취한 사내의 투정은 고사하고라도 택시비와 숙박비를 내고 자신의 선행을 숨기듯 사라져 버린 술집 여자란 있을 것 같지 않았다. 우연히 그의 젊은 육체를 산 여자일 수도 있었다. 그러나 그의 상대가 이미 온전한 사내 구실을 할 수 없다는 것은 누구나 알 수 있었을 것이 아닌가.

그렇다면 그녀는 누구일까. 그와의 동행을 계획하고 그를 미행하다

가방을 빼돌린 여자가 아닐까. 그러나 그녀는 무엇 때문에 가방의 서류가 필요했을까. 그때 그는 말로만 들었던 미인계란 말을 생각하게 되었다. 그것은 충분히 가능한 일이었다. 이번의 수출 계약만 하더라도 그의 회사를 포함해서 세 회사에서 경쟁이 붙었던 일이었다. A·B의 두 회사는 그의 회사와 수출 취급 품목이 거의 동일했기 때문에 늘 경쟁하는 입장에 있었고 번번이 그의 회사에 참패를 당하곤 했었다. 앙심을 품은 그 회사에서 수출 계약을 담보로 한 은행 대출에 방해를 놓을 계획으로 그에게 여자를 붙여 놓는 일은 충분히 있을 수 있는 일이었다. 그러나 그의 회사에서 이 대출을 받지 못한다고 해서 이미 성립시켜 놓은 수출 계획을 포기하지는 않을 것임은 누구나 알 수 있는 일이었다. 결국 이 일은 말단 사원인 자신에게만 피해가 돌아오는 일이었다. 생각이 여기에 미치자 그는 그런 허술하고 무용한 미인계란 있을 수 없다는 결론에 이르게 되었다.

이제 그는 그 여자를 일단 술집 여자로 생각하기로 하였다. 열한 시에 '메시지'를 나와 택시를 타기까지의 비어 있는 시간에 그들은 기억할 수 없는 또 한 술집을 순례한 것이 틀림없었다.

그렇다. 그는 공중전화 박스로 뛰듯이 걸어갔다. 초가을의 저녁 날씨는 그의 기분에 따라 한기를 거두었다. 그는 다이얼을 돌렸다.

"아, 어떻게 됐어요?"

신 대리는 걱정하고 있었던 듯했다.

"틀렸어요. 하루 종일 헤맸는데⋯⋯."

"⋯⋯."

"남은 한 군데가 있긴 해요."

"벌써 열한 시가 가까운데⋯⋯."

"어젯밤 열한 시경 우리는 '메시지'라는 술집을 나왔어요. 세 번째

들른 술집인데 그곳에서 위스키를 했어요. 기억하시겠습니까?"

"'메시지'라는 이름은 몰라요. 분명히 거기서 독한 술 한두 병쯤은 더 비웠을 거예요."

"그 다음 우리는 어떻게 했습니까?"

"……."

"신 형은 바로 차를 탔었나요?"

"아닙니다. 우리는 한참 걸었던 듯해요. 담 곁에 오줌을 싸고 길가는 여자들을 희롱하고……."

신 대리의 부인은 자고 있는 것일까, 곁에 없을까.

"그리고요?"

"글쎄, 잘 모르겠어요. 하여튼 택시로 집 앞에 닿은 게 열두 시가 다 된 시각이었다니까 종로 근방에서 차를 탄 것은 열한 시 사십 분쯤이 됩니다. 종로에서 집까지는 야간엔 이십 분이 걸리니까. 그런데 그게 가방을 찾는 데 무슨 도움이 됩니까?"

"네, 기억해 보세요, '메시지'를 나와 우리가 또 들른 곳을."

"'메시지'에서 나와…… 글쎄……. 아 참, 당신 어젯밤 그 여자 어떻게 했어요?"

"여자요?"

그는 바짝 긴장하였다.

"그래요."

"무슨 여자였죠?"

"글쎄, 아 그리고 보니 우린 분명 술집 한 군데를 더 들렀군요. 아마 거기서 그 여잘 만났을 거예요."

"그 술집, 그 술집만 기억해 보세요, 그러면 됩니다. 어디였죠?"

심 분이 지났습니다. 통화는 간단히 하세요. 밤도 깊었습니다. 그는 다시 동전을 넣고 다이얼을 돌렸다.

"'메시지'에서 극장 쪽으로 빠지는 골목 어딘가가 분명해요. 확실치는 않은데 상당히 고급 술집이었어. 가수들이 노래를 부르고 여급들이 곁에 앉아 시중을 들었고 그리고 우린 또 맥주를 마셨던 것 같아요. 탁자 위에서 병이 아래로 구르며 깨지는 소리가 났는데 기억에 남아 있군요. 그것밖에 생각나는 게 없어요."

그것만으로 하고많은 술집에서 하나를 찾아내기란 거의 불가능하다.

"좀 더 생각해 보세요. 아무거나 좋습니다."

"으음…… 계단을 내려가는데 그 양편에 화분이 놓여 있었던 것 같아요. 내가 코를 박고 향내를 맡은 것 같고…… 마누라 있는 사람이 꽃은 왜…… 뭐 그런 식으로 당신이 내게 농담을 했던 것 같아요."

"고맙습니다. 밤도 늦었는데."

그가 전화기를 내려놓으려고 하자

"늦은 것 생각 말고 이후에도 필요하면 전화 주세요. 다른 걸 더 기억해 낼지 모르니까. 너무 걱정은 마세요. 서류 뭉치뿐이니까 어쩜 내일쯤 회사나 은행으로 돌아올 거예요."

신 대리는 그를 위로했다.

열 시 오십 분. 어제저녁 '메시지'를 나온 시각과 거의 같다. 그는 택시를 잡기 위하여 허둥댔다. 마침 빈 차가 멎었다. 방향을 알리고 등받이에 몸을 뉘었다. 타임머신. 그것은 어젯밤을 향하여 달렸다. 그는 어젯밤의 그를 만나러 갔다.

그는 자신이 알지 못했던 여러 개의 자신의 존재를 느낄 수 있었다. 하나의 존재도 하나의 명제도, 하나의 결론도 존재하지 않는다. 이제 그는 겨우 가방 때문에 많은 그의 존재 중 하나를 만나고 있는지 알 수 없었다.

택시를 내리자 기다리고 있던 손님들이 우우 몰려들며 행선지를 외쳐댔다. 그는 우선 '메시지'가 있는 골목으로 갔다. 가는 도중 그는 술이 엉망으로 취한 사내를 하나 만났다. 그는 일부러 발걸음을 늦추고 사내를 살폈다. 어젯밤의 그의 모습을 보았다. 취객은 전신주에 머리를 기대고 쉴 새 없이 중얼거렸다. 귀를 기울이니 지독한 욕설이었다. 누구를 향하여 욕설을 퍼붓는 것인가. 어젯밤 그는 무슨 말을 지껄였을까.

'메시지'에서 극장 쪽을 향한 골목이라고 했다. 골목은 넓지 않았다. 그는 천천히 길 양편에 늘어선 술집들을 살펴 나가기 시작했다. 입구가 계단으로 된 곳은 쉽게 눈에 띄지 않았다. 한 집이 계단이었으나 다만 화분이 놓여 있지 않았다. 화분이야 치울 수도 있다. 혹시나 하고 기웃거리는데 등 뒤로부터 살며시 그의 옷소매를 끄는 손이 있었다. 그는 돌아섰다. 푸른 촛불처럼 짙은 화장의 눈초리가 타고 있었다. 그는 어리석은 줄 알면서도 물었다.

"나를 아는 거요?"

여자가 대답 대신 웃었다.

"놀다 가세요. 술도 있고 여자도 있어요. 춤추고 마시고 놀아요, 우리."

여자는 취해 있었다. 그는 촛불을 불어 껐다. 그는 일곱 번째의 술집을 기웃거렸다. 안에서 시끄러운 음악이 들려 나왔다. 웃음소리, 박수소리, 휘파람 소리.

여덟 번째 술집도 허사였다. 화분이 놓인 내림길 계단의 술집을 발견한다 하더라도 그 술집이 가방을 찾을 수 있는 확실한 기억이나 증거가 될 수는 없었다. 그 술집을 찾아간다 하여도 그 여자가 먼저 알아보기 전에는 도리가 없었다. 그러나 일단은 찾아볼 수밖에 없다. 사실 지금 그를 이끌어 주고 있는 것은 여자였다. 여자, 어떠한 여자일까. 이상한 여자였다. 무슨 까닭이 있는 것일까.

열세 번째의 술집을 기웃거리다 그는 짧은 비명을 터뜨렸다. 내림식 계단과 Z 자식으로 그 계단에 놓여 있는 화분― 그것은 신 대리의 희미한 기억이 밝혀 주었던 어젯밤의 술집이 틀림없었다. 그는 행여나 하고 간판을 올려다보았는데 '밀밭'이라는 간판이 붙어 있었으나 기억에 없었다.

화분의 꽃은 국화였다. 꽃은 싱싱했고 향기도 진했다. 신 대리는 어디쯤에서 허리를 굽혀 향내를 맡았을까. 그때 그의 등 뒤에서 농담을 했다는 자신은 어디쯤에 서 있었을까. 온전한 몸으로 서 있을 수 없었다면 한 손으로 벽을 짚고 있었을 것이다. 벽을 짚지 않은 다른 손, 그 손에는 가방이 쥐어져 있었을까.

안은 한산했다. 의외로 넓었다. 고급스러운 술집이었다. 이미 의자를 탁자 위에 거꾸로 올려놓고 청소를 하는 술집이 있었는데 이곳에는 아직도 손님들이 있었다. 그는 출입구 쪽의 빈 의자를 골라 앉았다. 혼자 앉아 있는 사람은 없었다.

"형사예요?"

가슴이 깊게 파인 검은색 옷의 여자가 그의 옆에 앉았다.

"왜요?"

"취하지도 않고 늦은 시각에 혼자 나타나셨으니 말이에요. 무얼 알아보려고 오셨죠?"

"……."

"기분 나쁜 일이 있나요?"

"술이나 가져와요."

"어머, 무뚝뚝하시긴."

여급이 술자리 시중을 드는 술집. 내리막식 계단. 계단가의 화분……
틀림없었다. 그러나 어떻게 그 여자를 찾는담.

"그러지 말고 우리 인사나 해요. 저는 미스 조라고 해요."

한구석에서 교성인지 모를 날카로운 목소리가 울렸으나 아무도 거기
에 주의하지 않았다. 갑자기 피아노 소리가 뚝 그쳤다. 그러자 그는 피
아노 소리를 의식하였다. 홀은 원형으로 되어 있고 그 가운데 하얀색의
커다란 피아노가 놓여 있었다. 그는 피아노의 뚜껑을 닫고 있는 여자의
등을 바라다보았다. 머리가 목덜미를 덮고 있었다. 여자는 악보첩을 옆
구리에 끼고 피아노에서 돌아섰다. 그녀는 절름발이였다. 그는 꼭 잠기
는 가슴 때문에 단숨에 컵을 비웠다.

시간이 가기를 기다렸다. 손님들이 하나 둘 사라졌다. 열한 시 이십
분. 어젯밤이라면 그가 이 술집을 나갈 시각이었다.

"미안하지만 말이오."

그는 옆의 여자에게 말했다.

"어머, 천사 같은 남자네, 그런 말 들어 본 지가 너무 오랜만이어서
감격했어요. 왜요?"

"어젯밤 이곳에서 정신을 못 차릴 정도로 취했어요. 친구와 둘이서."

"그래서요?"

"날 도와준 여자가 있대요, 날 좀 도와주시오, 감사하다는 뜻을 전하
고 싶어서 그러니까."

"탈 쓴 천사인 줄 알았는데 정말 천사같이 고운 분이셔. 허지만 말이
에요. 포기하세요."

"왜?"

"우리는 보답 같은 거 바라지 않아요. 누군지 모르지만 그러고 싶으
니까 그랬을 뿐이었을 거예요."

"아무렇게나 생각해도 좋아요, 만나게만 해주시오."

"좋아요."

도움을 받는다는 건 별것이 아니었다. 여급들도 옷을 갈아입고 하나둘 사라지고 있었다. 미스 조라는 여자는 고참이었다. 나가는 여자마다

"언니, 나 가요."

"지금껏 앉아 있으니 좋은 수 있나 보네, 언니."

"내일 봐요, 언니."

모두 언니라고 불렀다. 무심코 인사말을 던지고 나가려고 하면 미스 조는 불러 세우고 잠깐 이야기를 걸었다. 잠깐 그를 살펴보게 하는 기회를 만드는 것이다. 그렇지 않으면 대뜸 "이분 몰라?" 했다.

"누구신데?"

"우리 애인."

"열다섯 번째야."

여자들은 웃으며 사라졌다. 그는 초조하게 기다렸다. 많은 여자가 나갔으나 그를 알아보는 여자는 없었다. 이 근방에는 이와 비슷한 술집이 많을지도 모른다. 또한 신 대리의 희미한 기억을 얼마나 신용할 수 있을 것인가. 시간마저 절박했다. 통금 시간이 문제가 아니었다. 삼십여 분이 지나면 일요일이 끝난다. 엄청난 사실이 현실로 다가설 월요일. 그는 자주 잔을 비웠다. 조금도 술기가 느껴지지 않았다.

"왜, 아는 분이야?"

그가 내려놓는 잔이 탁자와 부딪치며 끊어지듯 명쾌한 소리를 냈다.

"응."

그는 미스 조의 시선을 좇아 등 뒤로 시선을 돌렸는데 웬 여자가 웃음 띤 얼굴로 그를 내려다보며 서 있었다.

"앉아라, 얘!"

미스 조가 의자를 권하고 난 다음

"이 애예요? 미스 민인데."

그에게 물었다. 그는 백치처럼 웃기만 했다.

"몰라요 난, 아무것도."

"어제저녁 이분을 도와 드렸니, 네가?"

미스 민이라는 여자가 의자에 앉았다.

"응, 맞아."

"어떻게 무얼 도와 드렸는데 그래?"

"혹시 불능을 회생시킨 것 아냐?"

미스 조가 껄껄거리며 웃었다. 아무래도 좋았다. 그는 가슴이 울렁거렸다.

"그럼 저는 이만 사라지겠어요."

미스 조는 안쪽으로 갔다. 그는 여자와 단둘이 남았다. 그는 여자의 얼굴을 조심스럽게 건너다보았다. 이 여자란 말인가. 어젯밤 그와 나란히 잠잔 여자가. 그의 술시중을 들었고 택시비와 숙박비를 대신 물었고, 걸레처럼 구겨진 그를 곱게 잠재운 여자가. 그리고 그녀는 한 푼의 대가도 바라지 않고 가버렸다. 미인계도 뭣도 아니었다.

"감사합니다, 아가씨."

그는 그녀를 향해 고개를 숙였다. 그녀의 맑음에, 산기슭의 긴 풀섶을 헤치면 나타나는 도랑물처럼 숨어서 맑은 여자에게.

"기억하시겠어요, 저를?"

그는 고개를 저었다.

"너무 취하셨던데요, 어젠."

취하지 않았다면 서류 가방을 잃어버렸을 리도 없었을 것이다. 가방 생각이 다시금 그를 긴장시켰다. 그는 여자의 기분이 어떻게 되든지 가방을 물어보아야 한다고 생각했다.

"…… 저…… 가방 말입니다."

"가방이요?"

눈을 크게 뜨며 여자가 피식 웃었다. 어떤 의미의 웃음일까. 그는 더욱 긴장했다.

"엉뚱하시군요. 무슨 가방인데요?"

긴장하여 한 줄기로 모아져 있던 신경이 두 갈래로, 열두 갈래로, 말〔馬〕 꼬리 수보다 많게 갈라지며 마침내 아늑한 안식이 그를 찾아들었다.

이제 분명해졌다. 가방은 찾을 수 없다. 이제 어떠한 책임이라도 지겠다는 오기밖에 기댈 게 없었다.

"옆구리에 끼는 검은색 손가방인데 미스 민이 나를 만났을 때 내가 가지고 있는 걸 보았는지요?"

그녀는 대수롭지 않다는 얼굴로 고개를 저었다.

"이제 가봐도 되겠어요?"

여자가 선뜻 자리에서 일어섰다. 그녀는 그녀에게 가방을 물어보려 왔다는 사실에 적지 않게 기분이 상한 것처럼 보였다. 가방에 대한 것은 끝이 났다. 그러나 물어야 할 일들은 남아 있었다. 어디서부터 어떻게 물어야 할지 알 수 없었으므로 그는 당황하여 따라 일어섰다. 그때였다.

"야!"

거친 사내의 목소리가 들려왔다. 건장한 체구의, 사십 가까이 보이는 사내가 그녀를 노려보고 있었다.

"싫으면 싫단 말을 해야지. 밖에서 사람을 기다리게 해놓고 그 사이 다른 놈과 붙었어? 이게 형편없이 구는군, 갈 거야 안 갈 거야."

"네, 지금 나가는 길이에요."

그녀는 사내를 따라갔다. 그도 엉거주춤 그녀를 따라 걸었다. 물어야 할 것이 있었다.

"왜, 물을 것이 남았어요?"

택시를 잡으려고 이리저리 뛰는 사내의 뒤에 서 있던 여자가 의외라는 듯이 그를 보았다.

"네."

"그럼 빨리 말하세요. 저 자식 성질이 좋지 않나 봐요."

그녀는 택시를 잡으려고 이리저리 뛰는 사내를 가리켰다.

"……."

"어서요."

그녀는 짜증 섞인 목소리를 냈다. 망설일 수가 없었다.

"어제저녁 우리가 어떻게 이문동으로 갔지요."

"택시로요."

"아가씨가 이문동으로 가자고 했나 어쨌나 그걸 묻는 건데요."

"그건 아저씨가 말했죠. 이문동으로 가자고 한 것은 아저씨였어요."

택시 운전사의 말은 거짓이 아니었다.

"그럼 왜 내가 이문동에서 내리지 않으려고 했는지 그 까닭을 알고 계세요?"

"어디론가 다른 데로 데려다 달라고 했던 것 같아요. 혀가 꼬부라져 잘 알아들을 수는 없었지만 말이에요."

"어디로? 어디로 말이에요."

"……."

"전혀 알아들을 수가 없었나요?"

"글쎄요."

"기억해 보세요. 그걸 알아야 해요."

"야아! 뭘 해."

다시 사내가 소리를 질렀다. 택시를 잡아 두고 그녀를 찾던 중이었다. 그러나 그녀는 선뜻 사내에게로 가지 않았다. 자식, 개자식, 여자는 중얼거리듯 욕을 했다.

"얼핏 듣기에 '박쥐'라고 하는 것도 같았고 '망', '방갈로', '치과'…… 뭐 그 비슷한 소리를 중얼거렸던 것 같아요. 뭐라고 하는지 알아보려고 나나 운전사 아저씨가 귀를 모두었으니까요."

거센 힘이 그의 어깨를 낚아챘다.

"야, 이 자식아, 너 죽고 싶니?"

사십대 사내가 그를 향해 부르쥔 주먹을 쳐들어 보이고 있었다.

"아니에요, 오해 마세요."

그녀는 사내에게 끌려 구겨지듯 택시 안으로 던져졌다. 그는 갑자기 그녀를 보호해야 한다고 생각하게 되었다. 그러나 그는 그 자리에 가만히 서 있었다.

"…… 더 알아볼 게 있으면 언제나 저기로 오시면 돼요."

차가 그의 옆으로 지날 때 여자가 창밖으로 재빠르게 말했다. 그러곤 그녀는 사내의 품에 쓰러지듯 안겼다. 보호해야 한다는 생각은 오산이었다. 차는 가버렸다. 그는 그제야 자신이 그녀는 언제든지 만날 수 있다는 생각을 문득 잊고 있었던 사실을 알았다. 그는 서둘러 택시를 잡기 시작했다.

3

따뜻한 물로 샤워를 하고 나서 판을 골라 전축을 틀었다. 유행성 악성 인플루엔자와 같은 기세로 배고픔이 찾아들었다. 냉장고에는 먹을 것이 가득했다. 그는 시과와 토마토를 닥치는 대로 먹었다. 과일은 배

부르지 않았다. 우유와 빵을 먹었다. 먹는다기보다 빈속에다 그것들을 채워 넣는다고 하는 편이 옳았다.

소파에 앉아 그는 노래를 들었다. 오래전의 노래였다. 흘러간 노래는 과거를 담고 있다. 그는 수첩을 꺼내 거기에 적힌 주소를 살펴보았다. 주소는 흔하지 않았고 전화번호가 대부분이었다. 누가 이문동에 살고 있을까, 왜 이문동으로 가자고 했을까, 수첩에 적힌 전화번호만으로는 아무런 단서가 잡히지 않았다.

안종현安鍾炫.

고등학교 이 학년 때, 짝이었다. 같은 독서회의 회원이기도 했다. 집이 이문동이었다.

시험 때면 안종현의 집에 가서 함께 밤을 새우며 공부를 한 일이 서너 번 있었다. 생일날 초대받아 간 적도 있었다. 외국어대학의 정문에서 길을 건너 흔히 학생들을 상대로 술과 라면을 팔던 술집과 식당을 겸한 집들이 어깨를 부비듯 서 있는 골목을 지나면 강원도 춘천으로도 가고 충청도를 거쳐 부산으로도 가던 복선의 철로가 나타났고 철길을 막 건너는 곳에 약국 하나가 있었다(초대받아 간 친구 중의 하나가 갑자기 복통을 일으켰기 때문에 그가 달려가 그 약방에서 한번 약을 산 일이 있다. 그 친구의 이름은 이윤식李允植이었다). 약국으로부터 복개 공사가 되지 않은 개천을 따라 내려가다 왼쪽 골목으로 꺾어지는 곳에 안종현의 집이 있었다.

안종현은 그림을 잘 그렸지. 안종현의 얼굴이 다정하게 되살아났다. 미술 대학을 가고 싶어했는데 부모들의 바람에 따라 공대로 갔다. 건축을 하는데 아직 창창한 나이에 사무실을 내고, 하여튼 아는 사람은 알아주는 친구가 되었다. 대학에서 서로 갈라져서 동창회 모임 같은 곳에서나 얼굴을 대할 뿐 따로 만나 술 한잔을 함께 마신 적이 없었다. 원주민이 없는 도시이고—원주민이라고 하니까 좀 우스운 생각이 들고 낭만적인 기분이 들기도 하지만—거기에다 극히 싫증을 잘 내는 게 요사이 사람들의 속성같이 느껴지는 그에게 안종현의 집이 지금도 그곳에 있다고 생각되진 않았다. 지금도 찾아갈 수는 있을 것 같지만 어제저녁 취중에 그가 모르는 또 다른 그가 찾아가려고 했던 이문동은 안종현의 집과는 연관이 있다고 생각되지 않았다.

이문동에 있는 외국어대학.

고등학교의 동창생들을 만나러 자주 갔었다. 그 학교에 친한 친구들로는 김용진, 박성재, 임희수, 조신묵…… 등이 있었다. 그러나 그 친구들은 아무도 이문동에 살고 있지 않았으며 도무지 사람 관계란 게 따지고 보면 다 그렇고 그렇듯이 그도 그 친구들과 별다른 친분이라도 있었던 건 아니었다. 그저 시간이 나고 심심할 때면 그 학교가 아닌 다른 학교에 다니는 친구들을 찾아가는 것과 마찬가지로 그들을 찾아갔던 것이다. 그들과 어울려 학교 앞의 술집에 갔고 다방과 당구장에도 갔다. 그러나 그것뿐이었다.

군대 시절, 그가 소속된 중대의 내무반장도 생각났다. 최영택崔榮澤 병장이 그였다. 그가 첫 휴가를 받고 부대를 나오던 날 그는 최 병장의 부름을 받았다. 최 병장은 그에게 주소를 적은 종이쪽지 한 장을 내밀었다. 고참병들의 흔한 심부름이었다.

"내 애인이다. 찾아가 봐라."

그 말뿐이었다. 고참병들은 입이 무거웠다. 그 대신 한 번 입을 열면 졸병들은 벌벌 떨어야 했다. 다만 찾아가서 어떻게 해야 하는가를 알 수 없었으므로 그는 망설였다.

"무슨 말이 있을 거야, 듣고 와서 내게 전해 주면 돼."

서울에 닿자 그는 이문동으로 어지를 찾아갔다. 통과 반이 적혀 있지 않은 주소였으므로 찾기가 쉽지 않았다. 거의 한나절이 걸려 찾은 집의 철제 녹색 대문에서 최 병장의 애인이 나왔다. 키가 작고 나이 든 처녀 같지 않게 머리를 두 갈래로 땋고 있었다.

"미안하지만 들어오시게 할 방이 없어요."

여자는 친구 하나와 자취를 하고 있었다. 집에서 입는 옷 그대로 그녀는 슬리퍼를 끌고 앞장서 다방으로 그를 데리고 갔다. 여자의 이야기는 길지 않았다.

"결혼하게 되었다고 그렇게 전해 주세요."

담담한 그 말과 함께 조금 서글프고 허망한 기분을 내비치던 그녀의 표정이 아직도 그의 기억 속에 머물러 있었다. 그는 그렇게 전하겠다고 말하고 다른 말은 없느냐고 물었다. 고개를 끄덕였다. 다방을 나오려고 했을 때, 그녀는 서둘러 마땅히 그래야 할 것처럼 차값을 계산하였다.

버스를 타고 맨 뒷자리에 앉게 되어 문득 뒤를 돌아다보았는데 그녀는 박힌 듯이 한자리에 서서 버스를 쳐다보고 있었다. 그녀는 버스를 쳐다보고 있었지만 사실은 그녀가 떠나보낸 그녀의 말을 쳐다보고 있는 것이었고 그때서야 그는 그녀의 짧은 말 속에는 여러 의미들이 숨어 있을 것이라는 추측을 할 수가 있었다. 그가 귀대하고 며칠이 되지 않아 최 병장은 탈영했다. 제대 삼 개월을 남겨 두고 탈영이라니 모두들 미친놈이라고 했지만 그는 최 병장을 이해할 수 있을 것 같은 기분을 느꼈었다.

그 외에 그저 인사나 나누고 지내는 회사의 동료 중에 집이 이문동인 사람이 있긴 하나 되새겨 볼 만한 사람은 아니었다.

전축의 음반이 소리 없이 돌아가고 있었다. 그는 판을 갈아 끼우고 나서 수첩을 덮었다. 더 이상 기억나는 게 없었다. 그는 소파에 파묻혀 남배를 피우며 노래를 들었다. 오래전의 노래였다. 흘러간 노래는 과거를 담고 있다. 기억나는 게 없지만 그의 과거는 이문동을 담고 있다.

　미스 민이라는 여자의 마지막 말이 생각났다. '박쥐', '방갈로' '망치', '치과'……. 그는 생각했다. 이문동과 박쥐. 전혀 어울리지 않았다.

　고아원의 뒷산을 넘으면 폐광廢鑛이 있었다. 문둥이들이 아이들을 잡아가면 폐광 속에서 간을 꺼내고 진달래꽃 잎사귀 아래에다 피를 감춘다고 했다. 아무도 가까이 가려는 아이들이 없었다. 박쥐 때문에 그와 용기 있는 몇몇 아이들은 자주 폐광을 찾아갔다. 문둥이에 관한 말은 소문뿐이었다. 굴속을 향하여 소리를 지르면 굴에선 바람 소리가 새어 나왔다. 그것은 굴의 천장이나 벽에 매달려 있던 박쥐들이 일제히 날아오르며 내는 소리였다. 그는 앞장서서 굴로 진격하였다. 용기 있는 아이들은 그를 따랐다. 막대기를 마구 휘두르며 굴 가운데서 불을 피웠다. 혹시 몸에 날아와 엉기는 박쥐가 있기도 하였지만 겁낼 필요가 없었다. 그들은 막대기에 맞아 떨어진 박쥐를 주워서 돌아왔다. 한약방에 가면 그것은 돈이 되었다. 그 때문에 그는 자주 폐광을 찾아갔다. 그는 그만큼 굴속의 여러 갈래 길이나 박쥐의 생리를 잘 아는 사람은 없다고 생각하였다. 박쥐가 사는 폐광은 그에게 정다운 곳, 그의 용기를 팔 수 있는 곳이었다.

　이문동과 방갈로.

　상상력이 필요한 문제였다. 그는 신중히 생각하였지만 이 두 말은 끝까지 아무런 관련도 맺을 수가 없었다.

　이문동과 망치.

　그것도 마찬가지였다.

　이문동과 치과. 이문동에 있는 치과.

　그는 자리에서 벌떡 일어났다. 아랫배 깊숙이에서 뻗어 오르는 차가운 긴장이 그를 묶었다. 그는 잠시 후 경직된 몸을 풀기 위하여 가만기만 걸었다. 사방은 너무나 조용하였다. 이십팔점박이무당벌레처럼 걸어가 그는 냉장고에서 술병을, 선반에서 유리잔을 꺼내 들었다. 그는 이제 성큼성큼 걸어 소파로 돌아왔다. 잠시 동안 그를 극도로 긴장시켰던 것이 무엇인지 그는 정확하게 알 수가 없었다. 그는 다만 이문동과 치과를 이문동에 있는 치과로 바꾸어 보았고 그러자 알 수 없는 날카로운 예감과도 같은 것이 수십 년 그의 기억 속의 시간을 꿰뚫으며 그에게 날아와 박혔던 것이다. 그것은 또렷이 무엇이라고 말할 수는 없는 것이었지만 무의식적으로 그를 소파에서 일으켰던 것이며 진한 술을 마셔야 터질 것처럼 모든 신체의 공기空氣를 압박했던 것이다.

확실히 그의 과거는 이문동을 담고 있다. 너무나 오래전에 잊어버렸던 일이었기 때문에 미처 생각하지 못했던 것뿐이었다.

'박쥐', '방갈로', '망치', '치과'라는 말 중에서 가장 첫 음절이 'ㅂ'과 'ㅁ'이라는 데 생각이 미쳤다. 그렇다면 'ㅂ'과 'ㅁ' 중에서는 'ㅂ'을 취해야 마땅하였다. 취한 사람은 흔히 'ㅂ'을 'ㅁ'으로 발음하지만 'ㅁ'을 'ㅂ'으로 발음하지는 않기 때문이다. 일단 'ㅂ'을 택하고 나면 'ㅏ'가 남으니 'ㅂ + ㅏ' = '바'가 된다. 그 다음 '박쥐'에서 'ㄱ'을 빌어 오면 '박'이 된다. '치과'는 앞머리를 삼켜 버리고 그냥 발음한 가장 정확한 소리였다. 그러니 그가 어젯밤 찾고 있었던 곳은 '박치과'였다.

이문동의 '박 치과', 그곳에는 혜수가 있다. 그렇다! 그는 어젯밤 '박치과'로 혜수를 찾아간 것이다. 그는 이제 그 사실을 확신하였다.

이십 수년이 넘은 그가 까마득하게 잊어버렸던 일을 어젯밤 그는 잊지 않고 있었다. 그는 이미 기억하기도 어려운 일을 찾아 나섰던 것이다. 생채기엔 새 살이 돋고 이제 흉터도 남지 않았던 평온한 외모와 단조로운 일상의 내부가, 아, 술기운에 곪은 균들을 노출하고 말았다. 그는 자신이 알지 못하였던 여러 개의 자신의 존재를 느낄 수 있었다. 하나의 존재도, 하나의 결론도 존재하지 않는다. 이제 그는 겨우 가방 때문에 많은 그의 존재 중 하나를 만나고 있는 것이었다.

그는 유리잔에 위스키를 진하게 섞어 마셨다. 세 잔을 거푸 마셨다. 사위가 고요한 밤에 혼자 마시는 독한 술. 그것은 복받치는 설움을 혹은 끓어오르는 분노를, 욕망을, 사랑을 잔잔하게 만나게 해줄 수 있다고 그는 생각하였던 것이다.

그 고아원에서 혜수와 함께 지낸 것은 어림잡아 이 년 정도의 기간이었다. 혜수는 그의 여동생이었다. 혜수는 그의 누나였는지도 그렇지 않으면 쌍둥이일 수도 있었다. 얼굴은 기억되지 않지만 이름은 혜수였다.

박혜수라는 이름이 원래 혜수가 가지고 있던 이름인지 고아원의 누군가가 붙여 준 이름인지 아무도 알 수가 없다. 그때가 몇 살이었을까, 그것도 역시 알 수 없는 일이다. 그가 그의 나이를 정확하게 알지 못하는 것과 똑같은 이유로 혜수도 그때 몇 살이었는지 알 수 없다. 다만 혜수와 그가 고아원에 맡겨진 것은 세 살이나 네 살 때로 생각되었다. 많은 아이들을 취급하는 고아원 사람들의 눈을 믿을 수밖에 없었다. 6 · 25의 소용돌이 속에서 정확한 것은 아무것도 없었다.

낡은 필름에서 끊겨져 나온 듯한 희미한 기억 몇 편이 그가 겪은 전쟁의 전부였다. 엄마는—실상 그는 그녀가 누구인지 알지 못한다. 얼굴도 모습도 모른다. 이름도 어디에 사는지도 알지 못한다. 그녀는 칠백만 피난민 중의 한 여자였다—그의 손을 잡고 한 계집아이를 들쳐 업고 걸었다. 그를 업고 계집아이를 걸리기도 했다.

사람들의 행렬과 아우성, 잠자리 같은 비행기, 연기와 불길, 총소리, 추위, 아이들의 울음소리, 배고픔…… 이런 것이 기억의 전부였다. 그 기억은 그가 겪은 기억인지 혹은 책이나 영화로 본 십만이나 되는 전쟁 고아들의 실상이 그의 것으로 변한 기억인지는 그 스스로도 정확하게 알 수 없었다.

엄마는 죽었다고 그는 단정했다. 손을 잡고 가던 엄마가 사람들 사이에서 편하게 누워 버려 젖가슴을 찾던 그의 손에 묻어나던 선명한 피. 무엇인가 애타게 부르짖던 엄마의 마지막 목소리.

엄마가 마지막 하려고 했던 말은 손을 놓지 말라는 소리였다고 그는 믿었다. 그 계집아이, 그의 여동생인지 누나인지, 쌍둥이인지 알지 못하는 그 계집아이가 혜수였다. 엄마는 혜수와 그가 손을 잡고 있어야 한다고 말했던 것이다. 그는 믿었다.

이 넓은 세상에 혼자 남으면 외로워서 못 산다. 손을 잡아라, 죽어도 헤어져서는 안 된다. 둘이서 손을 잡고 살아라.

어머니를 생각할 때마다 그는 어머니의 마지막 말을 생각하였다. 어머니가 그렇게 말하지 않은 것인지도 모르며 어머니는 처음부터 그의 기억에 없는 존재인지도 모르지만 어머니의 마지막 말은 그에게 지울 수 없는 것이 되었다. 커서는 자기 암시(?)라는 말을 생각하기도 하였다. 모든 걸 따져 생각한다면 혜수가 그와 형제라는 사실조차 우스운 것이었다. 처음 고아원의 생활에 대해서 그가 기억하는 것은 피난길의 기억과 같은 것이었다. 다만 혜수에 대한 기억은 언제나 밝고 정확했다. 혜수는 그를 오빠라고 불렀다. 그리고 고아원 안에서는 혜수와 그가 형제라는 것을 의심하는 사람은 없었다. 그는 늘 배가 고픈 철부지였을 때에도 그의 몫을 혼자 먹지 못했다. 혜수는 예뻤다. 고아원의 아이들이 모두 혜수는 예쁘다고 했다. 우리 동생이니까 하고 그는 뽐냈다. 혜수가 예쁘기 때문에 그가 겪어야 했던 고통은 컸다.

아이들이 뜰에서 공기놀이를 하고 있었다. 고무줄도 하고 술래잡기도 했다. 먼지를 뽀얗게 일으키며 지프차 한 대가 고아원의 문을 들어섰다. 흔히 있는 일이다. 그는 눈여겨보지 않았다. 아이들이 지프차를 둘러쌌다. 키가 큰 군인들이 내렸다. 코가 높고 눈이 파랬다. 원장 아버지와 악수를 하고 웃고 떠들며 원장실로 들어갔다. 미국 군인만 오면 아이들은 행복했다. 그들이 오면 새 옷을 배급받기도 했고 비스킷, 껌, 초콜릿, 드롭스…… 따위를 맛보곤 하였다. 그런데 그날따라 원장 아버지는 아이들을 모두 뜰에 모이게 했다. 그런 후 남자 아이들과 여자 아이들을 양편으로 갈라서게 했다.

미군 한 사람이 여자 아이들을 하나하나 가려내어 웃으며 무슨 말인가 나누었다. 아이들을 안아 보기도 하고 볼에 입을 맞추기도 하였다. 아이들은 미군을 따라가는 걸 바라고 있었다. 따라가기만 하면 레이션 박스에 든 초콜릿쯤은 문제가 아니라고 믿었다. 좋은 옷과 좋은 집도 생기고 지프차만 타고 다닌다고 했다. 희한한 장난감도 생긴다고 했다. 이미 따라간 아이들이 많았다. 그런데 그 미군이 혜수를 안아 보더니 뭐라고 지껄였다. 옆의 사람들이 모두 웃었다. 원장 아버지가 고개를 끄덕였다. 미군은 혜수의 얼굴에 입을 맞추더니 그녀를 안고 뚜벅뚜벅 지프차 쪽으로 걸어갔다.

차가 움직이려고 했을 때 갑작스러운 비명 소리가 울렸다. 한 아이가 지프차 바퀴에 몸을 깔고 있었다. 미군들은 놀라 지프차에서 내려왔다. 한 아이가 바퀴 속에서 기어 나왔다. 바로 그였다.

"왜? 왜?"

서투른 말로 미군은 눈을 둥그렇게 떴다. 그는 울었다.

"내 동생이야. 데려가지 마. 내 동생이야."

지프차에서 혜수가 뛰어내렸다. 그리고 그를 부둥켜안았다. 다섯 살 때쯤이 아니었을까? 미군들은 빈 차로 돌아갔다.

그런데도 혜수는 결국 가 버리고 말았다. 그가 말릴 틈도 없었다. 한 아이라도 짐을 더는 것이 고아원으로서는 좋았다. 지나가던 사람이 한 아이를 원했다고 하면 아무런 절차 없이 그는 아이를 데리고 갈 수 있었다.

"어디로 갔어요, 내 동생."

혜수가 없어진 후 며칠 동안 그는 처음으로 배고픔을 느끼지 않았다.

"나는 모른다."

"가르쳐 줘."

"이놈의 자식이 버릇없이. 나가 놀아……."

원장 아버지는 화를 잘 냈다.

"우리 혜수 어디다 줘 버렸어요, 네?"

어른이 된 지금도 어려운 일에 부딪히면 발휘할 수 있다고 그가 믿고 있는 고아의 근성. 때리고 밥을 굶겨도 그는 끈질기게 달라붙었다.

"우리 동생 내놔!"

그는 징징거렸다. 날마다 쉬지 않고. 원장 아버지는 달래는 수밖에 없다고 체념한 듯했다.

"걔가 왜 네 동생이니."

"우리 동생이니까 우리 동생이지."

원장 아버진 어이가 없는 듯이 웃었다.

"그건 네가 잘 모르고 있는 거야, 걔는 너와 아무 상관도 없는 애야."

"거짓말 말아, 엄마가 죽으면서 손을 놓지 말라고 했어. 손을 꼭 잡으라고 했어요. 우리는 손을 꼭 잡고 여기로 왔대요."

"그때가 언제인지 너는 아니? 네가 겨우 젖이 떨어져 걸음마를 할 때란 말이야. 네가 어떻게 네 엄마 말을 기억하고 있단 말이냐. 네가 혜수와 손을 잡고 있었다고 해도 아이들이란 아무와도 손을 잘 잡는다."

"거짓말이야."

원장 아버지와 이야기를 하는 것은 쓸데없는 짓이었다. 그는 차차 알았다. 어쩜 원장 아버지도 혜수가 어디로 갔는지 모를 것이라는 것과 혹시 알더라도 그에게 가르쳐 주지 않을 것이라는 것을. 그는 열 살이 넘어서자 할머니를 졸랐다. 할머니는 고아원의 살림살이를 도맡아 하는 참 좋은 분이었다. 모두에게 친할머니와 같았다. 고아원이 생길 때부터 일하셨다고 했다. 할머니는 특히 그를 귀여워하셨다.

"나는 군인들의 막사에 모여 있는 아이들 중에서 열 명을 배당받았지. 닥치는 대로 여덟 아이를 골랐지. 남은 아이들은 또 다른 곳으로 가게 마련이니까 말이다. 나머지 두 명을 고르려고 잠깐 고개를 드는데 문득 한구석에서 눈을 말똥거리며 나를 쳐다보는 귀여운 아이가 있었다. 그게 너였지. 그래서 나는 많은 아이들 중에서도 너를 늘 눈여겨보고 있단다. 그런데 말이다. 네가 일어서서 나에게로 올 때 너는 웬 여자아이의 손을 꼭 붙들고 있는 게 아니겠니. 그래서 나는 붙든 네 손을 떼어 놓으려고 했다. 여자 아이들은 사내아이들보다 귀찮으니까. 그런데 그때 네가 한사코 손을 놓지 않았다. 그래서 나는 혜수도 데려오게 되었단다."

혜수는 그의 여동생인 것이 틀림없었다. 엄마가 죽은 후 어떻게 군인들의 보호를 받게 되었는지 알 수 없지만 그때부터 그와 혜수는 손을 놓지 않았던 것이다. 그는 그렇게 믿었다.

"엄마가 죽으면서 손을 놓지 말라고 했거든요."

"그렇지만 너희들이 형제지간이면 참 이상한 일이구나."

"뭐가요?"

"누가 먼저 태어났나 구별이 서지 않거든."

"제가 오빠예요. 혜수도 그렇게 부르지 않아요."

"아니다, 아이들을 많이 다루다 보면 알게 되는데 그런 것 같지가 않았어."

"그럼 혜수가 내 누나란 말인가요, 할머니."

"그것도 이상하단다."

"그럼 우린 쌍둥인가 보지요, 뭐."

"아니, 너희들은 그저 남남일 수도 있다."

"아니에요."

그는 단호하게 말했다. 그것만은 용납할 수 없었다.

"제가 혜수를 찾으려는 게 걱정돼서 그러시지요?"

"아니다, 너도 생각해 보아라. 그 많은 애들이 우글거리는데 그 사이에서 손을 잡고 있었다고 누가 형제지간이라 말할 수 있겠니?"

"거짓말 마세요."

"아니다, 내가 이 늙은 나이로 어린 네게 거짓말은 안 한다. 아무리 어려도 형제라는 건 어디가 닮아도 닮는 법인데 너희들은 그렇지가 않았다."

"매일 전쟁통에 정신이 없었다고 하시면서 언제 그렇게 자세히 보셨어요?"

"그래도 어른들은 다 볼 수가 있단다."

"누가 뭐래도 혜수는 내 동생이에요. 아니라고 하는 놈이 있으면 죽여 버리겠어요. 할머니 마음은 제가 다 알아요. 그러나 할머니, 저는 커서 어른이 되고 돈도 많이 벌면 혜수를 찾을 거예요. 그래서 같이 살래요. 혜수는 제 동생이니까요."

"괜히 그래 가지고 커서까지 사서 고생한다. 하기야 이 넓은 세상에 형제같이 좋은 게 또 있겠니만 어떻게 찾는단 말이냐?"

"할머니."

"왜?"

"혜수가 간 곳을 할머닌 정말 몰라요?"

"그래, 난 모른단다."

"원장 아버지께 물어보세요."

"원장님도 나와 똑같을 거다. 수백 명의 아이들이 들어왔다 나갔다."

"그래도 물어보세요. 제가 동생을 돌려 달라고 오랫동안 원장 아버질 괴롭혔으니 기억하고 계실 거예요."

"그래, 원장님이 알고 계시면 내가 일러 주마."

그와 할머니 사이에 그런 말이 오고간 며칠 후 할머니는 그 약속을 지켰다.

"역시 원장님도 모르신다만 그저 그 당시에 서울 이문동에서 '박 치과'라는 병원을 하는 사람이 예쁜 여자 아이를 하나 데려갔다고 하시더구나. 그러나 믿진 마라."

"서울 이문동 '박 치과'."

그는 마음속으로 되뇌었다.

'전쟁이 끝나고 얼마 되지 않은 때였으니까 지금도 그곳에 그대로 있을 리가 없다. 믿진 마라, 원장님도 이제 나이가 많으셔. 나이가 들면 어제 일도 쉬 잊는 법이란다.'

"고마워요 할머니, 전 꼭 찾을 거예요."

"그래라. 그랬으면 오죽 좋겠니."

그는 여덟 살 때도 열 살, 열두 살 때도 그 다짐에 변함이 없었다. 이문동의 '박 치과'. 행여 잊을까 봐 꿈속에서도 되새겼다. 그가 작은 가슴에 새긴 이문동의 '박 치과'는 그의 표적이었다. 삶의 표적. 눈물과 굶주림의 표적. 사랑의 표적.

국민학교 사 학년에 다니던 열두 살 때의(사실 열두 살이라는 나이는 고아원에서 임의로 붙인 것이었지만) 겨울 어느 날 그는 선택되었다. 원장 아버지의 방으로 들어서자 낯선 여자가 그를 찬찬히 뜯어보았다. 그는 단번에 모든 것을 알아차렸다.

새엄마는 지극하였다. 엄마라고 하기에는 너무 나이가 많았다. 할머니라고 부르는 것이 맞을 것 같았다. 그와 함께 살기 시작한 때에 쉰다섯이었는데 예순아홉이 되던 해에 죽었다.

그는 모든 면에서 그녀가 바라는 대로였다. 공부를 썩 잘한 것은 아니었지만 흔히 어정쩡하게 말하듯이 남의 축에 빠지지는 않았다. 그녀는 그가 바라는 것이면 무엇이라도 들어줄 준비가 되어 있었다. 어머니는 그와 둘이 사는 데는 충분한 재산을 가지고 있었다.

편안한 생활과 어머니의 따뜻한 보살핌 속에서 그는 모든 것을 잊어 갔다. 다른 아이들과 달리 그 혼자만이 가져야 하는 삶의 표적, 눈물과 굶주림의 표적, 사랑의 표적은 이미 존재하지 않았고 필요하지도 않았다. 잊어버려야 한다고 마음을 다진 것은 결코 아니면서도 혜수는 이미 전과 다른 혜수였으며 아스라한 기억, 버리고 싶은 꿈속에서나 만날 수 있는 혜수였다. 얼굴을 기억할 수 없었고 또 어린아이의 얼굴은 변하는 것이었다. 혜수를 데려간 사람들은 그녀의 성씨와 이름까지 바꿔 버렸을 것임에 틀림없었다. 무슨 방법으로 혜수를 만날 수 있을 것이며 혹시 만난다고 하더라도 무슨 방법으로 그녀가 혜수임을 확인할 수 있을 것인가. 또 혜수의 입으로 고아원의 일을 기억해 내고 그를 알아본다고 하더라도 그들이 형제라는 사실은 어떻게 증명할 수 있을 것인가. 혹시 의학적인 조사 대상이 되면 밝혀질 수 있겠지만 그러한 일은 결코 없을 것이다.

"잊어버려라, 이제 이 엄마가 있지 않냐. 네가 하고 싶은 일은 무엇이나 하게 해주마. 모두 잊어버리고 엄마와 살자."

문득 혜수 이야기를 꺼냈을 때 어머니가 말했었다. 잊어버리려 힘쓰지도 않고 그는 잊어버렸다. 그러나 정작 비극을 잊어버려야 할 사람은 어머니였다.

어머니는 몽유병 환자였다. 과거 속에서 살았다. 그녀에게 유일한 현실은 그였다. 그녀가 고아원에서 그를 데려온 것은 과거의 환각에 현실을 가져온 것과 다름이 없었다. 어머니를 따라 국립묘지에 가 보았다. 어머니는 거기에만 가면 하루를 그곳에서 보냈다. 하루 종일 묘비를 어루만졌다. 그는 혼자서 이곳저곳 구경을 다녔다. 그는 다음과 같은 묘비명을 보았다.

"보고 싶은 내 아들 불러도 대답이 없구나. 비 오는 날이나 바람 부는 밤이면 갈 곳 없어 이리저리 헤매지나 않느냐. 죽어도 에미 가슴엔 살아 있구나."

그는 또 이런 묘비명도 보았다.

"사람이 한 번 죽는데 너는 큰 죽음을 하였다. 우리는 널 따라 떳떳하게 살다 만나리. ─아버지 어머니 형들과 누나─"

그는 다시 이런 묘비명을 보았다.

"아빠. 안녕. 안녕."

그는 묘비명 앞에서 우는 사람들을 보았다. 무엇인가 묘비를 향해 말하는 사람들을 보았다. 꽃을 꽂는 사람들을 보았다. 술을 붓는 사람들을 보았다. 어머니는 울지도 말하지도 않았다. 그녀의 슬픔은 그녀의 육비肉碑에 새겨진 것이었다.

그는 그 모든 것을 감동 없는 무성 영화를 보듯 보았다. 다만 하루 종일 앉아 있던 어머니가 일어서는 해 질 무렵, 그곳을 나오며 돌아보는 묘지의 정확한 질서가 그를 슬프게 하였다. 어머니가 세 아들이 있던 전쟁 전의 과거 속에서 살고 있는 것은 당연한 일이었지만 그에게는 그러한 과거는 없었다.

어머니가 죽기까지 그들은 참 사이 좋은 모자였다. 그가 어머니를 반대한 것은 단 한 번뿐이었다. 그가 대학생이었을 때 어머니는 그녀가 항상 꺼내 보는 사진첩을 그의 앞에 펼쳐 보였다. 그가 이미 알고 있는 사진들이었다. 그녀는 사진첩 속의 한 장을 가리켰다. 큰형(죽은 세 사람을 그는 형이라고 하였다)의 사진이었다. 무슨 모임에서 찍은 것인 듯 여러 명의 남녀가 계단에 모여 서 있었다. 이 여자 말이다, 하고 어머니는 큰형의 옆에 선 여자를 가리켰다. 누렇게 변한 사진 속의 여자는 동그란 점의 무늬 있는 저고리에 까만 치마, 단발이었다. 네 큰형이 좋아했었다. 처음 듣는 이야기였다. 어머니는 말했다. 지금은 일찍 남편을 사별하고 아이들을 데리고 사는데 고생이지, 게다 근래에는 병까지 겹쳤다. 문밖 출입을 자주 하지 않는 어머니가 언제 누구를 통해서 그런 연락을 받았는지 놀라웠다. 그래 내가 도와 주고 싶다. 그는 어머니에게 찬성했다. 형이 살아 있었다면 그 여자와 결혼했나요? 어머니는 고개를 끄덕였다. 둘이 좋아했다. 어머니는 아마도 그녀의 병 치료를 도맡아 주는 것 같았다. 그 이상을 그는 알지 못했다. 그럴 필요도 느끼지 않았다.

그런데 그런 일이 있고 얼마 후 어머니가, 몸이 나았으니 그 여자가 애들 데리고 먹고 살게 해주고 싶구나 했다. 어떻게요 어머니? 자그마한 집을 한 칸 사서 구멍가게를 볼 수 있게 해주었으면 한다. 그는 잠시 생각하고 난 후 어머니에게 반대하였다. 어머니 그러실 필요가 없어요, 그건 옛날 일이에요. 그 여자는 다 잊어버린 일일지도 몰라요. 세월이 흘렀어요 어머니……. 그러나 어머니는 그렇지 않았다. 내가 그러고 싶다. 네가 허락해 주었으면 좋겠다. 그때서야 그는 어머니 뜻에 따라 해도 좋다고 말했는데 그때 어머니는 매우 기뻐하였다.

어머니가 죽자 어머니의 먼 친척들이 유산 문제를 넘보았다. 법대로라면 모든 것은 그의 것이라는 걸 그는 알고 있었다. 그러나 그는 마음을 쓰지 않았다. 아파트 한 채를 살 수 있는 돈이면 그만이었다. 어머니와 함께 쓰던 가구들만은 그대로 가져왔으며 사진첩을 비롯한 유품들도 모셔 왔다. 그는 대학을 졸업하자 곧 취직을 하였으므로 풍족하였다. 그러나 풍족한 것만으로 누릴 수 있는 삶이란 거기서 끝나 버렸다.

그는 두 번째로 고아가 되었다.

어머니의 임종을 하는 자리에서 어머니는 그에게 가늘게 웃어 보였다. 그것은 그가 전에 보지 못하였던 만족한 웃음이었다. 그 웃음은 말하고 있었다. 나는 네 형들 곁으로 간다. 나는 오늘을 기다렸다. 어머니는 그의 손을 찾아 잡고는 마지막 힘으로 그의 손을 쥐었다. 그 손은 말하고 있었다. 너를 혼자 두고 가서 미안하구나. 어머니가 죽기 전에 바쁘지 않은 그의 결혼을 급하게 서두른 것은 어머니의 예감이었을 것이다. 맞선을 보고 그가 여자를 거절하자 어머니는 적이 실망하는 눈치였다. 어머니의 마지막 손은 말하고 있다.

애야, 손을 잡아라, 손을 잡아라.

혼자는 안 된다. 손을 잡아라, 내 손은 이것이 마지막이다. 애야!

두 번째로 버려진 그를 구원한 것은 회사원의 규칙성, 일과가 끝난 후에 마시는 소주 서너 잔, 돌아서면 피부에 찰과상도 내지 못하는 여자들…… 그따위뿐이었다. 그때 그는 당연히 혜수를 생각해야 했다. 지독한 외로움을 잊기 위하여 그는 취하여 밤 열두 시에 들어오곤 하였다. 아파트는 그가 얼굴을 대할 수 없는 파출부 아줌마에 의해 항상 잘 치워져 있었다. 그러나 혜수는 이미 그의 어디에도 남아 있지 않았다. 완전한 망각이었다.

그가 결혼 문제에 부딪혀 다시 한 번 이 세상에 혼자라는 것을 설감

하였을 때에도 그는 혜수를 생각하지 않았다. 어머니가 죽고 나서 그에게 다가온 가장 큰 문제는 결혼이었다. 지금에야 혼자의 생활에 완전히 익숙하였지만 서른이 갓 넘었을 때에 그도 남들처럼 결혼을 서둘렀다. 여기저기에서 중매가 많았다. 그는 따뜻한 가정을 원하였다. 귀여운 아이들을 욕심껏 갖고 싶었다. 가족계획의 정부 시책이란 그에게만은 예외가 되어야 한다고 그는 생각했다. 그런데 직장 동료의 소개를 받고 그가 마음을 기울이기 시작하여 어느 정도 확신을 갖게 되었던 여자가 그가 부모형제가 없다는 사실을 꺼려했다. 그는 여자에게 그의 과거를 솔직하게 털어 보였던 것이다. 형제가 많고 부모를 모시게 된다고 해서 꺼린다는데 그에게는 정반대였다.

두 번째 여자에겐 만나자마자 먼저 그의 과거를 이야기하였다. 후에 일이 잘못되면 마음을 다치지 않기 위해서였다. 또는 그의 결벽증이기도 했다. 두 번째 여자는 그 사실을 퍽 의아하게 생각하고 그런 환경 때문에 편견이 많은 사람인 것 같다고 말하였다고 한다. 소개한 친구로부터 전해 들은 말이었다. 공교롭게도 두 여자가 그렇게 나오자 그는 지독한 오기에 사로잡혔다.

좋다, 결혼, 하지 않아도 좋다.

그는 근성을 살려 냈다.

전축의 판이 또 헛돌고 있다. 그는 일어서서 전축을 껐다. 어머니가 옛노래를 듣던 전축이었다. 텔레비전을 틀었으나 끝난 지 오래였다. 그는 실내등의 모든 스위치를 올렸다. 그런 다음 소파에 몸을 묻고 또 술을 마셨다. 정신이 얼얼했다. 실내등을 다 켜 놓으니 기분도 따라 밝아지는 듯했다.

혜수야!

그는 나지막한 소리로 불렀다. 아무런 마음의 동요도 일어나지 않았다. 지극히 담담했다. 그는 혜수의 옛모습을 기억해 보려고 했다. 헛된 일이었다.

4

그가 깨어난 곳은 어제저녁의 소파였다. 실내등은 모두 켜진 그대로였으나 창으로 스며든 햇빛으로 제구실을 잃고 있었다. 그는 무거운 눈꺼풀을 부볐다.

탁자 위엔 비어 버린 술병, 유리잔이 탁자 아래에서 깨어져 있었다. 분명히 끈 것으로 기억되는 전축판이 헛돌고 있었다. 적어도 네댓 시간은 공전한 셈이다. 실내등의 스위치를 내리고 전축을 끄고 창의 커튼을 젖히자 찬란한 빛이 쏟아졌다.

월요일의 아침이었다.

그는 창가에서 멍한 기분으로 밖을 바라보았다. 어저께처럼 걱정이 되지 않는다. 그것은 전장의 군인들이 운명론자가 되는 것과 같은 이치였다. 서둘러야 할 시간이었으나 그는 서두르지 않았다. 그런 일은 지금껏 별로 없었다. 특별히 진급을 빨리 하고 싶다든지 백 퍼센트 수당을 받고 싶다든지 하는 욕심은 아예 없었다. 그것은 직장 생활이 시작된 이래 현실의 생활에 그 자신의 모든 것을 저당 잡히고 싶어하는, 어쩜 그것은 외로운 싸움과도 같은 것이었다.

그는 서서히 옷을 갈아입고 출근 준비를 했다. 회사에 자초지종을 알리는 것은 그의 의무라고 생각되었다. 회사에선 따로 조치를 취할 것이다. 광고를 낸다든지 방송국의 분실물 센터 같은 곳에 연락을 하고 큰 보상금을 내세울지 모른다. 만약 못 찾게 된다면 어떻게 할까 하는 것은 생각지 않기로 하였다. 근심과 고통, 고독 따위는 나누어 가진다고 해서 가벼워지지 않는다. 그에게 닥치는 일은 완전히 그 자신만의 몫이었다.

그는 아파트를 나와서 회사로 향했다. 그는 아무런 고통도 느끼지 않았으며 한산한 버스에 타자, 오히려 기분이 느긋해지는 것이었다. 버스를 내려 회사의 정문을 향하여 그는 걸어갔다. 맑은 가을 날씨였다. 바람이 넥타이를 흔들었다. 그는 수위와 인사를 나누었다.

"오늘은 웬일로 늦으셨습니다. 참, 아까 손님이 찾아오신 것 같았습니다."

그는 갑자기 이상한 예감이 찾아들었기 때문에 마침 담배를 꺼내어 늘 친절한 수위에게 권하고 그도 피우려던 생각을 포기하고 활기 있게 안으로 걸어 들어갔다. 그는 사무실의 문을 열기 전에 화장실로 들어갔다. 용무를 위해서가 아니라 사무실의 문을 대하자 서류를 분실한 사실이 엄청난 사건이라는 생각이 다시 일어났으므로 마음을 진정시키기 위해서였다. 그는 화장실의 거울 속에 비친 그를 위로했다.

괜찮다. 어쩔 수 없다. 주사위는 던져졌다. 엎질러진 물이다.

그는 거울 속의 그를 향하여 웃어 보였다. 그러나 거울 속의 그는 웃는 대신 얼굴을 찌푸렸다. 그때 또 다른 얼굴이 그의 얼굴에 겹쳐 왔다.

"나예요."

그의 어깨를 치며 그 얼굴은 웃었다.

신 대리였다.

"웬일이에요?"

그가 홱 돌아서자 신 대리는 등 뒤로 돌리고 있던 손을 그의 앞으로 내밀었다.

"아아."

그것은 잃어버렸던 서류 가방이었다. 가방을 확인하자 그는 숨조차 제대로 쉴 수가 없었으므로 아무 말도 못하고 가방을 내려다보며 그대로 서 있었다.

"틀림없어요. 서류는 다 확인해 봤으니까. 다 그대로 있어요."

회사 건물 안의 휴게실에 앉아서야 그는 잠긴 목이 터지는 듯했다.

"어떻게 된 겁니까?"

"어제 오후 어떤 사람이 은행으로 가져왔더래요. 주웠다고. 연락처가 있으니까 나중에 적당히 보답하면 될 거예요. 건 그렇고 어때요? 이제야말로 우리가 술을 한판 마셔야 하지 않겠소?"

"그래요. 내가 근사하게 한잔 사겠어요."

신 대리를 따라 웃는데 이유를 알 수 없게 눈물이 솟았다. 어떻게 생각했던지 신 대리가

"감격할 만도 해요."

농담을 걸었다.

사무실로 돌아와 그는 과장에게 늦어서 미안하다고 사과를 했다.

"사람이 가끔 늦어야 기계가 아니지, 괜찮아요. 서류 관계로 걱정을 했을 뿐이지."

오히려 그를 안심시킨 후

"그것이오?"

들고 있는 가방을 가리켰다.

"예."

"토요일 날 늦게 끝났을 텐데 수고했어요."

이제 사연도 많은 이 서류는 담당 계원에게 넘기면 그만이다. 그는 책상 위에다 서류를 꺼내 놓고 그것을 물끄러미 들여다보며 담배를 피웠다.

이 서류 따위가 도대체 니에게 무엇이란 말인가? 나에게 어떠한 의

미가 있는 것인가?

그는 이제야 조금 화가 치밀었으므로 마음속으로 그를 향해 그러한 질문들을 던졌다. 그것은 사실 그와는 별 상관이 없는 것이었다. 상관이 없다는 건 이상하지만 근본적인 그와 그의 문제와는 아무런 상관이 없는 것이 분명했다. 그런데도 서류 가방은 그의 모든 것을 구속했던 것이다.

가방을 찾았으면 모든 것이 전과 다름없이 돌아와야 하는데 그렇지가 않았다. 하루 종일 그는 일이 손에 잡히지가 않았다. 문득 떠올린 하나의 의문이 집요하게 그를 붙들었기 때문이었다. 하루 종일 그는 일을 손에 잡지 못했다. 퇴근 시간이 멀었는데도 그는 몸이 불편하다는 핑계를 대었다. 과장은 쉽게 허락하여 주었다.

사무실을 나오자 그는 자신이 무엇을 위하여 일찍 사무실을 나왔는지 알 수 없었다. 무엇인가 할 일이 있었는데 그것이 무엇인가. 그는 망설였다. 목적 없이 걷다 그는 그가 자란 고아원을 가 볼까 하는 생각을 하였다. 지금까지는 해본 일이 없었던 생각이었으므로 그런 생각을 해 냈다는 사실이 이상했다.

천안에서 차를 내려 물으면 지금도 찾을 수 있을 것 같았다. 그러나 고아원은 변했을 것이며, 지금은 없어져 버렸는지도 모른다. 원장 아버지의 얼굴이 떠올랐다. 할머니의 얼굴, 그가 친하게 지냈던 아이들의 얼굴이 희미하게 떠올랐다. 이름은 모두 잊었다. 그가 삼 년 동안 다닌 국민학교도 생각났다. 이 학년 때 담임이었던 여 선생의 얼굴이 떠올랐다. 희미한 모습이었으며 역시 이름은 잊었다. 한 가지 확실한 것은 지극히 담담하게 그것들을 생각하는 자신의 마음이었다. 고아원을 중심으로 한 모든 정경과 인물들이 무성 영화의 필름을 보듯 하였다. 그는 그 고아원을 찾아가려는 생각을 단념하였다. 빈 택시가 마치 그를 기다리듯 서 있었으므로 그는 아무 생각 없이 택시를 탔다.

"어디로 모실까요?"

운전사가 물었다. 집으로 가기에는 너무나 이른 시각이었다. 찾아볼 친구들도 있었지만 모두 직장 일에 열중해 있을 때였다.

"이문동으로 갑시다."

그는 어젯밤 정신없이 취하여 그가 말했던 말을 되풀이하였다.

"여기에서 가기에는 곤란한데요. 한참 돌아서 가야 합니다."

그는 아무래도 상관없다고 대답했다. 이문동이 가까워졌을 때 운전사가 어디서 내릴 것인가를 물었다. 그는 적당한 곳이 생각나지 않았으므로 아무 곳에나 내려 달라고 말했다. 그는 어디로 가 볼까 망설였다. 그는 물어서 동사무소를 찾아갔다. 그는 한 직원을 붙들고 "1955년경에 이문동에 있었던 치과인데 지금도 그대로 남아 있는지 확인할 수 없을까요?" 하고 물었다. 그의 물음은 직원들 사이에 호기심을 일으켰다.

"그땐 이곳이 모두 산이었을 텐데 치과가 있었을까요?"

"있을 법도 하지. 그때에도 대학이 있었을 테니까."

"그대로 있더라도 주인은 바뀌었겠지요. 병원 이름이 바뀌었든지."

그들이 바쁜 중에서도 이문동에 있는 모든 치과의 명부를 열람해 본 것은 호기심 때문이었다. 그런 치과는 없었다. 그는 그들에게 감사했다. 아직도 해가 기울려면 시간이 있었다. 그는 아무렇게나 발걸음을 내맡겼다. 복덕방이 있었다. 그곳에 있던 칠십 가까이 보이는 노인이 그때 자신은 서울에 살지도 않았노라고 말했다. 그는 다른 복덕방에도 가 보았다. 한 노인이 서울은 하루가 달라지지 않느냐고, 자기는 서울에서 낳아 평생을 서울에서 살았지만 지금의 서울은 알 수 없다고 말했다. 그는 한 치과에 들어갔다. 의사는 젊었다. 젊은 의사의 얼굴을 내하자 그는 묻지도 않고 그곳을 나왔다. 그가 확인한 것은 흘러간 시간과 엄청난 변화, 그리고 망각이었다.

가을이 깊어 가면 밤이 빨리 찾아든다.

어둠이 깃든 초가을 저녁, 술집에서 풍겨 나오는 고기 굽는 냄새가 골목을 메우고 있었다. 취한 목소리는 아직 들리지 않는다. 술좌석은 이 시각쯤 자리가 잡히기 시작하는 것이리라. 그는 기분이 아늑했다. 그는 계속해서 걸었다. 미스 민이라고 했던가? 그는 어젯밤의 술집 '밀밭'이 가까워 오자 그녀를 생각했다. 그는 걸으며 이틀 동안에 일어났던 일을 돌이켜 보았다. 어둡고 긴 터널을 지나온 것 같았다. 미스 민이라는 여자를 생각했을 때는 먼저 고마운 생각이 들었고, 가방을 찾는 것과 함께 그녀에 대한 모든 것도 해결된 것으로 생각되었다. 그러나 그것은 착각이었다. 그녀가 그에게 보여 주었던 행동은 알 수 없었다.

왜 그녀는 삼십 분가량 술 시중을 들어준 형편없이 취한 손님인 자기와 동행하고 동침할 마음을 갖게 되었을까, 의문이 풀리지 않았던 것이다. 팁을 주지도 않았고(그는 팁에 대한 의문이 일어났을 때 신 대리에게 전화를 해보았는데 신 대리도 가졌던 돈을 계산해 보니 팁을 주지 않았든지 혹시 주었다 해도 택시값 정도였을 것이라고 대답했다) 또한 몸도 제대로 가누지 못한 이편에서 그녀에게 동행을 요구했을 리도 없었다. 평범한 경우라면 그가 요구하였다 하더라도 그녀가 들어주지 않았을 것이다. 더욱이 그녀는 그의 술주정을 다정한 아내나 누이처럼 보살펴 주었고, 그가 가진 것에 아무 욕심도 부리지 않았으며, 자기의 선행(?)을 알리지도 않고 정숙한 여자가 잠깐 바람을 피우듯 그렇게 날이 밝기도 전에 사라져 버린 것이다. 각박한 세상을 몸뚱이 하나로 살아가는 여자라면 그럴 수 없었다. 그가 한 번 겪은 일이 아니었다.

어제저녁 그가 찾아갔을 때 직업적으로 대하던 태도는 무얼 말하는 것일까? 그것은 그에게 정이나 미련이 남아 있지 않다는 표시이기도 했다. 만약 술자리에서 단번에 그가 좋아졌기 때문에—그럴 수가 없다고 생각하지만—동행하였고, 그의 취기 때문에 정분을 나누어 보려던 그녀의 소망이 무참히 되었다면 그녀는 분명히 아직도 그에게 미련을 가지고 있었을 것이며, 어제저녁 그가 찾아간 것은 좋은 기회였을 것이다. 그러나 그녀는 그 어느 것도 아니었다. 이것이 하루 종일 그를 붙든 의문이었고 그는 그 의문의 실마리를 찾아가고 있는 것이다. 일부러 걷는 것은 아직 이른 시간을 메우기 위한 것이었는데 걷다 보니 의외로 기분이 좋았다.

'밀밭' 가까이 갔을 때도 술집이 흥청대기에는 이른 시각이었으므로 그는 가까운 음식점에 들어가 저녁을 먹기로 하였다. 파출부 아주머니가 바뀔 때마다 그는 그녀들에게 그의 식성과 남다른 버릇을 주의시키곤 하였다. 짠 음식과 매운 음식…… 뭐, 그러한 것들을 싸잡아 식성이라고 했지만 그가 원하는 음식이란 정성이 담긴 것을 의미했다. 그는 정성이 담긴 따뜻하고 기름기 흐르듯 깨끗한 식사를 하고 싶었다.

아침은 빵과 우유로 때우고 점심은 직장에서 먹었으므로 기껏 파출부 아주머니가 담당하는 것은 저녁뿐인데 그녀는 해만 지면 돌아갔으므로 저녁은 언제나 식어 빠져 맛이 없었다. 그것도 일주일에 세 번만 왔으므로 저녁도 밖에서 먹는 경우가 많았다.

별로 내키지는 않았으나 내온 밥 한 그릇을 다 먹었다. 음식점을 나와 다방엘 들렀다. 커피를 마시고 나서 담배를 피우며 그는 벽에 걸린 텔레비전을 보았다. 연속극인 듯했다. 그는 평소 스포츠 중계와 〈명화극장〉을 제외하면 보는 것이 없었다. 짐작하건대 결혼한 아들 삼형제의 부인들이 시부모와 시누이들까지 많은 집에서 함께 시집살이를 하며 벌이는 사건들이 그 내용인 듯했다. 한 여자가 불평하였다.

"형제들끼리 한집에서 오손도손 모여 사는 게 얼마나 좋은 일이냐고 말하는 거, 그거 입술에 발린 소리야. 나는 시집오고 삼 년을 참아 왔어. 그렇다고 뭐 아버님, 어머님, 삼촌, 고모 들이 특별히 나에게 섭섭하게 해서 하는 소리는 아니야. 그렇지만 이제 더 참을 수가 없어. 나가 살지 않으면, 나는 갈라설 각오까지 되어 있다고 엊저녁 아빠에게 협박을 했어."

다른 여자.

"저는 외동딸로 자라서인지 처음엔 모여 살면 참 재미있겠다, 그저 생각이 거기에밖엔 미치지 못했어요. 하루 이틀 지나 보니 형님 말씀도 이해가 가네요."

멀고 아득한 이야기. 그는 다방을 나왔다. '밀밭'은 손님들이 가득했다. 어둑한 실내의 사이사이로 수족관의 열대어처럼 여자들이 흘러 다녔다. 일부러 엊저녁의 자리를 찾아 앉았다.

"또 오셨군요."

미스 조라고 했던가? 여자가 다가와 옆자리에 앉았다.

"날 보러 오셨어요?"

"아니."

"그럼 혼자 술 마시러?"

"그래요."

"어머, 능청스럽긴. 이런 집에 혼자 오는 손님은 뻔할 뻔 자예요, 다 알아본다고요."

"어떤데?"

"나 보러 오셨다고 말씀해 줘요."

"아니."

"미스 민?"

"그래."

"반한 거예요?"

"그래."

"내가 질투하면 어쩌려고?"

"둘 다 사랑하지."

"욕심도…… 어제저녁 같이 나간 것 같더니 사건은 만들었어요?"

"아니."

"그래 안달이 나서 찾아오셨구면, 내가 미스 민과 자리 바꿔 드릴게
요."

"고맙소."

밴드가 나와 연주를 했다. 그는 시끄러운 음악 속에 앉아 미스 민을
기다렸다. 술이 왔고 그가 첫 잔을 비울 무렵 그녀가 왔다. 그녀는 처음
약간 웃어 보였을 뿐 아무 말도 하지 않았다. 별다른 표정도 느껴지지
않았다. 그는 무심히 앉아 술을 마셨고 그녀는 어포를 찢어 놓기도 하
고 술이 비면 더 가져오게 하면서 담배를 피우며 그가 두세 잔을 마실
때 한 잔쯤으로 상대를 하며 앉아 있었다. 그러나 그녀는 무료함을 벗
어나기 위한 것인 듯 말을 꺼냈다.

"그날 밤 말이에요."

음악은 시끄러웠고 비례해서 손님들의 지껄이는 소리도 높아 갔다.
그는 그녀의 옆얼굴을 보았다.

"……?"

이야기가 끊길까 조바심하며 그는 기다렸다.

"꼭 고집 센 아이 같았어요."

"주정을 부렸어요, 내가?"

"그래요, 저녁 내내 내 품에서. 그린데 운전사와 다투다 코피를 흘린

건 기억해요?"

이미 들은 이야기이므로 그는 고개를 끄덕였다.

"그땐 내가 울었어요."

"왜?"

그녀가 짐짓 다정스럽게 느껴졌으므로 그는 일부러 경어를 쓰지 않았다.

"피를 흘리며 내 무릎에 엎드려 있는 게 가여웠어요."

그는 웃었다. 억센 사내들 사이에서 사는 여자가 그만한 일에 울었다면 우스운 일이거나 까닭이 있을 것이었다.

"어제저녁엔 무슨 가방 이야길 하셨는데……."

"그날 밤 잃어버렸는데 오늘 찾았어요."

"다행이에요. 유심히 본 것은 아니지만 저하고 같이 택시를 탔을 때는 가지고 계시지 않았어요."

뜯어보니 여자는 나이 져 보였다. 목엔 주름살이 졌고 웃을 때도 눈가에 주름살이 많았다. 서른 살 가까이 되었을까. 눈이 깊고 콧날과 입모양새도 오밀조밀 규모가 있었다. 키는 크지 않으나 결코 작은 키는 아니었으며 어깨에서 팔로 흐른 선이 유연했다. 목덜미에 살짝 얹힌 짧은 머리가 나이 든 얼굴을 가려 주는 구실을 하였다. 원래는 곱게 생긴 여자라고 생각되었다. 다만 그녀는 사내들의 시달림을 받고 있어 얼마 가지 않으면 남아 있는 모습을 잃어버릴 것 같았다. 어젯밤에 그녀를 데리고 가던 건장하고 거친 사내가 떠올랐다.

"무얼 그렇게 보세요?"

여자는 몸을 사리며 말했다. 그는 계속해서 마시며 막연히 취기를 기다렸다.

"그런데 말이오, 미스 민."

그는 일부러 몸을 기우뚱거리며 말했다. 취기는 아직 멀었다.

"미스 민이 뭐예요."

"그럼 뭐랄까."

"그냥…… 음, 참 올해 몇이세요?"

그는 당황했다. 누구나 그에게 나이를 물어보면 기분이 상했다. 언짢은 기분으로 훌쩍 잔을 비웠다.

그때 그녀가 갑자기 입을 딱 벌리더니 손을 들어 그녀의 벌어진 입을 감추었다. 무엇인가 그녀를 크게 놀라게 했음이 분명했다. 그는 못 본 체 술을 마시며 그녀가 회복되기를 기다렸다. 그녀가 숙이고 있던 고개를 들었다.

"미안해요."

그녀는 느닷없이 그렇게 말했으므로 그는 당황했다.

"무얼?"

"그날 저녁과 똑같은 실수를 했어요……. 사실 꼭 나이를 알고 싶다기보다 그건 그저 우리 같은 여자들에겐 버릇이에요."

말을 마치고 그녀는 아랫입술을 잘근잘근 씹었다. 그제 저녁의 일이라면 기억할 수 없었다. 그 기억을 되찾기 위해서 이곳에 온 것이 아닌가.

"괜찮아요. 나는 기억하지도 못하는 일이니까. 그제 저녁에도 똑같은 말을 물었다구요?"

"네."

"그게 어때서 그렇게 놀라는 거예요?"

"제가 그때 나이를 묻자 아저씨는……."

"아저씨가 뭐요, 젊은 청년에게."

"그럼 뭐라고 해야 맞겠어요?"

"그냥 아무렇게나…… 음, 미스 민은 올해 몇이에요?"

그녀는 갑자기 낄낄거리고 웃기 시작했다.

"왜?"

"그제 저녁 일을 그대로 되풀이하고 있는 것 같아요."

"그때도 내가 그런 말을 물었소?"

"그래요."

"……."

"내가 나이를 묻자 아저씨는 갑자기 입을 다물고 말이 없었어요. 그 전까지는 굉장했어요. 소리를 지르고 노래를 부르고."

"……."

"처음엔 우리들은 그 영문을 몰랐어요. 한동안 입을 다물고 있던 아저씨가 갑자기 병째로 술을 마시기 시작했죠. 내가 말렸어요. 친구 분은 버려 두라고 웃기만 했는데 그분도 그때는 제정신이 아니었어요."

"……."

"맥주 두 병을 병째로 비우더니 갑자기 탁자에 엎드려 울기 시작했어요."

그는 어렴풋이 그가 취한 행동의 까닭을 알 수 있었다. 그러나 그런 일로 눈물까지 흘렸다니 이상했다. 남의 일처럼 무감각하게 들리지 않았던가. 그는 담배를 피웠다. 밴드에 맞춰 여자 가수가 노래를 불렀다. 요즘 히트하고 있는 노래였다. 노래보다 흔들어 대는 몸의 율동이 선정적이었다. 노래가 끝나자 칸막이 테이블의 이곳저곳에서 박수가 터져 나왔다.

"처음엔 왜 그러느냐고 달래기도 했는데 나중엔 버려 두었죠. 오래 울었어요. 한참 만에 울음을 그치고 허리를 펴며 소리를 질렀어요. 뭐라 한 줄 아세요?"

"……."

"'나는 내 나이를 몰라!' 이것이 아저씨가 외친 소리였어요. 어찌나 큰 소리를 내었던지 옆자리의 사람들이 고개를 빼고 넘겨다볼 지경이었죠."

그녀는 담배에 불을 붙이고 첫 모금을 진하게 빨았다.

"이제 취기가 막바지까지 온 것이라고 생각했죠. 그런데 아저씨가 이야기를 시작했어요. 횡설수설, 무슨 얘긴지 잘 알아들을 수 없었죠. 두 분은 너무나 취해 있었어요. 알아볼 수도 없는 상태였으니까요. 그러나 나는 끝까지 아저씨의 이야길 들었어요. 끝까지 들었다기보다 나는 도저히 자리를 뜰 수 없었던 거예요. 왠지 아세요?"

그녀는 거칠게 담배를 비벼 끄며 장난기 섞인 웃음을 지었다.

"글쎄."

"나도 내 나이를 모르거든요."

"……."

"나도 고아거든요."

그녀는 웃고 있었으나 그는 웃지 않았다.

"아저씨는 횡설수설이었지만 나만은 다 알아들을 수가 있었어요. 누구더라? 여동생 이야길 하셨는데, 아 박혜수."

그는 놀랐다. 혜수는 가방을 잊어버린 후 정신을 차리고 나서야 비로소 생각해 내지 않았던가. 이십 년이 넘는 동안 한 번도 생각해 본 일이 없던 혜수를 내가 이야기했단 말인가. 그는 어지럼증이 났다.

"고아원 생활도 얘기하셨지요. 우유 가루로 찐 빵, 강냉이 가루, 레이션 박스의 드롭스와 초콜릿, 비스킷, 흰 테가 있는 검정 고무신, 헐렁거리던 군인 작업복, 소금물에 적셔서 먹던 주먹밥, 혹한, 버들개지와 칡뿌리를 씹던 허기…… . 난 다 안다구요."

그는 그녀의 손을 잡았다.

"전쟁이?"

"피난길에서 버려졌어요. 몇 살 때인지 알 수 없지만 아우성 소리와 앞뒤에서 사람들이 죽어 가는 것을 보았어요, 지금도 보여요."

"전쟁이 우릴 망쳤어."

"망쳐진 건 나 같은 년이지요. 고아원을 뛰쳐나온 뒤 이십 년이 가까워, 이 짓을 한 지가."

"아이는 있소?"

그녀는 고개를 저었다. 열일곱 살 때 아이를 지우러 산부인과에 갔었다. 아이를 낳고 싶었다. 낳아서 기르고 싶었다. 피를 나누고 싶었다. 사생아라도 좋았다. 그러나 그녀는 아이를 지웠다.

"그제 밤에는 내가 당신 아이가 됐군요."

"아마 집에는 못 들어갈 것 같고 벌써 밤이면 추운데 길가에라도 쓰러져 자면 어쩌나 걱정이 됐어요. 내가 놀랐지요. 아직 내게 이런 순정이 있나 하고……. 그저께의 밤은 참 좋았어요. 아저씨가 방구석에 쓰러져 버리자 나는 이불을 깔아 잠자리를 하고 당신의 옷을 벗겼어요. 처음엔 양말을, 양복 저고리와 바지를, 넥타이를 풀어 내고 와이셔츠를 벗기고 얇은 면내의까지. 그런 다음 대야에 물을 받아 와 수건으로 당신의 얼굴과 몸을 닦아 드렸어요. 얼굴엔 피가 엉겨 있었어요. 손도 흙투성이였어요. 나는 물을 갈아 내며 당신 몸 구석구석을 닦아 냈어요. 꼭 개구쟁이 큰아이를 다루는 것 같았어요."

그는 그녀의 손을 꼭 쥐었다. 그녀의 손은 뜨거웠으나 이미 여자의 손으로 느껴지지 않았다. 그녀는 그의 가슴에 어깨를 기댔다. 그는 가슴 밑바닥에서 눈물과도 같이 짜고 따뜻한 물기가 서서히 차오르는 듯한 느낌이 들었다. 그는 어깨로 팔을 둘러 그녀의 몸을 끌어당겼다. 두

손을 그의 가슴에 대고 그녀는 얼굴을 그의 품에 묻었다. 그는 알 수 없
게 가슴이 뛰었다. 그녀는 손바닥으로 그의 가슴을 쓸며 오래오래 그러
고 있었다.

산행山行

서영은

1943년 강원도 강릉 출생.
1968년 《사상계》에 〈교橋〉,
1969년 《월간문학》에 〈나와 '나'〉가 당선 등단.
작품집 《사막을 건너는 법》《살과 뼈의 축제》《황금 깃털》
《사다리가 놓인 창》《그리운 것은 문이 되어》,
장편소설 《그녀의 여자》 등.
이상문학상, 연암문학상 수상.

산행山行

1

깜박 잠이 들었나 보다. 눈이 뜨인 것은 어떤 소리 때문이었다. 어느새 창문에서 푸르스름한 새벽빛이 묻어나고 있다. 전등이 여태 켜져 있었나? 어마, 이를 어째. 나는 무릎걸음으로 덮치듯 갓전등 불을 끈다. 그래 봤자 전력은 이미 소모될 대로 소모됐을 것이다. 나는 낭패감에 젖어 멍하니 창문을 바라본다.

처음 이사 왔을 땐 창문이 커다래서 좋더니만, 이제는 커튼을 해 달지 못한 그 알유리가 사뭇 썰렁하게만 보인다. 줄곧 해야지 해야지 하면서도 여태 그만한 여유가 돌지 않는다.

밤새 내린 비가 추위를 재촉했나 보다. 새벽 냉기가 제법 으스스하다. 나는 잠결에 흘린 일감을 도로 집어 들면서 불을 켤까 하다가 그만둔다. 간밤에 허무하게 전력을 낭비한 데 대한 오기다. 방 안이 충분히 밝아지려면 한 시간 정도 지나야겠지만 마음이 조급해서 날 밝기를 기다릴 수가 없다. 오늘 안으로 몇 푼이라도 쥐어 보려면 일을 끝마쳐 공예집에 갖다 주어야만 한다.

밝은 빛에 보면 꿈처럼 고운 색실 타래가 거무죽죽하게 죽어 겨우 식별할 만하다. 빨간색 매듭 걸이를 하나만 더 만들면 네 쌍이 채워진다. 매듭을 여물게 다질 때마다 손끝이 쓰라리다. 군살이 배기게 되면 아픔도 훨씬 덜해질 것이다.

"쏴아—."

나는 흠칫 놀라 귀를 기울인다. 이제 보니 아까 잠결에 들은 그 소리는 남편이 욕실로 가기 위해 문을 여닫는 소리였을지도 모르겠다. '쏴르르 쏠쏠—' 물소리는 한참 동안 여음이 계속된다. 수압이 너무 좋아서 필요 이상으로 많은 물이 쏟아져 나온다. 그래서 나 자신은 욕조에 물을 받아 놓고 바가지로 그 물을 퍼서 쓰곤 한다. 남편에게 그렇게 하라고 귀띔해 보았지만, 그는 번번이 내 귀띔을 무시해 버린다. 그렇다고 남편에게 두 번 세 번 같은 말을 되풀이하기는 싫다.

그보다는 내 편이 너무 지나치게 소심해진 감이 든다. 아닌 게 아니라 나는 눈을 뜨는 그 순간부터 집 안 보이지 않는 곳에서 소리 없이 돌아가고 있는 가스·수도·전기 미터기와 경주라도 하고 있는 듯한 기분이다. 일감을 들고 가만히 귀를 기울이노라면 어디선가 윙윙 미터기 돌아가는 듯한 환청幻聽에 벌떡 일어나 뒷베란다로, 두 계단 아래 있는 바깥 출입구로 가 본다.

뒷베란다엔 가스 미터기가 있고, 바깥 출입구엔 전기 미터기가 있다. 거기엔 그 출입구로 드나드는 여섯 세대분의 전기 미터기가 아래위 세 개씩, 두 줄로 벽에 부착되어 있다. 가스는 취사 때와 목욕물을 데울 때 이외엔 도통 쓰질 않으니까 쫓아가 봐도 내 기우였던 게 드러나지만,

전기는 그렇지 않다. 어디에도 불을 켜 놓은 데가 없을 듯싶은데도 미터기는 번번이 빙글빙글 돌아가고 있다. 올라와서 집 안 곳곳을 살펴보면 냉장고 콘센트가 끼워져 있는 것을 잊어버렸거나, 때로는 틀림없이 불을 끈 것 같은데 엉뚱하게 욕실 불이 켜져 있기도 하다.

이 집은 먼저 살던 집과는 평수는 같아도 전등 수가 배는 더 많아서 벽에 부착된 코드도 그만큼 많다. 하나의 코드에 두 등분의 단추가 달려 있다. 욕실 코드에 욕실 이외에도 현관 조명등을 켰다 껐다 하는 단추도 있다. 그래서 남편은 늘상 욕실을 쓰고 불을 끈다는 것이 오히려 아랫단추를 누르는 수가 많다. 나 역시도 방심할 땐 남편이 실수로 켜놓은 현관 조명등을 끈다는 것이 오히려 윗단추를 눌러 욕실 불을 켜놓곤 한다.

그러니까 내가 이 한심스러운 경주에 말려든 것은 순전히 새집으로 이사 오면서부터이다. 우리가 십삼 년 가까이 살았던 옛집은 단독주택인데 말만 단독이지, 벽이 곧 담장이고, 그 담장과 남의 집 사이는 한 걸음도 채 되지 않는다. 창문을 열면 남의 집 마당이요, 남의 집 안방 벽이다. 하늘은 두 집 추녀에 실오라기만 하게 보인다. 거기다 마당은 손바닥만 했다.

처음 몇 년은 남의 집으로 전전하다가 내 집이라 하는 멋에 살았지만, 살다 보니 나무 한 그루 심을 수 없고, 불편한 것도 한두 가지가 아니었다. 집 살 적부터 돈이 모자라 방 하나를 세놓고 보니, 방 둘만 우리 차지였다.

가운뎃방은 남편이 서고 겸 글 쓰는 방으로 썼는데, 이 방의 난방은 지하실에서 연탄화로를 밀어 넣게 되어 있다. 연탄을 갈아 넣으러 지하실로 들어갈 때마다 나는 번번이 마루 천장 가로장에 머리를 부딪히곤 했다.

살림이 옹색해서 짜증이 나면 나는 늘 그 일을 들먹거리며, '하다못해 열 평짜리라도 좋으니 아파트로 이사 가자'고 남편에게 졸라 댔다. 남편은 귓전으로만 흘리다가 나중엔 아예 딴청이었다. 나 역시 소설가에게 시집올 땐 헐벗고 굶주릴 각오는 되어 있었던 터여서 그다지 보채지는 않았다.

그러나 한 해 두 해 겨울을 넘기기에 점점 꾀가 났다. 날씨가 스산해지면 지하실 연탄 갈아 넣을 걱정에 지레 심란해졌다. 지하실에 들어갔다 혹을 얻어 가지고 나올 때마다 내 맘속에선 어떤 위기가 위험 수위에 가까워지고 있었다. 말은 안 해도 가로장에 머리를 부딪혀 쿵 할 때마다 그 소리는 내가 애타게 맘으로 남편에게 호소하는 위험 신호였다.

그러나 두 해 전에 남편이 느닷없이 직장을 놓아 버리고 글만 쓰겠다고 들어앉았을 때, 아 이제 이사 가기는 영 글렀구나 싶어서 나는 남편에게 밥상을 들이밀어 주고 부뚜막에 앉아 울었다.

그러던 어느 날 지난해 십이 월 중순께였다. 찬 바람에 볼이 빨갛게 익은 남편이 밖에서 들어와 장갑을 벗으며 말했다.

"당신 지금 복덕방으로 가서 집을 내놓고 와."

나는 너무도 어처구니가 없어서 그를 멍하니 쳐다만 보았다.

"빨리, 급해."

그가 보채는 걸 보고 나는 짐짓 가슴이 철렁 내려앉았다.

"이 겨울에 누가 집을 보러 다닌다고 집을 내놓자는 거예요."

"그럴 일이 있어."

남편은 내 눈길을 피하면서 말을 덧붙였다.

"친구 소개로 강남에 있는 아파트를 보고 오는 길이야. 값도 적당하고 우리 살기에 꼭 알맞아. 이 집을 천오백 받는다고 치고 융자 이삼백 끼면, 이사 비용 정도만 마련하면 되겠어. 이제 당신은 연탄 갈아 넣는 일로부터 영원히 해방이야. 여느 아파트하고 구조는 같은데 난방 비용은 반값밖에 안 든대. 기름 대신 도시가스를 사용한다나 봐. 엄동에 많이 때 봐야 육만 원 정도 나올 거래. 그 정도면 그다지 힘겨울 게 없잖아? 딴 데서 절약하면 되니까. 내가 술을 덜 마시든가 담배를 줄이지. 거기다 또 한 가지 좋은 점은 방마다 개폐기가 있어서, 열어 놓은 방만, 또 그 시간만 가스를 쓰게 되니까 쓰기 나름으론 이삼만 원 선까지도 내릴 수 있대. 그러니 얼마나 좋으냐 말이야. 내가 진작 엄두를 못 낸 게 후회되더라고."

남편이 이러구저러구 하는 말을 나는 한마디도 귀담아듣지 않았다. 오직 한 가지 점에서만 미심쩍어 나는 다그쳤다.

"당신 보고만 온 것 아니죠?"

"응. 계약금까지 걸었어."

"계약금이 어디 있었어요?"

"그전부터 장편을 달라던 데다 전화해서 선불금으로 백만 원만 급히 달라고 했지."

"이쪽 집이 언제 팔릴지도 모르는데……."

하다가 나는 입을 다물었다.

비단 어제오늘만의 일인가. 어느 땐 월급을 몽땅 써 버리고 집에 들어오지 못해 죽지 않을 만큼 수면제를 먹고 집 앞에 쓰러져 있기도 했고, 쌀이 없다고 하자 큰소리 탕탕 치고 나간 뒤 밤이 이슥해서야 안마사 같은 색안경을 끼고 나타나서 쌀 대신 쇠고기 두 근을 들이밀어 준다든가, 뭐 그런저런 주책없는 일이 끊일 새 없이 일어났다. 그러니 새삼스럽게 화를 내기엔 나 자신이 쑥스러울 지경이었다.

복덕방에 다녀온 내가 시름없이 '조급해하지 말고 느긋이 기다려 보라'는 그들의 말을 전하지, 남편은 손마디를 딱딱 꺾으며 나보나는 자기 자신을 안심시키려는 듯 이렇게 말했다.

"괜찮아 괜찮아. 친구의 친구가 그 주택회사 사장이라니 잘 봐주겠지. 사장이면 끝발이 세잖아. 그건 그렇고 당신도 집 구경 해야잖아. 지금 가볼까?"

집 구경이라기보다는 어떻게 궁한 소리를 해서 해약을 할 수 없을까 하여 나는 남편을 따라 나섰다.

강을 건너 허허벌판 같은 데 이르러 우리는 택시에서 내렸다. 동쪽으로 버스 두 정거장 거리쯤에 고층 아파트들이 밀집해 있긴 해도, 이쪽은 옛 시골 농가 몇 채와 새로 지은 호화 주택 몇 채 이외엔 허허벌판이나 다름없었다. 길 건너편에는 큰길로부터 약간 물러앉은 언덕바지에 삼 층 높이의 시멘트 건물 몇 동이 들어서고 있었다. 건물 외양만 겨우 갖추었달 뿐이어서 언제 집이 될지 바라보면 을씨년스럽기만 했다. 주위엔 언덕을 깎아 내린 흙더미가 여기저기 쌓여 있고 간혹 진창도 있는지 흙투성이 장화를 신은 인부들이 사다리나 물통을 들고 오락가락했다.

저거지 싶자, 나는 실망이 이만저만 아니었다. 비록 해약하기로 맘먹긴 했으나, 내심 딴 맘으론 베란다에 빨간 제라늄 화분이 놓여 있는 아담한 아파트를 그리며 왔는데…….

남편은 시답잖은 내 표정을 흘끔거리며 열심히 꿈을 불어넣으려 애썼다.

"저어기 보이는 저 숲 있지?(그 숲은 딴 동네인 게 분명했다) 거기엔 법원 청사가 들어설 거래. 그리고 이쪽 저기 보이는 저 건물이 S교대인데 그 곁으로 지하철이 지나간대. 그리고 그 뒤쪽으로 시청이 옮겨 온대. 그렇게만 되면 이 지역이 요지가 되는 거야. 거기다 이제 이 길로 시나다니는 버스도 생길 테고, 그러면 주거지역으로 이만한 데가 어디 또 있겠어."

이미 내 결심을 한층 굳힌 터라 나는 남편의 말을 무시하고, 잔인하지만 그의 주의를 을씨년스러운 공사장으로 이끌어 왔다.

"당신은 아파트라 하더니 연립주택이군요."

"아냐, 저게 어디 연립주택이야. 아파트지."

"아파트는 5층 이상이라야만 아파트라 하는 거예요."

"그래? 난 몰랐어. 난 그저 많은 세대가 한 군데 모여 살면 그게 아파트인 줄 알았지. 그나저나 아파트면 어떻고 연립주택이면 어때?"

남편은 최근 사람들의 의식 속에 연립주택에 대한 멸시 경향이 은근히 흐르고 있는 것을 모르거나, 알아도 싹 무시하거나 둘 중에 하나였다. 그러니 더 할 말이 없었다. 나는 다른 트집을 잡아야 했다.

"살풍경하고 도무지 정 붙일 데라곤 없어 보이는군요."

"짓는 중이니까 그렇지 다 지은 뒤를 상상해 봐. 모델 하우스로 데리고 가 봐야지. 아마 당신 맘도 그때 가선 지금하고 달라질걸."

우리는 길 건너 벌판에 공사장과 이만큼 떨어져 있는 모델 하우스로 갔다. 매운바람이 거침없이 불어와 살갗을 찢었다. 남편은 괜스레 신이 나서 입을 하 벌리고 바람을 술처럼 들이켜는 시늉을 했다.

남편은 나를 벽에 붙여 놓은 도면 밑으로 데리고 가서 자기가 계약해 놓은 데를 손가락으로 짚어 보였다. 7동 205호라고 쓰인 네모에 빨간색 빗금이 그어져 있었다. 그 도면상으로는 빨간 빗금이 그어져 있지 않은 데라곤 두 군데밖에 없었다.

한쪽에선 분양 사무소 직원이 다른 방문객과 상담하고 있었다.

"일주일 뒤면 늦죠. 그건 우리가 보증 못해요. 내 손님 들으라고 하는 소리는 아니지만, 프리미엄 백만 원 더 얹어 주고도 분양한 집이 한두 집이 아닙니다. 두고 보십쇼, 내년 가면 현재 시세 반은 따먹고 넘길 수 있습니다. 내가 뭣 하러 아주머님을 속이겠어요. 막말로 속였다 칩시다. 그래도 후회는 안 하실 겁니다. 이런 요지에 이런 분양 가면 싸죠, 싸구 말구요. 그러니 이왕 걸음하신 김에 망설이지 말고 계약금만이라도 걸어 놓으시죠."

남편은 내 옆구리를 찌르며 눈을 끔벅였다. 들었느냐는 듯이. 그리고 갑자기 직원 앞으로 가서 절을 꾸벅 했다. 그가 미처 보지 못하자 남편은 그가 봐줄 때까지 몇 번이고 허리를 굽혔다.

분양 사무소 직원의 말투에서 묻어나는 허풍과 남편의 턱없이 덤벙거리는 태도는 나를 점점 더 불안하게 했다. 지난번 자신의 퇴직금을 덥석 사업하는 친구한테 빌려 줄 때만 해도 그랬다. 한 달에 이자가 얼마고, 그 이자면 두 식구 식생활은 넉넉히 꾸릴 수 있을 거라며, 이재에 독판 밝은 영악한 사람인 양 말치레를 해서 믿거라 하고 있었더니, 그 이자는 한 번 나오고, 두 번째 가서는 원금째 날아가 버렸다. 알고 보니 남편의 퇴직금은 도산 직전에 먹혀 누구 손에 들어간지도 모르게 흔적 없이 사라져 버렸던 것이다. 그는 남 못지않게 사리를 잘 알아차리는 듯싶다가도, 정작 딛어서는 안 될 함정을 만나면 영락없이 발을 헛놓곤 했다. 그는 자신이 애쓰고 거둬들인 볏섬을 달구지에 옮겨 실을 때까지는 낟알 하나라도 흘릴까 봐 벌벌 떠는 시늉을 하다가, 집으로 가는 동안 뜻하지 않은 구멍에서 낟알들이 새기라도 하면, 달구지를 세우기보다 새는 것이 더 재미있어 낄낄대며 더 빨리 소를 몰 사람이다.

그럴 때마다 나는 그와 함께 생의 어두운 질곡 속에 함께 거꾸로 처박히곤 했다. 그러곤 그 질곡으로부터 헤어나오기 위해 몇 년씩 허덕거려야 했다. 때로는 굶주리면서까지. 나는 두려웠다. 새카만 절망이 그 낯익은 그림자를 다시 드리워 오는가 싶어서였다.

남편이 뭐라 하든 이번만은 절대로 그의 덤벙거리는 기분에 놀아나지 않겠다고 다짐하고 또 다짐했음에도, 나 역시 모델 하우스와 현장을 둘러보고 나서는 언제 그런 결심을 했던가 싶게 마음이 돌변했다.

잠깐 둘러본 데 지나지 않았지만, 나는 그 안락한 입식 부엌과 옥내 욕실이 갖추어진 집을 맘먹기에 따라서는 나도 가질 수 있다는 꿈에서 좀처럼 깨어나고 싶지 않았다. 현장에 가 보고는 내가 그러한 것같이 남편에게도 그런 꿈이 있었을 듯싶다고 헤아려졌다. 남편은 항시 창문이 커다란 집이 소원이었다. 가능하다면 벽 한 면 전체가 창문이어서 밝은 햇빛 맑은 하늘을 가득 담아 들이면 좋겠다고 했다. 그러던 그가 자기 소원에 가까운 집을 보고 왜 탐나지 않았겠는가.

그가 자기 방으로 쓰겠다고 점찍어 둔 곳에 들어서 보니 벽 전체가 창문이라 싶게 창문이 크고, 앞도 거침없이 툭 트여 있었다. 베란다 밑 서너 길 아래로 언덕길이 굽어보였고, 그 길 너머 시골 초등학교 운동 장만 한 정구장이 있었다. 비어 있음에도 그것은 세심한 원정園丁의 손 길에 의해서 산뜻하게 단장되어 있었다. 코트의 수는 열 개 남짓한데 하얀 선이 너무 선명해서 바람이 스쳐도 횟가루가 묻어날 것 같았다. 두 개의 초록색 기둥에 매어진 그물이 코트마다 있었지만, 끝이 일직선 으로 이어져 열 개가 하나같이 보였다. 정구장 둘레에 띠처럼 가꾸어 놓은 잔디밭이나 그 잔디밭에 촘촘히 심어 놓은 교목들도 원정의 잘디 잔 손길이 속속들이 쓰다듬고 지나간 흔적이 엿보였다. 국내 재벌 회사 전용 체육관 간판이 세워진 희고 납작한 건물이 정구장 한쪽 켠에 있었 다. 정구장 너머, 도로변에 늘어선 나목들의 잔가지 사이로는 새하얀 고속도로가 보이다 말다 했고, 그 고속도로 옆으로 거대한 무대의 세트 장치처럼 고층 아파트들이 우뚝우뚝 서 있었다.

난간 위로 몸을 기울이고 언제까지 앞만 바라보던 남편이 불현듯 읊 조렸다.

"아, 참 좋다. 저렇게 넓고 번듯한 땅이 비어 있다는 게 꼭 꿈만 같잖아? 이제 더 이상 바랄 게 없을 것 같아. 방 안에 앉아서도 하늘과 나무를 볼 수 있으니까."

나 역시 하늘과 나무를 보고 좋다 했던 먼먼 날의 촉촉한 감정이 되살아나는 것 같았다.

결국 우리는 '방 안에 앉아서도 하늘과 나무를 볼 수 있다'는 점과, 가스 난방·입식 부엌·옥내 욕실에 혹해서, 일이 꼬이면 어떤 결과를 가져올지 짐작조차 할 수 없는 위태로운 모험에 뛰어들었다.

악몽 같은 겨울이 가고 봄이 올 무렵, 우리는 다행히 작자를 만났으나, 시세보다는 이백만 원이나 밑지고 간신히 집을 팔았다.

그사이 저쪽 집은 완공되어 끝전만 치르면 이튿날이라도 짐을 옮길 수 있었으나, 끝전이 마련되지 않아 우리는 두 번씩이나 남편 친구의 친구를 찾아가 사정하는 등 우여곡절이 많았다. 마침내 우리 집을 사서 오는 쪽으로부터 잔금을 받아 저쪽 끝전을 무사히 치를 수 있게 되자, 나는 꼭 죽었다가 되살아난 것만 같았다.

이제 남은 문제는 이삿짐을 싸고 옮기는 일뿐이었다. 나는 서서히 이삿짐 꾸릴 준비를 해나갔다. 하루는 다락에서 잡동사니를 몽땅 끌어내 챙길 것은 챙기고 버릴 것은 버리고 또 하루는 이불 호청을 뜯어 빨고, 또 하루는 솥·냄비 따위의 그릇들도 닦아야 할 것이었다.

수돗가에서 모래와 비누를 섞어 수세미로 냄비를 썩썩 문지르다 말고 나는 잠시 일손을 멈추었다. 흘러내린 머리카락을 추어올리려는데 볕바른 마루 구석에 쭈그리고 앉아 있는 남편이 보였다. 나는 깜짝 놀라 그를 다시 보았다. 그의 몸은 재처럼 폭삭 사그라질 것만 같이 기운이 하나도 없어 보였고, 오직 움푹 패어 거무스름한 눈자위에서만 사위는 불꽃처럼 희미한 안광이 스며 나왔다. 나는 며칠 전에도 남편으로부터 꼭 그와 같은 섬뜩한 느낌을 받았던 게 기억났다.

"여보."

겁먹은 목소리로 나는 가만히 남편을 불러 보았다.

"응?"

가물거리던 그의 눈자위에서 반짝하는 불빛이 되살아나고 그의 몸속 피톨도 다시 순환하기 시작하는 것 같았다. 그렇다 해도 그의 몸놀림은 바위 덩이처럼 무거워 보였다.

"당신 어디 아파요?"

"아냐. 잠을 못 자서 그래."

"그 신문 연재는 언제 끝나요? 빨리 끝내고 좀 쉬세요."

"그래야겠어. 영 고전이야. 간밤에도 잠을 해딱 새웠는데 다섯 장도 못 메웠어. 이런 때가 없었는데."

남편은 무겁게 고개를 절레절레 저었다.

"그럴 때도 있겠죠. 샘솟듯 글이 펑펑 쏟아지기만 해서야……."

"아냐, 그런 문제만도 아닌 것 같아. 뭐라 할까 어떤 깊이 모를 심연이 내 속에 있어, 모든 것이 자꾸자꾸 그리로 흘러내리는 것만 같아. 스태미나도, 의욕도, 정열도, 꿈도, 절망도, 슬픔도 모든 게 다아. 그렇게 가라앉는 대로 가만히 있는 게 편안하거든. 내가 왜 이럴까? 이게 늙는 징조일까? 아니면……."

심연? 처음 듣는 어휘였다. 이사 가는 일로 넋이 빠져 있는 동안, 내가 전혀 모르는 어떤 것이 남편의 내면 속에서 은밀히 깨어나고 있었던 것일까? 아니, 그는 벌써 내가 전혀 몰라볼 정도로 변신해 버린 건 아닐까? 밤사이 집을 옮긴 달팽이의 희미한 궤적을 더듬어 보듯 나는 요 몇 달 사이의 일들을 되살려 보았다.

청탁 관계로 오는 전화를 자신이 받으면서도 신화 살못 했다고 끊어

버린다든가, 누님 집에 얹혀 지내는 게 가엾다며 사흘이 멀다 달고 들어오던 친구를 대수롭잖은 일로 갈비뼈를 부러뜨려 놓아 파출소까지 갔다 온다든가, 이사도 가기 전에 빚돈을 내어 식탁·융단·옷걸이 등 가재를 사들여 놓고 어느새 그 물건들에 대한 애착이 싹 가신 듯 한쪽 구석에 밀쳐놓은 거라든가, 잠자리에서마저 고르지 못한 변조變調가 있었던 게 생각났다.

특히 친구를 흠씬 패 주어 갈비뼈를 부러뜨려 놓게 된 경위는 정말이지 나를 어리둥절하게 했다. 밥상을 들여다 주고 오 분도 못 되어서였다. "이게 연근이냐, 우엉이지", "아니다, 연근이다" 하고 찌그럭대는 소리가 들려왔다. 내가 듣기엔 남편의 주장이 틀린 것 같았다. 그러더니 잠시 후엔 어떻게 된 건지 불씨에 기름을 부은 듯 언성이 높아졌다. 그래도 나는 저러다 말겠지 하고 개의치 않았다. "이게 우엉이냐, 연근이지", "아니다, 우엉이다", 두 사람은 핏대를 세워 소리 지르는가 싶더니, 조금 있다 쨍그랑 무엇이 깨어지는 소리가 났다. 이어서 방문이 뜨르륵 열리고 남편이 친구의 멱살을 거머쥐고 마루로 나오더니, 픽픽 소리가 나도록 그의 가슴패기에 주먹을 먹여 댔다.

이 무렵 그는 친구들에게 미움을 사기로 작정한 사람처럼 이상하게 행동했다.

여자들도 둘이나 끼인 '갈매회'라는 동인 모임이 있었는데, 그네들을 집으로 초대해 놓고 한 시간 전에 없어져 버렸다. 예정대로 친구들은 집으로 몰려와 방 안이 그득 차게 들어앉아 있었다. 나는 부엌에서 일하다 말고 대문이 조금만 덜컹 해도 쫓아 나가 보았지만 그는 아니었다. 하는 수 없이 먼저 상을 들여놓아 주고 부뚜막에 앉아 있노라니 전화가 왔다. "갔어?" 그가 대뜸 하는 소리였다. "도대체 어떻게 된 거예요? 나 혼자 이게 무슨 고역이에요?" 그러자 그는 되려 역정을 벌컥 냈다. "그럼 아직 안 갔단 말이야? 어이 개새끼들." 잠시 후 그는 나타났다. 모인 친구들이 어떻게 된 거냐고 아우성치자, "내일 온다는 줄 알았다"라고 태연히 대꾸했다.

"인마, 아까 니가 전화까지 받고 그래? 애가 변비라더니 아침에 똥을 못 눠서 해까닥한 거 아니야?"

주객이 전도되어, 친구 하나가 술잔을 채워 그에게 권해도 손등으로 밀어내며 바락바락 우겨 댔다.

"그건 니가 '까무라쳐 버렸다' 할 때 띄어 쓰는 게 맞느냐, 붙여 쓰는 게 맞느냐, 하는 걸 묻는 전화였지. 오늘 온다는 건 아니었어."

"야, 그 말끝에 내가 이따 만나, 그랬잖아. 그랬더니, 니가 그래라 우라질 놈아, 그랬잖아."

"언제 내가 그랬어. 내 사전엔 우라질이라는 어휘는 없어."

두 사람이 맞붙어 입씨름하는 동안 여느 사람들은 멀거니 지켜보다 서로 눈짓했다. 그러더니 슬금슬금 소지품을 챙겨 일어났다.

그네들이 가 버린 뒤 나는 남편에게 따졌다.

"당신 날더러는 친구들이 오기로 했으니 뭘 좀 만들어 놓으라고까지 했잖아요."

"당신마저 이렇게 따지기야. 그럴 수도 있잖아, 사람이."

어떻게 해서 그럴 수 있다는 건지, 나는 지금까지도 이해할 수 없다. 남편의 친구들 역시도 그랬던 모양이다. 그 뒤로 그네들이 남편을 찾는 전화는 급작스럽게 뜸해졌다.

그렇다면 이 모든 것이 그 어디론지 끝없이 흘러내리는 것 같다는 그런 기분과 관계된 걸까? 아니면, 자기 변덕에 지쳐 주저앉은 걸까? 그래, 너무 과로해서 그래. 나는 남편이 사로잡혀 있는 그 기묘한 상태가, 내가 모르는 이유에서 비롯되는 일이 아니기를 바라며 사기 자신에게 타일렀다.

그날 오후, 나는 남편의 손을 잡아끌다시피 해서 우리들의 새집으로 갔다. 이사 들기 전에 집도 돌아봐 둘 겸 그에게 기분 전환이라도 될까 해서였다.

열쇠로 문을 따고 들어서자마자 남편은 곧장 베란다로 나갔다. 장판이니, 가스보일러 설비니 아직 미비된 것들이 있어, 내가 현장 사무소 직원을 만나고 돌아와 보니, 남편은 그제도 베란다 난간 위로 몸을 숙인 채 삭막한 체육관 뜰을 내려다보고 있었다. 그가 어찌나 잠잠한지 나는 다가가다 멈추어 섰다. 그것은 일시적인 침묵이라기보다, 자기 속으로 한없이 침잠하여 무엇으로도 흔들 수 없는 그런 고요함인 듯싶었다. 그가 한없이 멀게 느껴지자 가슴이 사르르 하도록 쓸쓸한 물결이 지나갔다.

가만히, 숨소리도 죽인 채 가만히 서 있었음에도 남편은 내가 돌아온 것을 알고 있었다. 그는 조용히 이상스럽게 미소 지으며 나를 돌아다보았다.

"이봐, 일루 좀 와 봐."

"당신은 아무래도 여기다 서재를 차려야겠어요."

"이제 보니 이쪽 뒤편으로 과수밭이 있군. 아, 빨리 저리로 좀 거닐어 봤으면. 가만히 잘 봐. 나무들 사이사이로 노리끼리한 연두색 안개가 서려 있지? 가까이 가면 아마 수액樹液 냄새가 향긋할 거야."

"그러세요. 그쪽만이 아니라 저기 고속도로 곁으로 오솔길도 있어요. 아침에 일찍 일어나 산책도 다녀 보세요."

내가 이쪽저쪽 손가락질해 가며, 기실은 자기 속의 공허함을 감추기 위해 드높은 목소리로 떠들고 있을 때였다. 삐리— 삐리삐리 하는 종달새 노랫소리가 현관 쪽에서 났다.

"누가 왔나 봐."

"이상하다, 올 사람이 없는데."

현관 밖에는 서른 안팎의 여자가 낯설어하며, 미소를 띠고 서 있었다. 여자의 몸에서 튀김기름 냄새가 났다.

"저는 여기 옆집에 사는 사람인데, 댁에서 이리로 오실 건가요?"

"네."

"언제쯤 이사 오세요?"

"나흘 뒤에요."

"그럼 이사 오신 뒤에 말씀드릴까?"

여자는 비친 말을 도로 거두려고 했다.

"무슨 말씀이신데요?"

"얘기가 좀 긴데…… 우리 집으로 함께 가시겠어요. 그쪽은 앉을 만한 데가 없죠?"

"네, 그럽시다."

집 안으로 들어가자 튀김기름 냄새는 더욱 짙어졌다. 열린 방문을 통해 번들거리는 자개장롱과 전신 거울과 울긋불긋한 커튼이 피뜩 보였다. 여자는 그 옆방으로 나를 안내했다. 피아노와 장식장과 푹신한 안락의자들이 갖춰져 있었다. 남편이 자기 방으로 점찍어 둔 바로 그 방과 같은 방이었다.

"다름이 아니라……."

양말에 구멍이 뚫린 것을 여자에게 보이기 싫어서 나는 바닥으로 내려앉아 치마로 발을 감쌌다.

"이리로 이사 오는 우리 모두에게 문제가 좀 있어요. 댁에서도 얘기 들으셨죠? 이곳 난방 시설이 기름을 쓰는 게 아니라 가스를 쓴다는 거나 아시죠? 그리고 제일 추울 때 많이 써 봐야 육만 원 정도라는 얘기도 들으셨겠구요. 저희는 K 아파트에 살다가 아이들 학군 때문에 이곳으로 이사 왔어요. 어제가 이사 온 지 꼭 두 달째 되는군요. 그런데 가스를 때어 보니, 말 듣던 것과는 생판 달라요. 저쪽 집에서는 한 달 십이만 원이면 충분했는데 여기선 똑같은 기간에 이십육만 원 내지 삼십만 원도 모자랄 지경이에요. 그것도 하루 종일 때는 게 아니라 절약하고 절약해서 하루에 열 시간 안팎으로만 불을 때는데도 그래요."

말을 듣고 있는 동안 나는 온몸에서 힘이 새어 나가는 듯 휘청거렸고 눈앞이 어찔어찔했다. 나는 간신히 한마디 했다.

"그럼 어떻게 하면 좋죠?"

"그래서 여기 먼저 이사 온 사람들끼리 각계에다 진정서를 냈어요. 댁에서도 이제 이사 오시게 되면 그런저런 일에 협조를 해주어야 될 것 같아요. 제가 그 문제를 처음 들고일어났다고 해서 뜻하지 않게 자치회장 직을 맡게 되었어요. 한두 집도 아닌데 무슨 수가 있겠지요. 너무 염려 마세요. 우리는 다행히 아빠 월급 외에도 집세 들어오는 게 있어 여차해도 얼어 죽지는 않겠지만, 여느 댁들은 모두 봉급 받아 생활하기도 빠듯한데, 난방비를 삼십만 원씩 내고 어떻게 사냐고 아우성이에요."

"그렇다고 지금 와서……."

말끝도 맺지 못하고 나는 황망히 일어나 나왔다. 어쩌나, 이를 어쩌나. 나는 입속으로 같은 말만 되풀이 굴렸다. 나는 한참 동안 현관 밖에 우두커니 서 있었다.

남편은 싱크대 위에 걸터앉아 나를 기다리고 있었다.

"무슨 일이야, 왜 그래?"

"옆집에 사는 여자래요."

"그런데 무슨 일이 있어? 당신 안색이 아주 창백한데."

나는 서 있을 수가 없었다. 나는 방으로 가서 맨바닥에 주저앉았다.

남편도 내 곁으로 와서 앉았다. 그는 아직 영문을 몰라 그저 내 입이 열리기만 기다렸다.

이 말을 어찌 남편에게 옮기나. 그의 충격인들 오죽하랴. 생계를 이을 수단은 오직 그의 붓끝뿐인데. 붓끝이 잘 나가지 않는다고 한다……. 세상이 온통 그늘에 잠겨 버린 듯했다. 아니면 시간이 그만큼 지난 걸까? 하늘이 어두워지고 있었다.

"저기 있잖아요. 여기 옆집에 사는 여자 말로는 자기네가 이사 온 지두 달 됐는데 그동안 가스를 써 봤더니……."

"삼십만 원? 삼십만 원 정도라? 하는 수 없지. 이제 해약할 수도 없는 일이구."

남편은 뜻밖에도 덤덤했다. 그는 내 어깨를 툭툭 두드려 주고 도로 베란다로 나가 난간에 걸터앉았다. 어깨를 꾸부정하니 쭈그리고 손마디를 딱딱 꺾으며 남편이 중얼거렸다.

"염려 마. 연재를 계속 늘이지 뭐."

나는 잠자코 꾸부정한 그의 등과 희끗희끗한 뒤통수를 바라보았다. 아직 젊으려니, 모든 것이 우리와 함께 여기 있으려니 여겼는데, 이제는 한세월을 넘어서 다른 세월을 살고 있구나 하는 생각이 스쳤다.

어느새 어둠은 방 안까지 밀려들어 와 있었다. 홀로 어둠 속에 갇히며, 나는 짐짓 울고 싶은 맘으로 무릎 사이에 얼굴을 꼭 파묻었다.

2

파르스름하던 새벽빛이 하얗게 벗겨져 간다. 빨갛고 파란 색 실타래도 제 빛으로 곱게 살아난다. 자전거 차륜 소리와 우유병 부딪치는 소리가 투명한 아침 속에 메아리친다.

나는 잠시 일손을 놓고 뻐근한 어깨를 주먹으로 두드린다. 무얼 해도 피로가 너무 쉬 오는 게 아무래도 이상하다. 그것만이 아니다. 팔다리 끝에 무거운 추가 달린 양 묵지근하다. 아직 뚜렷한 증세는 없지만 임신이 아닐까 해서 나는 지레 겁이 난다. 첫아이를 자연유산으로 잃고 나서 오 년이 지나도록 소식이 없었다. 한 해 두 해 기다려 온 터이지만 지금은 낳아서 기를 처지가 못 된다.

이사 와서 석 달째 되는 그 달의 말일께였다. 연재 고료를 타 온다고 나간 사람이 두 시간이 채 못 되어 돌아왔다. 나는 약간 의외라는 듯이 그를 쳐다보았다. 고료를 타는 날엔 대개 친구들과 어울려 술을 마시고 느지막이 귀가하곤 했기 때문에 그날도 으레 그러려니 했었다.

남편이 주머니에서 고료 봉투를 꺼내 놓았다. 그리고 덧붙였다.

"이게 마지막 고료야."

"네?"

"사실은 오늘 넘긴 일주일 분 원고가 끝이야."

남편이 아주 담담하게 말했기 때문에 나도 담담하게 그의 말을 듣고 있었다.

"금년 겨울 날 때까지만 쓰려 했는데 광고가 자꾸 올라온다고 윗사람들이 이제 그만 썼으면 하나 봐."

"광고가 올라오는 게 뭐예요?"

"내가 쓰는 지면 밑에 광고가 깔리잖아. 그런데 거기에 깔릴 광고들이 넘치나 봐. 신문사로선 좋은 일이지."

나는 남편이 왜 술을 안 마시고 들어왔는지 알 만했다. 당장은 그것이 우리의 마지막 수입이 될지도 모를 일이었다.

"잘됐군요. 이제 좀 푹 쉬세요."

"그래, 좀 쉬고 나서 다시 쓰기 시작해야겠어."

그러곤 잠 좀 자야겠다고 남편은 자기 방으로 들어갔다. 그날 남편은 먹지도 않고 다음 날 아침까지 계속 잤다. 몇 시인지 모를 시각에 잠시 일어나 한 술 뜨고는 다시 잤다. 그런 날이 일 주, 이 주, 삼 주 계속되었다. 앉을 새가 없이 그는 픽픽 쓰러졌다. 그러한 그는 마치 신내림 타는 무당과도 같았다. 그의 육체는 그에게 씌인 무언가를 가누지 못해 자꾸자꾸 주저앉는 것만 같았다.

우리 사이엔 이상한 침묵의 벽이 서리기 시작했다. 나는 곁에서 가만히 지켜볼 뿐 속수무책이었다. 밥을 먹고 있는 그를 유심히 지켜보노라면 늘 이마에 진땀이 질척했다. 그의 몸은 밥 몇 술마저도 힘겨워하는 것 같았다.

어느 날 나는 참을 수 없어 그에게 말을 건넸다.

"당신 웬 땀을 그렇게 흘리세요."

"글쎄, 왜 그런지 밥 숟가락만 뜨면 진땀이 나는군."

"입맛이 없어요?"

"밥알이 모래 같아."

"어디가 아파서 그래요? 아픈 데를 확실히 얘기해 보세요."

"글쎄, 아픈 데가 어디라고 꼭 꼬집어낼 수는 없어. 자도 자도 자꾸 잠이 오는데 꿈을 꾸는 건지, 잠을 자는 건지 혼수상태야. 깨고 나면 머리가 띵하고 온몸이 저려."

"오늘 당장 병원에 좀 가봅시다."

"병원에 갈 병이 아닌 것 같아. 그건 내가 알아. 그나저나 이제 글을 좀 써야 할 텐데. 돈이 다 떨어져 가지?"

막무가내 하는 남편의 등을 밀어 한의원으로 갔다. 진맥을 보고 난 의원이 고개를 갸우뚱하고 말했다.

"내가 이제까지 수천 사람 진맥을 해봤지만, 이런 맥은 처음이오. 몸이 풀잎 같다고 할까, 칼날 같다고 할까?"

"나빠요? 왜 그렇죠?"

"글쎄요. 어디 봅시다."

의원은 남편의 팔뚝에다 혈압계를 감았다.

"흠. 혈압은 아주 정상이군. 대변 잘 봐요?"

"예."

"잠 안 오거나 그런 일은?"

"아주 잘 잡니다."

"머리가 띵하거나 그렇지도 않구요?"

"예, 머리는 자고 나면 띵하고 무겁습니다."

"식사할 때 까부라지는 기분이 듭니까?"

"예, 그래요."

의원은 이제 감이 잡힌다는 듯 고개를 끄덕였다. 나는 성급하게 다시 물었다.

"선생님, 무슨 병입니까?"

"맥 뛰는 걸로 봐서는 큰 병 든 것 같았는데 의외로 몸이 아주 깨끗합니다. 단지 원기가 좀 부족하군요."

당장 죽을 것처럼 기운이 없고, 여기가 아프다, 저기가 아프다, 하는 사람에게 아무런 병도 없다는 것이 나는 믿어지지 않았다. 남편은 그것 보라는 듯이 눈짓으로 나를 나무랐다.

"보약을 좀 들어 보시겠어요? 뚜렷한 병은 없으나 원기를 북돋아 주기 위해선 보약을 좀 드셔야겠어요."

남편은 완강히 고개를 가로저었다. 돈을 생각해서 그러는 게 아니었다. 그의 다음 말이 그 점을 말해 주었다.

"원기는 충분히 있습니다. 가만히 숨을 쉬면서 자기 몸속으로 깊이 가라앉아 보면 알 수 있어요. 몸속 어딘가는 모르지만 거대한 에너지가 가득히 괴어 있다는 것을. 다만 그것이 이전과 같은 목적에 쓰이기 위해서는 결코 깨어지지 않으리란 것뿐이에요. 내 느낌이 이거다, 하는 것을 찾기만 하면 나는 그것이 화산처럼 터질 것을 알고 있어요."

옆방에서 부스럭대는 소리가 들려온다. 남편이 산책 나가려나 보다. 방문이 열렸다 닫히고, 조금 있다 현관문에 부착된 두 개의 걸림쇠를 따는 소리가 찰칵찰칵 난다. 그리고 계단을 내려가는 발걸음 소리가 난다. 발걸음 소리는 점점 멀어진다.

발걸음 소리는 이미 들리지 않는데도, 내 맘엔 그의 발걸음이 집으로부터 멀어져 가는 환청이 끝없이 되풀이된다.

이사 와서 아침 동틀 무렵마다 산책을 나가던 남편의 습관은, 그 후 시도 때도 없는 외출로 연장되었다. 처음엔 바깥바람이나 맞고 오는 정도였으나, 나중엔 두 시간도 좋고, 세 시간도 좋고, 어느 땐 밤을 지나 새벽 무렵에 돌아온 일도 있었다. 외출하기 전에는 자든지, 죽은 듯이 앉아 창밖만 내다보다가 바람에 휩싸인 듯이 획 나간다. 전화로 친구들이 그를 불러낼 때도 있으나, 그건 극히 드문 일이다.

건강에 도움이 되고, 기분 전환이 될까 해서 그의 산책은 오히려 내 쪽에서 바라던 바였다. 그러나 잦은 외출로 연장되어 밤을 지나는 일까지 생겼을 때, 그의 그런 외출이 그저 바람이나 쐬는 정도가 아니라는 것을 나는 깨닫게 되었다.

그의 변신하는 몸에서 뽑힌 깃털은 내가 전혀 예상치 못한 장소에 흩어져 있었고, 또 아직도 얼마나 엉뚱하고 먼 장소에서 발견될지 모를 일이었다. 나갈 때 삼사만 원 정도의 용돈을 요구하는가 하면, 어느 땐 한푼도 없이 나가 자전거 빌려 주는 데서 푼돈을 받으러 오기도 했다. 현관을 쓸다 보면 붉고 찰진 점토 가루가 빗자루에 벌겋게 묻어날 때도 있었고, 가는 모래기 한 움큼씩 쓸려 나오기도 했다. 빨래를 하려고 보면 주머니에서 커다란 하트 모양의 서양 포플러 잎사귀가 지폐인 양 한 다발씩 쏟아져 나올 때도 있었다.

어느 날 그가 다시 내게 용돈을 청구했을 때였다. 나는 가스 문제가 해결된 뒤에 주려고 떨어뜨린 집값 끝전에서 삼만 원을 빼내 그에게 주었다. 이미 끝전은 남편이 그렇게 빼내 가지고 가는 바람에 백만 원 중반이 축났다. 염려스러운 맘을 감추지 못해 나는 한마디 했다.

"바깥에 새 애인이 생겼어요?"

"아니."

그뿐이었다. 궁금증을 참다 참다 또다시 어렵게 물어봐도 대답은 한마디뿐이었다.

나는 아직 그가 밖에서 무엇을 하는지 모른다. 그가 나간 뒤에 머문 곳, 만난 것들은 내가 감득할 수 있는 한계 밖의 일이다. 그런데 각각 다른 시기에 뜻하지 않은 손님이 우리 집을 찾아왔다.

어느 날 문밖에 행상으로 보이는 아주머니 한 사람이 서 있었다. 뒤축이 없는 자주색 플라스틱 슬리퍼에 몸뻬를 입고 앞에는 국방색 천으로 만든 앞치마 겸 돈주머니를 두르고 있었다. 윗도리는 방수천으로 된 남자용 점퍼였고, 얼굴은 바람에 그을리고 터져 팥죽빛이 났다.

무엇을 팔러 온 것 같지도 않은데 여자는 이상스러울 만큼 주눅이 들어 자꾸 손을 부비고 허리를 굽신거렸다.

"무슨 일이세요……."

내가 물었다.

"저어, 이런 얘기를 해도 될지, 와서 보니 입이 안 떨어지는군요."

"얘기해 보세요. 괜찮아요."

"난 계란 장수예요. 아저씨가 여기 가서 돈을 받으라기에 왔어요."

"우리 집 그이가요."

"예에. 여기가 강남타운 7동 205호지요?"

"네. 그건 맞는데, 우리 집 그이가 무슨 일로 계란을 샀다는 건지, 난 통 영문을 모르겠네요."

"물론 그럴 거예요."

"도대체 계란값은 얼마인데요?"

"사만이천 원이에요."

"네에?"

내가 놀라자 계란 장수는 더욱 풀이 죽어 고개를 떨어뜨렸다.

"아주머니, 내가 도저히 이해가 가지 않으니, 선은 이렇고 후는 이렇다고 자초지종을 얘기해 보세요. 우리 그이가 계란 싣고 가는 자전거에 뛰어들어 사고를 냈나요?"

"아니에요, 그런 건. 말을 하라니 안 할 수는 없고, 하자니 그렇네요. 난 타이탄 트럭에다 계란을 싣고 아파트로 돌아다녀요. 오늘 아침엔 청담동에 있는 미림아파트로 계란을 팔러 갔는데, 정문에서 수위 녀석이 못 들어가게 하잖아요. 그래서 정문 밖에 차를 세워 놓고 장사를 하는데, 그 녀석이 어찌나 심사 사나운지, 거기서도 차를 비키라는 거예요. 그래 옥신각신하다가 그 녀석이 미는 바람에 내가 계란을 깔고 뒤로 나가자빠졌어요. 분해서 그놈한테 물어 달라고 악을 썼더니, 그 자식은 되려 날 보고 누가 차를 거기다 세워 놓으랬느냐고 호통을 치는 거예요. 그러구 막 싸우고 있노라니까, 구경꾼 속에서 웬 양반이 나서더니 다짜고짜 자기가 물어 주겠다는 거예요. 그리고 이리로 가서 돈을 받으라며 주소를 적어 주더군요."

"그래서 아주머닌 우리 그이가 계란값을 물어 줘야 할 이유가 있다고 생각하세요?"

"물론 나도 경우는 아는 사람이에요. 그래서 싫다고 했지만, 어떻게 된 셈인지, 아저씨가 그러라고 했을 적엔 뭔지 모르게 꼭 그래도 될 듯 싶었어요. 그런데 문 앞에 당도해서 생각해 보니 미친 사람 미친 짓에 홀렸거나, 아니면 어쩌나 보자구 농담한 걸 가지고 쓸개 빠지게 예까지 온 게 아닌가 후회막급이더군요."

"아주머니가 내 입장이 되어 보더라도 아무 상관 없는 일에 사만 원 씩 선뜻 내놓겠어요? 살림하는 여자의 맘은 다 같지. 그러니 운수로나 돌려야지 어쩌겠어요."

계란 장수는 심란한 표정으로 돌아섰다. 나 역시 심란했다. 길거리에서 걸인을 만나도 적선 한 번 않는 그다. 그러한 그가 왜 계란값을 변상해 주려 했는지 의아했다. '아저씨가 그러라고 했을 적엔 뭔지 모르게 그래도 될 듯싶었다'는 그녀의 말을 곰곰이 반추해 보았다. 그녀가 멋 모르고 지껄인 그 말은, 휘장처럼 남편의 비밀스러운 혼으로 그윽하게 부풀어 올라 있는 것 같았다.

그런 일이 있고 나서 다시 두 달쯤 뒤였다. 이번엔 눈동자가 해맑고 두 뺨에 복숭앗빛이 서린, 열댓 살 난 소녀가 찾아왔다. 옷은 낡고, 몸에 맞지 않아 가슴 언저리의 솔기가 뜯어질 듯 벌어져 있었지만, 바지도 운동화도 깨끗이 빨아 손질한 흔적이 엿보였다. 소녀의 손엔 비닐봉지에 한 관쯤 담긴 귤이 들려 있었다. 누굴 찾느냐고 했더니 소녀 역시도 주소를 댔다.

"아저씨한테 이것 좀 전해 주세요."

귤만 내밀어 놓고 소녀는 한사코 도망치려 했다. 나는 간신히 소녀를 끌어들여 얘기를 시켰다.

소녀의 얘기는 이러했다.

어렸을 때 아버지가 집을 나갔기 때문에 어머니하고 단 두 식구가 어렵게 살아왔다. 행상으로 생계를 꾸려 온 어머니는 소녀가 중학교를 마칠 무렵 몸져눕게 되어 소녀는 공장에 취직을 했다. 반년쯤 시름시름 앓다가 어머니는 돌아가셨다. 그날은 어머니가 돌아가시고 나서 처음으로 맞는 기일忌日이었다. 제상을 모시려고 조업이 끝나는 대로 집으로 달려왔다. 제를 올리긴 올려야겠는데 있는 것도 없고 돈도 넉넉지 않았다. 밥하고 국하고 나물 몇 가지를 준비해 놓고 보니 고기 종류가 하나도 없었다. 집을 나와 시장으로 가던 중 길가의 선술집 유리창 속에 물오징어가 보였다. 안으로 들어가 주인 아주머니에게 '제상에 물오징어도 쓰냐'고 물어보고 있는데 혼자서 소주를 마시고 있던 아저씨가 왜 그러느냐고 사연을 캐물었다. 사실대로 얘기했더니 그가 물오징어는 제상에 올리지 않는 법이라며, 대신 포를 사라고 가르쳐 줬다. 그리고 자신이 제상 차리는 것을 도와주겠다고 나섰다.

"아무 상관도 없는 아저씨가 제삿상을 차려 주겠다고 따라 나섰을 때, 넌 겁나지 않았니?"

소녀의 얘기를 다 듣고 나서 내가 조심스럽게 물어보았다.

"아뇨, 아저씨가 남이다 낯선 사람이다 하는 느낌을 전혀 주지 않았어요."

이런 일들을 통해서 나는 남편의 관심이 무언지 그전과는 다른 힘의 축軸으로 옮겨 가고 있는 것을 막연히 느끼곤 했다. 이전에 그가 좋아하고 중요하게 여기던 일들—언론과 정치·사회에 대한 관심, 작가의 사명, 예술과 인간에 대한 이론 정연한 대화, 모임, 하다못해 그가 수집해 온 종鐘에 대해서까지도 관심이 멀어졌다.

그의 사고, 그의 감정, 그의 혼은 다른 진동振動에 갑자기 눈뜬 것 같다. 가만히 있다가도 그런 울림에 일단 휘말리면 눈빛이 번들거리고 공연히 집 안을 서성거리다가 기어이 집을 나서고 만다. 한 시나 두 시, 집에 돌아와서도 밤새도록 자지 않는다. 어세도 늦도록 불이 켜져 있었다.

이래선 안 되지 하면서도 나는 일어나 남편의 방을 엿보러 간다. 이제나저제나 하면서 나는 아침마다 남편의 책상 위를 살펴본다. 무엇을 쓰기 시작했는가 싶어서. 그러나 벌써 일 년이 넘게 남편은 책상으로부터 떠나 있는 눈치다.

방바닥에 이불이 그대로 깔려 있다. 머리맡에 갓전등과 재떨이와 성냥, 보던 책들이 널려 있다. 나는 창가에 놓인 책상 앞으로 간다. 뜻밖에도 원고지 뒷면에다 휘갈겨 쓴 몇 줄의 글귀가 눈에 띈다. 무슨 메모일까.

천형天刑의 고독을 타고난 그를 위해서 나는 오늘에 이르러서야 겨우 그를 위한 한 뼘의 땅을 발견했다. 이 세상 한 귀퉁이, 육지 속의 무인도다.

그가 그곳으로 떠난 지 얼마 안 되어 그 무인도는 푸른 이내에 둘러싸이게 되었다. 그 이내는 갈수록 짙고 푸르고 안개처럼 풍성하여, 그 섬 근해를 지나다니는 배들에 의해서 '이내의 섬', 또는 '향기로운 영혼의 섬'이라 이름 지어졌다.

계단에서 발걸음 소리가 난다. 남편의 발걸음 소리만이 저렇게 무겁고 나른하게 들린다. 나는 얼른 책상 앞을 떠나 등 뒤로 소리 나지 않게 문을 닫고 방에서 나온다. 무언지 자기 자신에게 부끄러운 감이 든다.

나는 아침 채비를 하는 척 부엌에서 서성거린다. 현관문이 열린다. 그가 들어온다. 현관과 부엌은 직각의 위치에 있어 우리는 피차 서로의 모습을 볼 수 없다. 잠시 후 나는 그의 뒷모습이 문 뒤로 완전히 자취를 감추려는 찰나 그를 부르려다 그만둔다.

이런 충동은 오늘이 처음은 아니다. 침묵 속에 자기를 걸어 잠근 그를 죽일 듯이 흔들어 대며 외치고 싶다. '얘기해 보세요. 뭣 때문에 그래요? 무엇이 당신을 어디로 이끌어 가는 거예요?' 그러나 아직까지 그런 일은 없었다. 인내심 때문이 아니다. 희망 때문이다. 머지않아 그를 사로잡은 이상한 몸살이 씻은 듯이 내리고, 물 위의 집처럼 끝없이 흔들리고 동요되던 우리 삶의 토대도 안정되리라 하는 희망 말이다.

그는 이제부터 잠을 잘 것이다.

나는 도로 큰방으로 가서 일감을 집어 든다. 또 하나의 매듭 걸이 하나가 거의 완성되어 간다. 돈을 받으면 커피프림과 가스불 위에 얹을 굴렁쇠를 사야겠다. 굴렁쇠를 놓고 쓰면 가스가 사십 프로는 절약된다고 한다. 보온병도 서둘러 장만해야겠다. 병을 깨뜨린 뒤로 남편은 일일이 커피포트로 물을 끓이곤 한다. 남편은 물이 끓고 나서도 이내 플러그를 빼지 않는다. 물이 끓는 소리를 듣고 있노라면 나는 피가 마르는 것같이 느껴진다. 커피포트를 바깥 콘센트에다 끼워 놓았을 때는 가서 플러그를 뽑지만, 그의 방에 있을 때는 거기까지 들어갈 수가 없어 차라리 귀를 막곤 한다.

이렇게 소심해져 얼마만큼 절약이 될지는 나도 모르겠다. 오히려 지난번 같은 때는 그 때문에 손해를 본 경우도 있다. 우체통에 전기요금 고지서가 꽂혀 있어, 연체료를 물지 않으려고 재빨리 갖다 냈더니, 이튿날 옆집에 사는 자치회 회장이 그 고지서를 거두러 왔다. 이번 달까지는 회사에서 물어주기로 합의가 되었다고 한다.

난데없이 스피커 소리가 들려온다. 경비원의 목소리다.

"주민 여러분께 알립니다. 금일 오전 아홉 시 삼십 분까지 어린이 놀이터로 한 분도 빠짐없이 나와 주시기 바랍니다. 주민총회가 있습니다. 다시 한 번 말씀드리겠습니다……."

주민총회니 반상회니 그런 것이 있을 때마다 나는 괜히 겁이 나고 가슴이 두근거린다. 낯선 사람들 앞으로 나설 일이 두렵다. 어린 시절처럼 돌연한 잠이 나를 어디 먼 데로 데려갔으면 싶다. 어머니와 아버지가 말다툼을 하면 나는 장롱 모서리로 도망가서 웅크리고 있다가 어느새 잠이 들곤 했다. 깨어 보면 편안한 잠자리에 눕혀져 있고, 싸움은 끝이 나 집 안이 적막했다. 어둠 속에서 어머니와 아버지가 도란대는 소리가 잔잔한 물결인 양 가물거리는 내 잠의 베갯머리를 적셨다.

나는 뒷베란다로 가 본다. 어린이 놀이터가 한눈에 내려다보인다. 아까까지도 그곳에서 왁자지껄하던 아이들이 버스에 실려 학교로 갔나 보다. 늘 이맘때면 고만고만한 사내아이와 계집아이 네댓이 그네를 타더니 지금은 그 아이들의 모습도 보이지 않는다. 투명하고 따스한 아침 햇살이 빈 놀이터를 비추고 있다. 미끄럼틀도, 뺑뺑이도, 철봉도, 사닥다리도, 그네도 가만히 정지해 있다. 놀이 기구들은 모래 바닥에 숯꺼멍으로 칠해 놓은 듯한 그림자를 드리우고 있다.

그래, 저 그네에 앉아 있을 때 아이들은 먹을 것도 마냥 있고, 하늘도 마냥 푸르고, 친구들도 마냥 같이 있으려니 여길 것이다. 그러나 문득 날이 어두워지고 어른들이 문간에 나와 친구들을 하나하나 집 안으로 불러들여 간다. 다음 날 놀이터로 다시 나와 보면 유난히 눈이 커다랗고 습관적으로 코를 들이마시던 사내아이가 보이지 않는다. 아이들은 모르는 새, 알 수 없는 시간이 아이들을 각자의 삶의 길로 천천히 실어 간다.

이제 아이는 풀이 너무 빳빳한 교복 깃 때문에 목이 아린 것을 참으며 입을 새초롬히 다물고 놀이터 곁을 그냥 지나친다. 그네를 봐도 무심하다. 그러는 사이에도 아이는 시간의 물 위에 떠 어디론지 흘러간다.

어느 날 베란다 창문을 통해 아이는 놀이터를 내려다본다. 어린 시절

다리를 일렁거리며 앉아 놀던 그네는 거기 있으나 자기는 지금 그 그네로부터 아주 멀고 먼 데로 떠 내려와 있는 것을 느낀다. 사무치는 그리움으로 그네를 바라보는 아이의 눈에 눈물이 어룽진다.

주민들이 하나 둘 놀이터로 모여든다. 나이 든 노인네들도 있으나 대개는 젊은 여자들이다. 나는 창가를 떠난다.

여자들은 끼리끼리 모여 서 있다. 나는 뒷전에 홀로 뚱하니 서 있다. 아무도 내게 말을 걸어 오지 않고, 나 역시 아무에게도 아는 체하지 않는다. 그럼에도 나는 그곳에 모인 여자들이 모두 나만 보는 것같이 생각된다. 손과 눈을 어떻게 건사해야 좋을지 사뭇 곤혹스럽다. 나는 그네 옆에 있는 은행나무 있는 쪽으로 간다. 은행잎이 노랗게 물든 것이 순간 내 눈길을 끌었을 뿐, 나무 아래로 가서는 뭘 어쩌겠다는 계획이 전혀 없다.

누군가 내게 큰 소리로 아는 체해 온다. 옆집 여자다. 그녀와 함께 서 있던 다른 여자들도 모두 나를 바라본다. 제발 나를 그대로 놔뒀으면.

"우리 옆집에 사는 아줌마예요. 이리 오셔서 얘기도 좀 나누고 그러십시다."

나는 그녀들 모두에게 내 등을 보일 용기가 나지 않는다. 빙 둘러선 여자들이 나를 위해 한 발짝씩 옮겨 선다. 그녀들의 머리 모양, 옷맵시, 신발, 매니큐어한 손톱 따위들이 너무 낯설어 나는 울컥 설움이 넘어온다.

옆집 여자가 한 여자의 머리를 칭찬한다. 그녀의 노랗게 물들인 머리는 텔레비전에 나오는 모 인기 여가수의 머리형과 같다.

"그 파마 참 잘 나왔네요. 어디서 하셨어요?"

"L호텔 미용실에서요."

"거긴 파마하는 데 얼마예요?"

"비싸지 않아요. 이만 원이에요."

"나두 이 파마 S호텔에서 했는데 우리 친구들은 야미집에서 한 것 같다고 놀리지 뭐예요."

"볼 줄 몰라서 그렇지, 벌써 웨이브가 다른데, 뭘. 아줌마가 손질이 좀 서투르군그래. 파마를 하고 금방은 머리카락이 바스러질 듯 곱실곱실하잖아요. 그럴 때는 오이를 담근 물에 머리를 감으면 돼요. 감고 나서는 젖은 채로 머리카락을 이렇게 꼬아 주세요."

거드름 속에 뚱뚱한 몸집을 잔뜩 사리고 있을 때와는 딴판으로 여자는 한 번 입이 떨어지자 넉살이 술술 풀려 나온다.

"미안하지만 체중이 얼마나 되세요?"

팔짱을 끼고 있던 또 다른 여자가 불쑥 나선다.

"남의 체중에 관심이 있는 걸 보니, 아줌마 몸이 나기 시작해서 고민인갑다? 그렇죠? 고민할 필요 하나도 없어요. 헬스클럽에 한 달만 나가세요. 신기할 정도로 바늘이 제자리에 딱 멈춰 버릴 거예요. 나는 석 달 전부터 나가기 시작했는데, 가 보니 내 몸 뚱뚱한 건 명함도 못 들여놓겠습디다."

"글쎄, 수영을 배우든지, 헬스클럽에 나가든지 무슨 수를 써야겠어요. 우리 애 아빠 여자 몸 나는 거 질색이거든요."

"어마, 아줌마는 참 순진하신가 부다. 지금 나이가 어떻게 되시는진 몰라도 그렇게 남편한테 매여 살 필요 없다구요. 자식 낳아 길러 줬겠다, 먹을 거 입을 거 안 입어서 재산도 늘여 놨겠다, 왜 큰소리 못 치나요? 여자 나이 사십이면 보석에 눈뜰 때라는 말도 있잖아요."

"그건 참 그래요. 옛날엔 누가 뭘 가져도 그저 그런가 보다 싶더니 이젠 돈이 좀 생기면 보석 욕심부터 생겨요."

여자의 말끝에 옆집 여자가 그녀의 손에 끼고 있는 반지를 가리킨다.

"그건 뭐예요?"

"문스타라는 거예요. 애들 아빠가 이번에 인도로 출장 갔다가 사 온 거예요. 인도는 얼마 전까지만 해도 이런 자연석들을 되로 돼서 팔 정도로 흔했대요. 타지마할이라는 어떤 왕비의 무덤은 여의도 국회의사당보다 더 큰데, 그게 전부 하얀 대리석이고 왕비의 관이 안치된 지하는 천장, 바닥, 무덤 할 것 없이 온통 자연석으로 꽃무늬를 대리석에 박아 넣었대요."

"그런 여자는 얼마나 좋을까."

눈을 가느스름하게 뜨고 한 여자가 감탄하자, 옆집 여자가 고개를 끄덕이며 말을 받는다.

"그러게 말이에요. 남자한테 얼마나 사랑을 받았으면 죽은 뒤에도 그런 무덤을 만들어 줬을까?"

"그런데 애들 아빠가 그러는데, 처음 무덤을 보고는 너무 엄청나 세상에 별 미친놈도 다 있다 싶었는데, 인도 여자들을 자세히 눈여겨보니까, 아하 저렇게 아름다우니 미칠 만도 하겠군 싶더래요."

"그 사람들 피부가 검을 텐데, 이쁘면 얼마나 이쁠라구요."

넉살 좋은 여자가 입을 비죽거린다.

"피부가 검은 여자들 중에도 간혹 신비하게 예쁜 여자가 더러 있었지만, 그보다는 아리안계 여자들이 그렇게 예쁘더래요. 눈동자가 꼭 유리알처럼 빛이 나고 피부는 수밀도 속살 같고, 체격은 미끈미끈한 팔등신인데, 그런 여자들을 보니까, 정말 여자가 아름답다는 게 저런 거구나 싶더래요."

"에이, 아름다워 봤자 그렇고 그렇다니까요. 내 생각엔 그 왕비가 왕을 사로잡은 비결은 얼굴이 아니라, 그 왜 있지 않아요? 그게 유난히 좋았던 거지요."

호드러지게 몸을 털며 웃어 대는 여자들의 자태에서 어딘지 뻔뻔스럽고 음탕한 중년의 냄새가 풍긴다. 웃음이 가라앉고 좀 머쓱해진 얼굴로 서로를 쳐다보는 사이, 넉살 좋은 여자가 인도산 반지의 주인공을 상대로 다시 화제를 이끌어 낸다.

"아빠 어디 나가는 분이세요?"

"공룡시멘트 총무부장이에요."

"댁의 아빠는요?"

"사업해요."

공룡시멘트 총무부장 부인은 어쩌다 눈길이 마주친 김에 나에게도 질문을 던진다. 얼른 입이 떨어져 주지 않아 나는 자신에 대해서 마음이 조급해진다.

"아무데도 안 나가세요. 집에서…… 글을 써요."

한낮에도 이불을 뒤집어쓰고 자지 않으면 유령처럼 아파트 주위를 어슬렁거리는 남편. 흰 고무신을 꿴 맨발, 낡고 헌 스웨터를 풀어놓은 듯 가닥가닥 너풀거리는 머리카락, 초점 잃은 눈……. 괜히 얼굴이 달아오른다.

그녀들은 남편의 직업을 월급봉투나 보너스로 가늠해 볼 수 없어 난처해하는 것 같다. 나는 잘못을 저지른 양 무안하다.

그때 어디선가 남자 자치회장이 나타나, 빨갛게 달아오른 자괴감으로부터 나를 구원해 준다. 사람들이 그의 앞으로 몰려간다.

"긴히 상의드릴 일이 있어 이렇게 모이시게 했습니다. 지난번 총회 때 드린 말씀 모두 기억하고 계시리라 믿습니다. 그때 제가 회사 대표를 만나, 난방 시설을 새로 해주기로 하고 그 공탁금 조로 이익을 걸어라, 그러면 준공 검사를 조속히 받도록 협조하겠다 해서 그렇게 합의가 되었노라고 했습니다. 그런데 최근 회사의 재정이 극도로 악화되어 부도가 나기 직전이라고 합디다. 만약에 부도가 나는 날엔 공탁금은커녕 우리의 재산권마저 어떻게 될지 아무도 보장할 수 없습니다. 그러니까 이제부터는 미온적인 태도로 일의 실마리를 풀려 해서는 안 되겠습니다. 주민 모두가 똘똘 뭉쳐, 회사든지 어디든지 자꾸 찾아가서 아우성치고 성화를 부려 귀찮게 해야겠습니다. 빠르면 빠를수록, 지금 당장이면 더욱 좋겠지요."

저마다 옆사람을 돌아보며 웅성거린다. 서로들 회사에 부도가 나면 어떻게 되느냐고 묻는다. 큰일 났다. 그렇더라도 집이야 어디 날아가겠느냐, 최악의 경우엔 연탄난로라도 놓고 사는 수밖에 없지 않겠느냐, 그러려면 뭣 하러 여게 오누, 뜨시고 편하게 살자고 한 짓인데, 하고 입마다 쑤군거린다.

남자 회장과 여자 회장이 한쪽으로 비켜서서 무언가 상의하더니 여자 회장이 앞으로 나섰다.

"자, 그렇다고 회사가 당장 부도를 낸 게 아니니까 너무들 염려하지 마세요. 아까 남자 자치회 회장님께서 말씀하셨듯이, 이제는 방법이라곤 자꾸 회사로 찾아가서 아우성치는 길밖에 없을 것 같습니다. 모이신 김에 지금 곧장 몰려가면 어떻겠어요?"

"좋소. 그렇게 합시다."

"그렇지만 시위를 해도 질서는 지켜야 되니까, 각 동에 다섯 분 정도 말씀 잘하시는 분들을 뽑아 주세요."

근심과 걱정이 서린 채 술렁거리는 어른들의 발치에 계집아이 하나가 쪼그리고 앉아 모래성을 짓고 있다. 양 갈래로 묶은 계집아이의 머리털이 바람에 살랑거린다. 아이는 한쪽 손을 모래 속에 묻고 다른 한 손으로 모래를 움켜 와 손등에 대고 두드린다. 모래 지붕이 얼마큼 다져졌다는 생각이 들어 아이는 모래 속의 손을 살며시 잡아당긴다. 모래

지붕은 일부 무너지기도 하고 또 일부 남아, 아이의 주먹만큼 작은 방이 만들어진다. 아이는 신발을 벗어 그 방 앞에다 길을 만든다. 길은 어른들의 다리 사이를 빠져, 햇빛에 노랗게 물들어 있는 인적 없는 장소까지 이어진다. 햇빛 속에 아이의 머리칼은 금빛 갈기 같다. 한참 후 길을 따라 집으로 돌아온 아이는 모래성이 간곳없이 사라진 것을 발견하고 아무나 손에 잡히는 다리를 잡아 할퀸다.

"얘가 누구야. 아프다. 그러지 마라."

여인이 바짓가랑이를 획 잡아채며 아이를 꾸짖는다.

어른들은 싸우러 갈 전사들을 다 뽑아 가는 눈치다. 나는 슬며시 그녀들의 뒷전을 돌아 집으로 들어간다. 계단 밑에서 계량기를 살펴본다. 집집마다 계량기가 윙윙 빠르게 돌아간다. 우리 집만 거북이 걸음처럼 천천히 돌아간다. 기온이 갑자기 내려간 탓으로 전기 난방기구들을 꺼내 놓고 쓰는지도 모르겠다.

작년 겨울 우리는 전기장판 두 장으로 겨울을 났다. 난방 시설을 개선해 줄 때까지 회사에서 가스값의 반 부담을 하니까 쓸 만큼 쓰라고 옆집 여자가 귀띔해 줬지만 반 부담이더라도 우리 살림엔 힘겨웠다. 현관으로 들어서기 전에 나는 가스회사에서 양쪽 집 문기둥에 붙여 놓은 가스검침카드를 비교해 본다. 한겨울에 옆집에서 347입방을 썼을 때 우리는 57입방을 썼다.

3

밥이 다 되고, 찌개가 끓기 시작해도 남편은 일어나지 않는다. 하는 수 없이 밥을 퍼서 보온밥통에 담아 플러그를 끼워 놓고, 찌개는 나중에 다시 끓일 생각으로 가스를 잠근다.

나는 방으로 가서 창틀 위에 올라앉는다. 방바닥에서 냉기가 올라오기 때문에 창틀 위에 앉는 것이 훨씬 따뜻하게 느껴질 뿐만 아니라, 거기에 앉아 있으면 바깥 풍경이 눈을 심심찮게 해주기 때문이다. 하늘, 나무, 정구장, 그 정구장에서는 하얀 운동복을 입은 남자 둘이 정구를 치고 있다. 공을 쫓는 남자들의 넓적다리 근육이 푸들푸들 떤다.

언덕길 위에서 와그르한 소음이 들려온다. 동 대표들이 모여서 회사로 몰려가고 있다. 그녀들의 기세로 보면 금방 무엇이 결판날 것만 같다. 나는 갑자기 창틀 위에서 내려온다. 회사 측과 전격적으로 타협이 이루어지면 집값 끝전을 내놓아야 한다 생각하니 마음이 다급해진다.

나는 이불장을 열고 잔금을 꺼낸다. 그것은 보자기에 싸여 이불 사이에 찔러 넣어져 있다. 최근에는 전기요금, 전화요금, 하다못해 신문대까지도 거기서 빼내 쓰고 있다. 돈을 덜어낼 때마다 비는 금액을 단단히 마음속에 새겨 두지만, 혹시나 잘못 헤아려 생각보다 돈이 더 많이 비는 건 아닐까 걱정스러워져, 십 분도 못 돼 보자기를 도로 꺼내 돈을 헤아려 보곤 한다. 지금으로선 비는 금액이나마 정확하게 알고 있는 것이, 그래도 무언지 위안이 된다.

남편이 방에서 나오는 기척에 나는 얼른 보자기와 돈을 한 군데 둘둘 말아 이불 사이에 감춘다.

머리에 커다란 새 둥우리를 지은 남편의 모습이 큰방 문 앞에 나타난다. 그의 얼굴은 얼어 터진 두부처럼 푸석푸석하고 눈빛은 아직도 게슴츠레하다.

"물 좀 데워 줘."

"당신 어제도 목욕하셨잖아요."

"땀을 너무 많이 흘렸더니 몸이 끈적거려."

"땀을 흘려요? 왜요?"

"디스코를 췄거든."

"네에?"

디스코, 곤두박질치는 조명, 폭음과 같은 음악, 이따금 텔레비전 쇼에서 가수들이 전신을 흔들어 대며 보여 주던 그 야릇한 춤 말인가? 그의 모든 것을 그 속으로 침몰시킨다는 심연은 어디에 두고, 어느새 그것의 다른 쪽 극極으로 건너가 있는 걸까?

"그럼 당신 요새 디스코 추느라고 밤늦게까지 다닌 거예요?"

"아니, 그렇지는 않아. 디스코는 어쩌다 한두 번 춰 봤는데, 춤이라는 게 의외로 좋더군. 정말 몰입하면 춤을 통해서도 어떤 길이 열릴 듯싶더군."

"디스코를 안 출 때는, 그때는 뭘……?"

내 말은 전화벨 소리 때문에 중단된다. 남편이 큰방으로 가서 전화를 받는다.

"여보세요. 그래, 인마. 지금 목욕 좀 하고 먹으려던 참이었어. 왜? 무슨 일로? 굿? 바로 그 여자가 삼각산에서 나라굿을 한다고? 언제? 오늘 저녁 다섯 시? 그래, 알았어. 어디서 만날까? 그래, 알았어. 이따 만나."

전화의 내용은 그를 무척 흥분시키는 것이었던 모양이다. 그는 얼굴 가득히 웃음을 머금고, 설렘을 감추지 못해 공연히 손을 부비고 팔을 비틀고 머리를 긁적거린다.

"보일러에 불 켰어?"

"아뇨, 아직."

"응 그래, 그럼 그만둬. 갔다 와서 하지. 밥 차려 놨어? 아니, 참 이부터 닦아야지."

아침 식탁은 남편과 내가 차분히 마주앉을 수 있는 유일한 자리이다. 전화 내용에 대해서 남편에게 묻고 싶은 궁금증 때문에 나는 서둘러 식탁을 차려 놓는다.

"아까 그 전화는 뭐예요?"

"응. 최근에 미국에서 나온 여자가 있어. 그 여자가 오늘 저녁 삼각산에서 나라굿을 한대."

"미국에도 한국 무당이 있어요?"

"아니. 이 여자는 직업적인 무당이 아니야. 어떻게 하다가 신이 내린거야. 그 얘기가 상당히 재미있더군. 한국에서 S대학까지 나온 지식인인데 미국으로 이민을 갔어. 거기서 미국 남자를 만나 결혼해서 몇 년동안 잘 지냈대. 그런데 삼 년 전부터 까닭 없이 몸이 아파서 병원이란병원은 다 찾아다니며 물어봐도 아무 병도 없다고 하더래. 하지만 본인은 계속 몸이 아픈 거야. 그러던 어느 날 어떤 모임에 나갔더니, 거기사회 보는 남자가, '지금까지 살아오는 동안 가장 인상에 남는 일 한가지씩만 말해 보라'고 하더래. 그 여자 차례가 되었는데, 자기는 지금까지 한 번도 생각해 본 일이 없는 어렸을 때의 어떤 일 한 가지가 아주인상 깊은 양 선명하게 떠오르더래. 그게 뭔가 하면, 그 여자가 일곱 살때 작은아버지 집 마당에서 굿하는 것을 구경했는데 그때의 광경과 그무당 얘기였대. 얘기하는 동안 그 여자는 자기도 모르는 어떤 영매靈媒에 이끌려 까맣게 잊어버린 그 추억의 구석구석까지도 선연하게 떠오르며 말이 술술 나오더래. 말을 다 하고 나니 자기를 이끈 이상한 힘도다한 기분이더래. 그 일이 있은 후, 그 여자는 무당이니, 굿이니, 신비주의니 하는 것에 조금씩 관심을 기울이기 시작했는데, 그 이전엔 물론전혀 생각해 본 일조차 없었지. 그러는 동안에도 계속 몸이 아프고 정신이 멍해 있다가, 어느 날 잠깐 머리가 맑아졌다 싶어 곰곰이 생각해보니, 아무래도 신이 내린 것 같더래. 그 사실을 인정하는 순간, 너무싫고 무서워 온몸에 소름이 쪽 끼치더래. 무언지 알 수 없는 사명이 자기의 육신 속에 이입移入되고, 대신 이제까지 그녀가 쌓아 올린 삶의 토대가 한꺼번에 와해되는 것 같더래. 아름다운 꽃무늬 침대 커버, 레이스 커튼, 크리스털 스탠드, 창틀에 놓인 올망졸망한 화분들, 그녀가 매일 진공소제기로 깨끗이 먼지를 털어 내곤 했던 아라비아산 양탄자 따위들이 알 수 없는 돌풍에 휘말려 날아가고 팽개쳐지고 깨어지는 환상이 눈을 어지럽히더래. 그리고 전혀 미지의 삶이 거대한 동굴처럼 입을 딱 벌리고 있는 것 같더래. 그녀는 할 수 있는 모든 것을 다 지불해서라도 자기에게 씌인 신기神氣를 벗겨 내고 싶더래. 차라리 죽을까. 그런 생각도 몇 차례나 했대. 그러다가 마침내 결심했대. 받아들여 보자. 그게 무엇이든지 나를 활짝 열어젖히고 받아들여 보자. 그렇게 결심하고 남편에게 말하고 나서 산으로 들어가 석 달을 혼자 지냈대. 그리고 산에서 나오니 몸이 날아갈 것처럼 가볍고 정신이 씻은 듯이 맑더래. 자기의 정신이 마치 우주에 씌워진 등피인 양 보이지 않는 곳에서 일어나는 하찮은 일까지도 눈에 보이는 듯, 귀에 들리는 듯싶더래. 바로 그 여자가 얼마 전에 고국을 찾아온 거야. 고국에 와서 옛날 S대 적 은사를 만나 지난 얘기를 들려줬더니, 그 은사가 자기 아는 무당에게 그 여자를 소개해 줬대. 그 무당은 이문동에 사는 이름난 무당인데, 점도 꽤 보나 봐. 이 여자가 아무 소리 안 하고 점괘 좀 짚어 봐 달라고 하니, '당신은 점 보러 온 사람이 아니라, 점 봐야 될 사람'이라고 하더래. 그 자리에서 두 사람은 신어머니, 신딸의 인연을 맺고 내림굿을 갖기로 했대. 아까 전화한 친구 놈은 시를 쓰는데, 그 교수와 아는 사이여서 우연히 그 여자의 내림굿 하는 자리에 같이 가게 되었대. 넋두리가 끝나고, 작두를 타는데 이건 꼭 이 산봉우리에서 저 산봉우리로 한 걸음에 휙휙 건너뛰듯이 그렇게 가볍게 날며 칼날 위에서 춤을 추더래. 그것을 보고 있노라니 자기 속에 응어리저 있던 바위 같은 것이 탁 터지며 불길이

활활 솟아오르는 것 같고 마치 하늘로 오르는 것 같아 황홀하더래. 막판에는 모인 사람 모두가 한데 얼싸안고 엉엉 울었대. 그냥 그렇게 마구 울음이 터져 나오더래. 정말 그럴 수 있을까 싶더군. 아니, 그럴 수 있어. 그 여자가 다시 굿을 하게 되면 나한테도 알려 달라고 신신당부했더니, 녀석이 전화를 해준 거야. 오늘 삼각산에서 나라굿을 한대."

우리는 양쪽 다 밥숟가락을 놓고 있었다. 나는 내 맘속에서 풀잎처럼 쑥쑥 자라는 어떤 의구심을 물리치려 애쓴다. 까닭 없이 몸이 아프다, 병원에 가 봐도 병은 없다고 한다. 그런데도 본인은 자꾸 아프다······.

"당신은 별로 흥미가 없어 보이는군."

"아녜요. 그냥 현기증이 좀 나서 그래요."

"소 간을 좀 사다 먹지그래."

"괜찮아요. 오늘 꼭 거기 가야만 해요?"

"물론 가야지. 그전엔 내 밖에서 일어나는 일이나, 내 밖의 사물에 대해서 나는 머리로 이해하려고 했어. 머리로 이해되지 않는 것은 알 필요가 없다고 생각했어. 무당이니, 굿이니, 심령 과학이니 다 그런 유에 속했지. 그러나 머리로 이해한다는 것이 얼마나 우스꽝스럽고, 그 머리로 이해하는 세상의 폭이란 게 얼마나 좁고 갑갑한가를 조금씩 깨닫고 있어. 당신, 그 여자가 칼날 위에서 어떻게 한 길씩 뛰어오를 수 있는지, 그걸 머리로, 지식으로 이해할 수 있어? 지식은 오히려 그런 신비의 문을 여는 데 장애가 돼. 그러나 가슴으로 다가가니 그전에는 보지 못하고 알지 못했던 다른 세계가 보이고, 들리고, 잡히는 것 같아."

"그렇게 정신이 맑을 때 글을 써 보지그래요."

"그런데 이상해. 정신은 잔잔한 물속처럼 한없이 깊고 투명한데, 글을 쓰려고 책상 앞으로 다가가면 마음보다 몸이 우선 거부반응을 일으키는 거야."

"너무 오래 책상 앞에서 떠나 있어 그래요. 일단 일감을 놓았다가 다시 잡으려면 누구나 다 그런 거부감을 느껴요. 그렇지만 그런 것을 다 이기고……."

"당신 이제 보니 내가 글을 안 써서 몹시 초조한가 보지? 돈 때문에 그래?"

"그런 점도 있지만……."

"집값 남은 거 있잖아. 염려 말고 그걸 써."

"그러다가 갑자기 돈 달라고 하면 어쩌게요."

"그때 가선 그때대로 무슨 방도가 있겠지. 정 뭣하면 집을 팔지 뭐."

나는 소스라치게 놀라 남편을 바라보았다. 나는 그의 심중을 다시 한 번 두드려 준다.

"집을 도로 팔자구요?"

"그러지, 뭐. 집값 잔금을 다 써버려 집을 지닐 수 없게 되면, 집을 팔아 전세로 가는 것이고, 전세도 살 수 없게 되면 사글세로, 그러다 거리로 나앉게 되면 거리로……."

쏘는 듯한 나의 시선에 남편은 말끝을 뚝 잘라먹는다.

자신의 깊은 마음을 드러내 보인 것을 후회하는 듯, 그는 손등으로 입술을 문지른다.

"바람 좀 쐬고 올게."

그는 훌쩍 일어난다. 겉옷을 걸치고 나올 만한 시간이 훨씬 지나도록 그는 방에서 나오지 않는다. 내가 식탁을 마주하고 꼼짝 않듯이 그도 책상을 마주한 채 꼼짝 않고 있는지도 모른다.

그렇다. 그 메모는 무인도화無人島化해 가는 그 자신의 영혼을 의미하는지도 모른다. 우리는 서로에 대해서 섬이다.

택시들이 줄지어 어린이 놀이터 옆 포도에 와서 멎는다. 여자들이 내린다. 회사로 몰려갔던 동 대표들이다. 나는 바람 부는 삭막한 겨울 들판에 홀로 서 있는 기분이다. 불현듯 얼음이 녹아내리듯 등이 시리다.

이윽고 남편이 방에서 나온다. 나는 그를 불러 세운다.

"여보, 잠깐."

그의 희미한 체취가 귀 곁으로 스친다.

"내가 짐스럽게 느껴지세요?"

아니, 이 말은 내가 진정으로 하고 싶은 말이 아니다. 말이 헛나왔다.

"당신, 자기 자신이 이상해지고 있다는 거 아세요?"

"응."

"그럼 얘기 좀 해보세요. 난 이해할 수 없어요. 그런 당신을."

"나도 잘 모르겠어. 어딘지 먼 곳에 홀로 와 있는 것 같아. 이곳이 어딘지는 모르겠어. 그냥 어디로 가는 길목 같아. 황량하고 적막해. 사방을 아무리 둘러보아도 낯익은 것이라곤 아무것도 없어. 이곳에 대해서 말하기 위해서는 지금까지 내가 알던 모든 말들을 버리고, 새로운 낱말들을 새로이 갈고 꿈꾸어야겠어."

"당신이 어딘지 먼 곳에 홀로 와 있다는 건 환상이에요. 당신은 너무 오래 사회로부터 잊혀져 있었을 뿐이에요. 지금 생각해 보면, 친구들을 물어뜯어 멀리 쫓아 보낸 거라든가, 갑자기 집을 옮긴 것도 주소 불명·연락 불가 상태를 원한 당신의 고의였어요. 그 결과가 뭐죠? 하루종일 창밖을 내다보고 있는 건가요?"

"그래, 나는 내가 가진 마지막 한 푼과, 가장 밑바닥에 괸 정열까지도 다 퍼서 써 버린 끝에 여기에 이르렀지. 한 장의 투명한 유리창 바로 밑까지. 나는 삐걱거리는 의자에 사지를 맥없이 늘어뜨리고 앉아 하릴없이 창밖을 내다보지. 어느 땐 하루 종일 그렇게 앉아 있을 때도 있지. 창밖엔 몇 그루의 나무와 빈 들과 하늘뿐이지. 그리고 창 이쪽엔 아무도 그것을 깨뜨릴 사람 없는 침묵뿐이고. 한동안 그 창밖의 풍경은 나에게 위안이 되었지. 그러나 오래잖아 그것들은 내게 더 이상의 위안을 주지 못했어. 나는 그것들의 닫힌 문밖에 서 있는 것 같아. 푸른 녹색이 되는 법을 몰라, 한 줌의 흙이 되는 법을 몰라, 코끝에 맴도는 차가운 공기가 되는 법을 몰라 안타깝게 서 있어. 어떤 대가를 치러서라도 나는 어딘가에 이르고 싶어. 치르는 대가가 혹독하면 할수록 그 일이 더 빨리 이루어질 것도 같아."

"당신이 그 어딘가로 이르기 위해 아내나 가정이 방해가 된다면 어떡할 거예요?"

남편은 물끄러미, 그리고 오래도록 나를 건너다본다. 그는 대답을 삼킨 채 그대로 돌아서려 한다. 나 역시 대답을 듣기가 두렵다. 그러면서도 나는 조금씩 피를 말리는 것보다 차라리 두려운 쪽에 자신을 건다.

"대답해 주세요."

"꼭 듣고 싶어?"

마치 자기 자신에게 확인시키듯 나는 턱이 덜거덕거릴 만큼 고개를 크게 끄덕인다.

"그럼 솔직히 말하지. 당신에 대한 연민마저 내 마음에서 비워 내면, 나로선 치를 수 있는 고통은 다 치르는 것이야."

"그래서요? 그것마저 치를 거냐구요?"

"아까, 내가 그랬잖아. 치르는 대가가 혹독하면 할수록……."

나는 숨을 깊이 들이마신다. 슬픔과 울음이 괴어 오른다. 신혼 초에도 이런 위기가 있었다. 그때 나는 그를 너무도 깊이 사랑하는 내 마음을 어쩌지 못하긴 했어도, 만약의 경우 혼자서도 삶을 헤쳐 나갈 수 있는 자신감이 있었다. 때문에 나는 그의 바짓가랑이를 붙잡고 울면서도 스스로 부끄럽지 않았다. 그러나 지금 나는 다시 시작하기가 두렵다.

이 집을 떠나 또 다른 삶을 꿈꾼다는 건 상상조차 할 수 없다. 그래서 나는 그의 바짓가랑이를 붙잡고 울 수가 없다. 나 자신이 너무도 처참해질 것 같아서다.

지금 나로선, 그런 나를 그에게 들키지 않도록 두터운 가면 뒤로 숨는 일뿐이다. 나는 애써 목소리를 가라앉힌다.

"이따 나갈 때 돈 필요하거든 이불 사이에 있으니 꺼내 가세요……. 친정에 며칠 가 있다 오겠어요."

친정에 가겠다는 말은 말끝에 예기치 않게 묻어 나온 것이다. 나는 그 말을 도로 거두어들이고 싶은 맘으로 조마조마하게 남편의 반응을 기다린다.

"좋도록 해."

남편의 어조는 담담하다. 그는 그 한마디를 남겨 놓고 밖으로 나간다. 밖에서 천천히, 우울한 걸음걸이로 그가 계단을 하나하나 내려가는 소리가 들려온다. 그렇게 내려간 뒤엔 어딘지 영원히 돌아올 수 없는 곳으로 가뭇없이 사라져 버릴 것만 같다! 나는 손바닥으로 얼굴을 감싼다. 너무 두려워 울 수조차 없다.

갑자기 남편을 뒤쫓아갈 생각에 나는 마음이 다급해진다. 입던 옷에 바바리만 간신히 걸치고 구르듯 계단을 내려간다. 남편은 이미 정문을 빠져나간 모양이다. 나는 종종걸음으로 뜰을 가로지른다.

어느새 남편은 저만큼 앞서서 큰길을 건너고 있다. 그를 내 시야 속으로 잡아들인 것만으로도 한결 마음이 놓인다. 미행당하고 있는 것을 그가 알게 되면 우리 사이는 더욱 어색해지리라. 이제는 두려움보다 어떤 쓰라림이 망설임을 넘어뜨리고 앞으로 내닫는다.

해가 드높은 하늘 가운데 와 있다. 간밤에 내린 비로 맑게 씻긴 수목들이 아지도 금빛 촛농 같은 빗방울을 흘리고 있다. 물의 흔적마다 금빛 광채가 어린다. 온누리가 금빛으로 휘황하면 할수록 내 마음속엔 더욱 짙은 그늘이 드리워진다.

길 건너는 빈 들이다. 인근 주민들이 일군 작물이 여름 내내 푸르렀지만 이제는 그루터기와 돌멩이들뿐이다.

그는 땅바닥을 내려다보며 천천히 걸음을 옮긴다. 그 걸음은 마치 무엇을 음미하는 듯하다. 그는 들 가운데서 걸음을 멈춘다. 그리고 하늘을 쳐다본다. 그의 고개가 어찌나 뒤로 꺾어졌는지 자빠져 엉덩방아를 찧을 것만 같다. 그는 하늘을 한참 동안 쳐다보다 아이들처럼 선 자리에서 맴맴 돌기 시작한다. 곡예사가 이마로 접시를 돌리듯, 그렇게 이마로 하늘을 천천히 돌린다. 저런, 어지러운지 땅바닥에 풀썩 주저앉는다.

버스에서 방금 내린 아주머니는 등에 업은 아기를 추스르다 그를 보고 이상한 생각이 드는지, 가다 보고, 또 가다가 뒤돌아본다.

그는 엉덩이를 툭툭 털고 나서 다시 걸음을 옮긴다. 들 한쪽으론 누가 언제 실어다 놓았는지, 커다란 정원석들이 쌓여 있다. 그는 편편한 길을 놔두고 그 돌무더기 위로 올라간다. 몸이 뒤뚱거린다. 양팔을 날개처럼 벌린다. 나중엔 어깨가 들썩하도록 큰숨을 쉬고 땅바닥으로 뛰어내린다.

거기서부터 활처럼 굽은, 미끈한 포장길이 시작된다. 그 길은 언덕 위에 드문드문 흩어져 있는 호화 주택 사이로 빠져 다른 큰길과 합류한다.

이 길은 너무 호젓해서 그에게 들키기 십상이다. 이쯤에서 미행을 포기할 수밖에 없다. 하지만 어쩐지 마음은 미행하기 이전보다 더욱 쓸쓸하다. 사람은 결국 각자의 고독한 방 속에 영원히 유적流謫되어 있는 게 아닐까.

나는 홀로 되돌아선다.

4

차는 간판의 숲 사이를 지나고 있다. 거리에는 띄엄띄엄 미군들의 모습이 눈에 띈다. 아귀아귀 껌을 씹어 대는 거구의 백인 병사, 카키색의 점퍼 호주머니에 양손을 지른 채 촐싹대며 걸어가는 안경잡이 상사, 맹인용 색안경에 일부러인 듯 단추를 채우지 않아 앞가슴의 더부룩한 털과 요란한 문신이 노출된 흑인, 궁둥이가 미어지는 청바지 차림의 흑인 남녀가 번쩍거리는 유기 가게 안을 기웃거리고 있다.

나는 버스에서 내린다. 곰삭은 듯 날깃날깃한 청바지와 점퍼를 입은 청소년 무리가 길을 가득 메우고 지나가면서 내 어깨를 툭 스친다. 옷걸이에 꿰어 상점 문 밖에 진열해 놓은 바지니 치마니 가운 같은 것들이 바람을 잔뜩 머금어 어디론지 떠나려는 배가 돛을 올리고 있는 것 같다. 울긋불긋한 공단 가운 뒷등판엔 암수 용이 수놓여 있다.

거리의 흥청거림 속으로 점점 깊숙이 빨려들어 가면 갈수록 보이지 않는 주걱으로 속을 긁어 내는 것처럼 어둡고 휑 뚫린 공허감이 고개를 쳐든다. 먼 유적지에서 돌아온 듯, 보이는 것마다 외로움에 지친 내 마음을 아프게 찌른다. 차라리 혼자였을 땐 외로움도 외로움인 줄 몰랐었나 보다.

공예품집이 가까워져 온다. 손님이 없을 때를 고르기 위해 나는 밖에서 잠시 망을 보다 가게로 들어선다. "어서 오세요" 하다가 주인 여자는 한풀 꺾인 목소리로 "응, 아줌마구나" 한다, 늘 그렇듯이 나는 훔친 물건을 장물아비에게 넘기기라도 하는 양 조마조마한 맘으로 진열대 위에다 보자기를 풀어 헤친다.

주인 여자가 눈을 기늠스름하게 하고 이리저리 내 솜씨를 훑어보고 있는 동안이 내게는 무척 길게 느껴졌다. 벽에는 빤한 틈도 없이 매듭 걸이들이 걸려 있다. 그중에는 내 솜씨가 아닌 것도 있다. 또 다른 벽에는 민속 풍경을 담은 바가지와 탈들이 가득 걸려 있다.

"이번 솜씨는 좀 거친 것 같다. 그렇지 아줌마?"

"그래요?"

나는 희미하게 미소 짓는다. 값을 낮게 깎아 내릴 때는 언제나 그런 식이었다. 한 쌍의 남녀가 가게로 들어선다.

"어서 오세요."

주인 여자는 만지던 걸 얼른 내려놓고 그네들을 맞는다. 남자는 백인이고, 여자는 한국 사람이다. 여자의 배는 만삭이다. 화장이 먹지 않아 그녀의 얼굴은 호랑이 가죽처럼 얼룩덜룩하다. 몸 가누기가 몹시 힘든지 씨근덕거리며 의자로 가서 앉는다. 그녀는 나를 무심히 흘끗 쳐다본다. 남자가 진열대 안을 들여다보며 목걸이, 귀걸이, 팔지 따위를 손가락으로 가리키면서 값을 물어본다. 여자는 그 사이에 백에서 담배를 꺼내 피운다.

휴 하고 한숨처럼 연기를 내뱉던 여자의 눈길이 매듭 걸이가 걸려 있는 벽에 가서 머문다.

"허니, 댓 이스 소 프리티, 응?"

여자의 손끝이 내가 만든 매듭 걸이를 가리켜 보인다. 그 무심한 낯선 손끝이 칼처럼 나를 유린하려는 것 같다. 나는 얼른 고개를 돌린다.

"야, 두 유 원트?"

두 사람이 몇 가지 물건을 사 가지고 나간 뒤에 나는 도로 진열대 앞으로 다가간다. 값을 깎이더라도 빨리 흥정을 끝내고 싶다.

주인 여자는 길가 쪽 진열대 유리창을 통해 두 사람이 사라져 가는 것을 지켜보다 말고 느닷없이 빈정거린다.

"여자들은 정말 어리석지요? 아이를 낳으면 사내를 영원히 붙잡아 둘 것처럼 저 고생을 마다하지 않고……."

그녀가 딸 하나를 낳고 남편과 이혼했다던 말이 부질없이 떠오른다.

"하나, 둘, 셋, 넷, 모두 네 쌍. 이거 다 받아도 될까 모르겠네, 매듭도 이젠 한물가는 눈친데……. 오늘은 팔천 원씩밖에 못 주겠어. 어떡할래요. 그렇게라도 두고 갈 테야? 뭘 생각해, 여기 좀 보라니까."

공예품 가게를 어떻게 나왔는지 모르게 나는 이미 거리를 걷고 있다. 두 정거장 이상 걸은 폭인데, 아직 산부인과 간판만은 눈에 띄지 않는다. 갑자기 내 인생 전체가 임신이냐 아니냐, 그 하나의 사실에 따라 죽을 수도 살 수도 있는 것처럼 생각된다.

얼마쯤 더 걸어가려니 큰길에서 갈라진 골목 안에 찾고 있던 간판 하나가 눈에 띈다. 병원은 가정집들로 둘러싸여 있다. 병원 못 미쳐 구멍가게 앞엔 군고구마 화덕이 놓여 있다. 달착지근하면서도 노릿노릿 눋은 고구마 냄새가 벼락 치듯 식욕을 일으킨다. 공복감은 전혀 없는데 입에서 당기는 식욕 같다. 그래, 분명해. 유산된 아이가 들어섰을 때도, 남들은 신 게 먹고 싶다는데 나는 이상스럽게도 군고구마만 입에 당겼다.

어쩌면 병원에 가서 진찰받아 볼 필요가 전혀 없는, 확실한 증거를 나는 이미 확보하고 있는 게 아닐까. 괜히 없는 돈을 진찰비로 축낼 필요가 없을 듯싶다. 진찰한 돈으로 먹고 싶은 것을 사 먹는 게(만약 임신이 확실하다 치면) 훨씬 실리적일지도 모르겠다. 이리 갈까 저리 갈까 망설이던 발길을 구멍가게 쪽으로 내딛는다.

군고구마가 따끈하다. 따스한 것을 오래 잊고 있었던 듯하다. 나는 봉지를 가슴에 폭 감싸 안는다. 문득 눈을 들어 바라보니 이끼 낀 기와지붕 너머로 설핏이 해가 기울고, 서쪽 하늘은 흐드러진 노을을 예감하는 듯 아련한 분홍빛이다. 내 속에서, 또는 밖에서, 무언가가 내 생의 발치를 내려다보게 한다. 이제까지 본 적이 없는 허허로운 음영이 드리워져 있다. 아, 짧은 신음이 나도 모르게 흘러나온다.

택시 한 대가 골목 안으로 들어와 병원 앞에서 사람을 내려놓는다. 마음이 아릴 때면 위안받을 유일한 방법인 것처럼, 나는 택시를 타고 시내 중심지로 화려한 나들이를 가곤 했다. 거리의 흥청거림과 상가의 호화로운 불빛이 끝내는 마음을 더욱 허전하게 할지라도.

택시에서 내린 나는 사람의 물결에 떠밀리어 M백화점 입구로 들어간다. 앞에서 뒤에서 옆에서 타인이 내 몸을 툭툭 치는 감각이 싫지 않다. 불나비가 불을 보고 허겁지겁하듯 나는 보석상의 휘황한 진열장 앞으로 다가간다. 진주 목걸이 · 다이아 반지 · 칠보 잠 · 산호 노리개 · 금 브로치 등등 모두 정찰이 표시되어 있다. 뒤에서부터 0을 짚어 본다. 단, 십, 백, 천, 만, 십만, 백만. 이런 것들을 소유하는 사람들은 어떤 사람일까. 너무 가까이 진열장을 들여다보니까 주인이 눈치를 주는 것 같다.

보석상 앞을 떠나 그 옆의 시계점으로 옮겨 간다. 시계점에서도 정찰표에 표시된 가격을 일일이 짚어 본다. 그중 아이들의 만화시계는 내 호주머니의 돈과 엇비슷이 맞아떨어진다. 만화시계뿐만 아니라, 둘러보면 내가 지닌 돈으로도 살 만한 것들이 더러 있을 것이다. 물론 나는 그것을 사지는 않을 것이다. 그러나 주머니에 한 푼도 없는 것보다 얼마간 지닌 것이 큰 위안이 된다.

시계점에서 다시 액세서리 코너로, 액세서리 코너에서 그 옆의 가죽 제품 코너로…… 맛있는 것일수록 더욱 아껴서 먹는 아이들처럼 나는 가능한 한 천천히 걸음을 옮긴다.

2층은 여성용 의류 매장이다. 그리고 3층은 가전제품 매장, 4층은 가구 전시장, 5층은 남성용 의류와 아동복 매장이다. 에스컬레이터는 여기서 끝이다. 내 걸음은 더욱 느려진다. 5층만 해도 아직 돌아볼 것이 많이 있음에도 내 마음 한구석은 비어 들어온다.

나는 이제 남성용 잠옷 가게 앞까지 와 있다. 남편은 잠옷을 입지 않는다. 필요한 것도 못 사는 것이 수두룩한데, 필요하지 않은 것을 살 만한 여유는 더더욱 없었다. 그래서 나는 이제까지 남자의 잠옷을 한 번도 사 보지 못했다. 잠옷을 보니 처량한 향수 같은 게 느껴진다. 숱한 보석들을 보았지만 그런 향수는 없었다.

마네킹이 입고 있는 견본에 매달린 가격표를 본다. 내가 지닌 돈으로도 하나 살 만하다.

"이거 좀 보여 주세요."

그가 입는다면 너무 화사할지도 모르겠다. 그러나 어차피 입을 건 아니니까. 내가 보여 달라는 것은 분홍색에 가까운 살색이다. 은회색과 미색도 좋아 보인다. 색깔이 다른 세 개의 잠옷을 진열대 위에 펴놓고 이리 뒤적 저리 뒤적 거리고 있을 때, 일행으로 보이는 여인 셋이 판매원을 자기들 쪽으로 불러 간다. 판매원은 여인들의 수선에 정신이 없는 눈치다. 호젓한 내 머릿속으로 느닷없는 충동이 스쳐 간다. 그 충동은 무언지 모르게 내 마음의 공동을 그득 채워 줄 것만 같다. 순식간에 나는 잠옷 하나를 바바리 속으로 감추었다. 판매원은 아직도 여인들의 수선에 경황이 없는 눈치다.

나는 머리가 떵하다. 너무 독한 모르핀을 맞은 것처럼 머릿속에 뿌연 안개가 서린 듯도 하다. 정신없이, 휘청휘청거리며 층계를 내려오면서도 금방 누가 뒤에서 뒷덜미를 낚아챌 것 같아 조마조마하다. 뒤를 돌아다보고 싶지만 오줌을 지릴 만큼 오금이 저리다.

층계참이다. 낮고 은근한 목소리가 등 뒤에서 들려온다.

"아주머니, 아주머니."

환청일까, 진짜일까. 그러나 진짜였다. 낯선 입김이 귓가를 스친다.
나는 폭삭 주저앉을 것만 같다. 백화점 유니폼을 입은 남자가 내 앞을
가로막고 우뚝 서 있다.

나는 얼른 바바리 속에 감추었던 잠옷을 그에게로 내밀며 중얼거린다.

"물건이 탐나서 그런 건 아녜요. 정말이에요."

층계를 굴러서라도 빨리 이 순간을 모면하고 싶다. 다행히 그는 물건
만 받아 가지고 돌아선다. 그가 씹어 뱉는 소리가 들려온다.

"물건이 탐나지 않으면, 뭣 때문에 그런 짓을 해, 어이 참."

무엇엔가 힘껏 문질려 온몸의 허물이 벗겨진 듯 전신이 아리다.

밖은 완전히 어두워졌고, 불빛은 더욱 휘황했다. 바람이 쓰라림을 식
혀 준다. 나는 꿈을 꾼 것일까? 소생하지 못할 만큼 수치스러운 어떤
꿈을.

"웨―ㄴ 고구마느 자뜨 사 드고 오느냐."

문을 열어 주자마자 어머니는 욕실로 되돌아간다. 나는 욕실문 앞까
지 어머니를 따라간다. 흰 타일의 욕실 전체가 불빛을 반사하여 눈을
시리게 한다. 세면대 위에 놓인 어머니의 분홍색 틀니가 징그러운 파충
류 같다. 속이 울렁거린다.

어머니는 칫솔로 틀니를 씻으며 내게 묻는다.

"지―ㅂ 아에 별이―ㄹ 어니? 유―ㄴ 서바은 여저히 그―ㄹ 쓰느라
바쁘구?"

"네. 언니랑 혜경인 어디 갔수?"

어머니는 나팔꽃처럼 오므라든 입을 아 벌리고 빈 잇몸 위에 틀니를
꿰어 맞춘다. 나는 세면대 앞 거울 속으로 그 모양을 도전하듯 바라본
다. 속으로 울렁거리는 느낌이 진짜인지 아닌지 겨눠 보면서.

"언닌 겟날이라구 나가고 혜경인 학교에서 아직 안 왔어."

"근데, 웬 약 달이는 냄새유?"

후텁지근한 수증기 입자와 희미한 한약 냄새가 온 집 안에 가득 떠돌고 있다.

"언니 약이야, 이번엔 아들을 낳으라고 형부가 엊그제 지어 왔어. 한 제에 삼십만 원씩 두 제를 지어 왔더라."

"몇 달째 됐대요?"

"넉 달째라더라. 아이, 애가 강아지 모양 왜 이리 졸졸 따라다녀. 치마꼬리 밟겠다."

우리 모녀는 거실로 가서 마주 앉는다. 뜨거운 설움이 자꾸 치밀어 오른다. 어쩌면 울렁거림, 그것은 입덧 때문이 아니라 설움 때문이란 생각도 든다. 당기지도 않으면서 나는 군고구마를 꾸역꾸역 입속으로 밀어 넣는다.

"너 속이 비었구나. 이리 와, 상 차려 주마."

"먹었어요. 먹었는데 괜히 입이 굽굽해서 그러는 거예요."

"그럼 물이라도 좀 마셔 가며 먹어라. 체할라."

어머니가 냉장고에서 주스를 꺼내 오는 동안, 나는 질척해진 눈가를 얼른 손등으로 닦는다.

"엄마. 남자들이 정말 아이를 원하우?"

"그럼 제 새끼 귀여워하지 않는 사내가 있겠냐, 천하 없는 인간일지라도 제 새끼 앞에선 양처럼 순해진다지 않니. 그나저나 넌 여태 아무 소식 없니?"

"이제 있겠죠, 뭐."

"느들은 누구를 닮아 자궁이 그렇게 약하냐? 너나 언나 그저 떡두꺼비 같은 아들을 하나씩 쑥쑥 낳아 놔야 내가 눈을 감아도 편안히 감지."

"우리 그인 요새 도인 수업하는 사람 같아요, 엄마."

"도인이라니? 얘 가만 있어라, 이러다 비싼 약 태울라."

어머니는 부엌으로 쫓아 들어간다. 거실의 피아노를 손가락 끝으로 눌러 보다 나도 부엌으로 간다.

"조금만 늦었으면 큰일 날 뻔했지 뭐냐."

어머니는 사기그릇에 베수건을 받쳐 놓고 달인 약을 쏟아 붓는다. 뿌연 김이랑 독한 약 냄새가 가득 서린다.

"그 약이 정말 임신부에 좋은 거유?"

"그러기에 비싸겠지."

시커먼 황토 빛깔의 액체가 그릇에 괴어 오른다. 베수건이 미어질 것 같다. 어머니는 약 찌꺼기를 도로 약탕관 속에 쏟아 붓고 물을 쳐서 다시 가스불 위에 얹는다. 거실에서 전화벨이 울린다.

"전화 받으러 갈 테니 뚜껑 좀 덮어라."

약에서는 아직도 김이 모락모락 피어 오른다. 나는 얼른 그릇을 집어 들어 꿀꺽꿀꺽 두어 모금 삼킨다. 그때이다. 마치 바다가 해일로 울렁거리듯, 속이 울렁거리더니 목구멍 가득 차게 무언가 넘어 오른다. 어머니의 비명 소리가 아스라이 멀어진다.

5

삐리— 삐리삐리.

여전히 안에서는 아무 기척도 없다. 지니고 다니던 열쇠를 찾아 구멍에 꽂는다. 문을 열고 안으로 들어간다. 무언지 많이 변한 것 같다. 그러나 하나하나를 둘러보면 아무것도 변한 것이 없다. 신발장도 장식장도, 또 그 위에 놓인 자금자금한 물건들도 본래 놓였던 그대로 먼지만 뿌옇게 뒤집어쓰고 있다.

그럼에도 이 낯선 향기는 뭘까? 일주일간의 외출에서 오는 내 속에서의 낯설음일까? 눈밭에서 길을 잃은 사냥꾼처럼 나는 가만히 서서 단절된 저 너머의 것, 익숙한 분위기의 끄나풀을 잡으려 애쓴다.

신발을 벗고 마루로 올라선다. 방마다 문이 꼭꼭 닫혀 있다. 썰렁한 냉기가 감돈다. 마치 빈집처럼 식탁 위의 조미료 병들조차 놓아둔 그대로이다. 시클라멘은 목마름에 지친 듯 긴 혓바닥 같은 잎사귀들을 화분 밖으로 늘어뜨리고 있다.

나는 살며시 남편의 방문을 열어 본다. 방 안은 발 디딜 틈도 없이 어질러져 있다. 잠자리는 며칠 그대로 깔고 뒹군 듯하고, 머리맡엔 한 무더기나 되는 책들이 어지럽게 널려 있다. 그런데 재떨이만은 예상외로 깨끗하다. 두 개비는 다 태우고, 한 개비는 반쯤 태우다 만 채 버려져 있다. 잠자리에 손을 넣어 보니 아직도 체온이 남아 있다. 그는 나간 지 오래지 않은 모양이다.

머리맡에 널려 있는 책들을 가지런히 할 겸 제목을 훑어본다.

《침묵》

《성 프란체스코의 잔 꽃송이》

《사막의 예언자》

《지혜의 일곱 개 기둥》

《베다 성전》

《마하무드라의 노래》

제목들이 이상해서 나는 책장을 펄럭펄럭 넘겨 본다. 책마다 밑줄이 새까맣게 그어져 있다. 밑줄 그어진 부분들을 군데군데 골라서 읽어 본다.

인간은 우주의 신들과 그것을 지배하는 갖가지 힘을 결합시키는 접점接點이다.

신은 인간의 가장 내적인 정신이다.

객관적인 세계가 자기와 갈라져 있어 자기의 것이 아니라고 느끼는 동안에는 인간은 불행으로 생각한다. 그러나 그것을 자기 속에 받아들이면 자기 외에는 획득해야 할 아무것도 없기 때문에 자기완성을 알고 행복하다.

인간의 일생은 내면에 있는 것을 각지覺知하기 위해 있는 것이다.

인간은 물질에 속박되고 조잡한 육체로 변한 영혼이다. 순수한 상태에 있으면 영혼은 속박되지 않고 전지全知이며 무한하지는 않으나 거의 무한과 같다. 업業이 이 영혼에 들어가서 속박을 주고 하나의 유한한 형태로 만들어 버린다. 업의 이 유입流入은 영혼의 무지無知에 의한 것이다.

알은 새가 태어나기 이전의 혼돈이다.

햇볕이 내리쬐는 마당에서 애꾸눈의 사나이가 살육을 당했을 때도, 거적을 두른 몸뚱이가 끝없이 퍼져 있는 바다 속으로 떨어져 간 그때도, 하느님은 그저 묵묵히 침묵만 지키고 있었다.

광인이 광인인 이유는 그가 지금 어떠한 형식에도 고착되지 않았기 때문이다. 그는 떨어져 나가 버린 것이다. 그는 이 사회로부터 완전히 분리되어 버렸다. 깨달은 사람 또한 광인과는 다른 차원에서 이 사회로부터 떨어져 나가 버렸다. 그는 결코 미치지는 않았다. 그는 순수하고 완전한 깃의 가능성이다.

보여지는 것이 목표가 아니라 보여지는 것의 너머를 보려고 했다. 그러므로 보여지는 것은 그들의 시선이 지나가는 통로에 불과했다.

'나'란 교차하는 에너지의 선에 지나지 않는다. 이 교차하는 점은 사라진다. 수레를 이루고 있는 부분의 결합에 지나지 않는다.

그대는 이제 그 무엇을 들을 수 있다. 말과 말 사이에서 그대는 이제 그 무엇을 읽을 수 있다. 행과 행 사이의 빈 공간 속에서. 여기 말은 변명에 지나지 않게 된다. 진실은 언어 속에서가 아니라 언어의 옆, 그 빈 공간 속에 있다. 진실을 찾고자 하는 마음조차 없어졌을 때, 그때 미묘한 음영이 말을 따른다. 포착할 수 없이 미묘한 음영이. 그대 가슴은 그 미묘한 진실의 음영을 느낀다. 포착하기 어려운 의식의 파문을…… 그때 영적인 교섭은 가능하다.

저 무한한 공간을 보라. 하늘을 보라. 그 속에 무엇이 있는가 찾지 말고 다만 보기만 하라. 빈 진공의 눈으로 보기만 하라.

발라암이여, 그대는 앞길에 서 있는 신을 보지 않았던가? 그때 그대의 나귀는 옆으로 비켰다.

나는 이 세상에서 단 하나뿐인 이상한 사원寺院의 어둠침침한 내부를 들여다보고 있는 것 같다. 그 속엔 제단도, 의식儀式을 행하는 사제도, 모시는 신의 형상도 없다. 다만 어스레한 박명 속에 어려 있는 성스러움, 무엇인가 태어나는 것을 기다리고 지켜보는 공기의 고요함, 아니면 이미 태어난 것이 성소聖所에서 부시시 눈을 뜨고 눈부신 세상을 향해 걸어나간 뒤의 고요함 같은 것이 어려 있다.

문밖에서 기웃이 들여다보디기 두려운 맘으로 뒷길음질 치는 낯선 여행자처럼 나는 책장을 덮고 남편의 방에서 나온다.

불을 켜고 욕실로 들어가서 손을 씻는데 섬뜩한 것이 눈에 띈다. 휴지통을 들어올려 보니 뭉텅뭉텅 잘라 낸 머리카락이다. 머릿결이나 빛깔이나 길이로 봐서 남편의 것이 분명하다. 그래도 나는 못 미더워 손으로 만져 보려고 머리칼을 집어 들다가 놀라 소리를 지르며 휴지통에 떨어뜨렸다.

그러나 나를 놀라게 했던 그 수많은 바퀴벌레 떼들은 엎어진 휴지통에서 기어 나와 욕조 · 욕실 바닥 · 천장 · 벽 할 것 없이 산지 사방으로 흩어져 달아난다. 욕실은 검은 콜타르로 뒤덮인 듯하다가, 이내 거짓말처럼 도로 흰빛을 드러낸다.

그렇잖아도 엊그제 신문에는 서울 변두리 지역에서 진성 콜레라 환자가 나타났다는 보도와 함께, 집 안을 청결히 해서 전염병 균을 옮기는 벌레들을 근접하지 못하도록 하라는 기사가 있었다. 전염병도 전염병이지만 기어 다니는 곤충들에 대해서 나는 천생적인 공포증이 있다. 지금은 어디론가 자취를 감추었지만 보이지 않는 틈바구니마다 그것들이 오글거리고 있으리라고 생각하니 온몸에 소름이 돋는다.

당장 무슨 수를 내야지. 나는 밖으로 나가 옆집 벨을 누른다.

"누구세요?"

"네. 옆집이에요."

찰칵찰칵. 뒤이어 204호 여자가 내다본다.

"댁에는 바퀴벌레가 없어요?"

"아뇨. 왜요? 그 댁에 바퀴가 나타났어요?"

"네. 친정에 가서 며칠 있다가 와 보니 바퀴가 나타났지 뭐예요. 그것도 한두 마리가 아니라, 수십 마리 되는 것 같아요."

"어마나, 저를 어째. 머지않아 우리 집으로 옮겨 오겠네."

"난 또 그 댁에서 우리 집으로 건너왔는 줄 알았죠. 하여간에 약을 뿌리든지 어떡해야죠? 전염병은 둘째 치고 사람이 놀라서 살 수 없잖아요."

"그러세요. 약을 뿌릴 때 우리도 같이 뿌리게 해주세요. 아니, 우리두 집만 뿌려서도 안 될 거예요. 그러니 경비 아저씨한테 말하세요. 그 아저씨가 주선해 줄 거예요."

"그럭합시다."

옆집 여자와 헤어진 뒤 나는 계단을 한달음에 쫓아 내려가 경비실로 간다. 경비는 내가 다가가자 왜 그런지 히죽이 웃기부터 한다. 나는 그에게도 대뜸 바퀴 얘기부터 꺼낸다.

"…… 그러니, 아저씨가 알아보시고 우리 동 전체가 약을 뿌리게 주선 좀 해주세요."

농사짓기가 싫어서 제일 편한 듯싶은 이 직업을 택했다는 자기 말대로 그는 게으름이 온몸에 배어 있다. 수염이 까슬까슬한 턱을 어루만지며 그가 마지못해 대답한다.

"여름도 다 갔는데 바퀴라니, 알 수 없군. 주민이 원한다면 약을 치긴 쳐야죠."

"아저씨, 한시라도 빠르면 빠를수록 좋아요. 바퀴는 번식력이 강해서하룻밤 사이에 온 집 안을 뒤덮는대요."

그는 이미 내 얘기를 귀담아듣고 있지 않다. 그의 입가에 다시 비죽이 웃음이 흘러나와 있다. 그제서야 나는 그 웃음 끝에 무엇인가 가물거리고 있음을 눈치챘다.

"왜 그러세요, 아저씨? 왜 아까부터 실실 웃고 그러세요?"

"쥔 양반 지금 집에 있어요?"

"아뇨. 어디 산책 나갔나 봐요. 왜 그리세요."

"산책이라?"

그는 다시 손바닥으로 자기의 턱을 문지르며 고개를 갸우뚱한다.

"내가 없는 사이에 무슨 일이 있었어요?"

"일이랄 거까지는 없는데, 이상하다 하면 이상한 일이지요. 엊그제였어요. 댁의 쥔 양반이 저어기 3동에 사는 다섯 살짜리 꼬마의 손을 잡고 이 앞을 지나 밖으로 나갑디다. 비가 먼지 같은 비가 약간씩 뿌렸지요. 그래도 그러려니 했죠. 쥔 양반은 아이의 손을 잡고 과수밭 쪽으로 갔어요. 아마 서너 시간 좋이 지났을 거요. 오줌을 누려고 과수밭에 있는 뒷간으로 갔더니, 쥔 양반하고 꼬마가 여적지 그 과수밭에 있지 뭡니까. 뭐 그런가 보다 하면서, 나는 뒷간 거적 너머로 두 사람을 무심히 지켜보았지요. 열매가 있는 것도 아니고, 꽃이 있는 것도 아니고, 뭐 볼 게 있다고 저러나 싶더군요. 아주머니도 아다시피, 잡초만 한 길씩 자라고, 마른 잎이나 부시럭댔지, 거기에 뭐 볼 게 있습니까? 한데 쥔 양반은 나무들 사이에 꼼짝도 않고 서 있습디다. 꼬마는 꼬마대로 땅을 파는지, 벌레를 쫓는지 이만큼 떨어져서 혼자 있다가 싫증이 났나 봐요. 쥔 양반한테로 가서 옷자락을 흔들며 아저씨 집에 가, 그럽디다. 그런데 쥔 양반이 돌처럼 꼼짝도 안 하니까 꼬마가 고개를 쳐들어 이러구 살펴봅디다. 역시 이상한가 봐요. '아저씨, 왜 그래. 왜 그래, 아저씨' 그래도 쥔 양반은 나무 꼭대기를 쳐다보는지, 아니면 하늘을 쳐다보는지, 눈도 까딱 안 해요. 그러자 먼지 같은 빗방울이 팥알만큼씩 커지더니 후둑후둑 제법 내릴 기세예요. 이어서 비는 순식간에 주룩주룩 내리기 시작했어요. 그래도 쥔 양반은 비석처럼 서 있었어요. 무언지 너무 이상하면 더럭 겁이 나잖아요. 꼬마는 흑 하고 숨을 들이키더니 울음을 터뜨리며 허겁지겁 과수밭에서 달려 나오더군요. 아이의 얼굴은, 어찌나 놀랐는지 백지장처럼 질리고 턱이 덜덜 떨리고 있더군요. 그때서야 쥔 양반은 부시시 꿈에서 깨어난 듯 사방을 두리번거리더니 과수밭에서 나오더군요. 물에 빠진 듯 흠뻑 젖어서. 무심하게 넘기면 무심하게 넘길 수도 있겠고, 또 이상하게 생각하면 한없이 이상한 일이 아니오? 왜 그러는지 부인인 아주머니만은……."

"아뇨. 이상할 거 없어요. 아저씨, 바퀴약 뿌리는 거나 잘 부탁해요."

경비의 호기심을 야멸치게 주질러 놓고 돌아서긴 했지만, 나는 내심 너무 박절하게 자른 게 후회된다. 왜냐하면 그가 맘이 상한 나머지 자기가 본 바를 이상하게 왜곡해서 말을 낼 우려가 없지 않기 때문이다.

벌써 두 시간 이상이나 지났는데 남편은 아직도 돌아오지 않는다.

그는 어디서 또다시 비석처럼 서 있는 것일까?

집 안 곳곳에 산더미 같은 일거리를 그냥 두고 나 역시 넋 나간 듯 앉아 있다. 이윽고 계단 쪽에서 그의 발걸음 소리가 들려온다. 나는 후다닥 일어나 눈에 띄는 대로 그릇을 설거지통에 집어넣고 철버덕거리는 체한다. 나 자신도 알 수가 없다. 왜 그런지 그를 정면으로 바로 쳐다보기가 두렵다. 열쇠를 쩔랑대는 소리. 그는 문이 열려 있다는 것을 눈치챈 모양이다. 문이 열린다. 신을 벗는다. 나는 옆에서 날아오는 그의 시선을 느낀다.

"당신 언제 왔어?"

"방금요."

멈칫멈칫 고개를 들어 그를 바라보는 순간, 나는 못 볼 것을 본 양 얼른 외면한다. 그리고 잠시 후에 다시 바라본다. 못 보던 털모자를 뒤집어쓰고 있는 남편의 얼굴은 가죽과 뼈만 남은 듯싶다. 눈자위는 움푹 파여 거무스름한 안경을 쓴 것 같고, 불거져 나온 광대뼈는 빤질빤질하다. 외관은 참혹한데도 그의 얼굴엔 내가 아직까지 보지 못한 어떤 평온함이 깃들어 있고, 눈빛이 그윽하면서도 맑은 광채를 띠고 있다. 그러나 또 한편으론, 거대한 야성 또는 꺼질 줄 모르는 화염과 사투死鬪를 벌인 끝에, 온몸에 보이지 않는 멍과 깊숙한 상처를 입은 것 같은 흔적도 역력하다.

"무슨 일이 있었어요? 당신 얼굴이 왜 그래요?"

"아무 일도 아냐."

빙긋이 웃으며 그는 그대로 돌아서려 한다.

"여보!"

잘못 부른 듯 생경스러워 나는 화들짝 놀란다. 왜 그런지 모르겠다. 그가 아주 먼 타인 같다. 그는 하는 수 없다는 듯 내게로 되돌아선다.

"당신이 없는 사이에 단식을 하고 있었어. 그뿐이야."

"그뿐이 아니죠. 모자도 좀 벗어 보세요."

남편은 천천히 머리에서 털모자를 벗겨 낸다. 물론 그의 머리는 초동의 서투른 낫질이 지나간 봉분 같다.

"이제 뭐죠, 집을 나가는 일만 남은 건가요?"

"글쎄."

애매하게 웃으며 그는 그냥 자기 방으로 들어간다. 그러한 그를 돌려 세워, '나 아기가 생겼나 봐요' 한들 무슨 소용이랴 싶다. 그러기엔 그가 너무 깊숙이, 또 멀리 가 있다. 여기선, 내가 선 강 이쪽에선 이제 그를 붙잡아 세울 만한 것은 아무것도 없을까.

이제야말로 내게 남은 것은 집안일뿐인 듯이, 차디찬 맘으로 찬장문이란 문은 다 열어젖히고 이사 온 이래 한 번도 씻어 본 일이 없는 그릇들까지도 모조리 꺼내어 설거지통에 담근다.

저녁 무렵에는 더욱 이상한 광경이 눈에 띄었다. 뒷베란다에서 빨래를 하고 있던 중 무심히 눈을 들어 보니 가스 계량기 뒤에서 커다란 그리마가 기어 나와 집 안으로 사라졌다. 그런가 하자 또 한 마리가 나타나 앞서간 놈이 사라진 방향으로 쏜살같이 뒤쫓아간다. 어머니는 아직도 그 벌레가 집 안으로 들어오면 돈이 생긴다고 믿고 있었다. 나는 다시 빨래를 계속했다. 한참 뒤에 눈을 들어 보니 이번엔 그 벌레들이 줄을 이어 우리 집 안으로 기어 들어오고 있었다. 마치 경사 난 집에 축하하러 오는 하객들의 행렬 같다. 나는 일어나서 그 행렬이 이어져 오는 줄 끝을 찾아보았다. 그랬더니 유리창이 조금 열린 틈으로 벌레들이 꼬리에 꼬리를 물고 기어 들어오는 중이었다. 그 줄은 바깥 외벽을 타고 땅바닥까지 이어져 있었다.

하도 이상스러워 나는 남편을 소리쳐 불렀다. 그도 영문을 모르겠다는 듯 신기하게 그리마들의 행렬을 바라볼 뿐이었다.

"이놈들만이 아녜요. 바퀴들도 득실거려요. 다른 집들은 눈 씻고 봐도 없다는데 왜 우리 집만 이렇게 꼬여 드는지 모르겠어요."

"……."

"경비한테 약을 쳐 달라고 부탁했어요."

"그것들도 다 생명을 타고난 건데 함부로 죽이지 말어. 그냥 같이 살지."

"같이 살아요?"

그때였다. 전화벨이 울렸다. 나는 전화를 받으러 갔다. 어머니였다.

"나다. 윤 서방 좋아하지?"

"아뇨. 아직 얘기 못했어요."

"얘기를 못하다니, 그것보다 더 중요한 일도 있니?"

어머니가 눈치 채지 않게 나는 어깨로 한숨을 삭였다.

"그럴 일이 좀 있었어요. 집에 와 보니 벌레가……."

"벌레라니?"

"그렇게 많은 바퀴 떼는 처음 봤어요. 뿐만 아니라 그리마늘이 줄지어 우리 집으로 들어왔어요."

"얘, 가만있거라. 뭔지 심상치 않다. 자고로 땅바닥을 배로 기어 다니는 것들은 미물일지라도 신이神異한 육감이 있다더라. 너희 집에 상서로운 일이 있을 징조다."

그런데 더욱 이상한 일은 그렇게 줄줄이 이어서 집 안으로 들어온 벌레들이 어디에 들어박혔는지, 몇며칠이 지나도록 한 마리도 보이지 않는다.

6

날이 밝고 있다. 아직도 내 몸엔 신열이 끓고 있다.

어제 낮이었다. 남편이 부탁한 대로 배낭을 챙기다 말고 나는 또다시 극심한 구토의 엄습을 받았다. 올리다 올리다 못해 똥물까지 토하고 나니 눈앞이 핑핑 돌았다. 간신히 방으로 기어 들어가 누워 있으려니, 열이 나고 으슬으슬 춥기 시작했다. 점심 후에 슬그머니 나간 남편은 저녁 아홉 시가 넘어 들어왔다. 문만 열어 주고 돌아섰다. 남편은 그냥 자기 방으로 들어갔다.

그가 등산을 가겠다고 했을 때, 나는 왜 그런지 오래전부터 그의 입에서 그 말이 나올 것을 예감하고 있었던 것 같은 기분이었다. 말이 등산이지, 어쩌면 그는 나가서 돌아오지 않을지도 모르겠다.

며칠 전 나는 우연히 그의 책 가운데서 이런 구절을 보았다. 그 구절이 눈에 띈 것은 물론 밑줄이 그어져 있었기 때문이다.

알렉시 성인은 사교계 생활을 하고 심지어 결혼까지 한 뒤에 그가 맺은 모든 인연을 끊고 이십 년 동안이나 자기 조국에서 멀리 떨어진 곳에 가서 살았다. 가정으로 다시 돌아왔을 때 아무도 그를 알아보지 못했고, 그 역시 알려지기를 원하지도 않았으므로 그는 마침내 그 집 층계 밑 어둠침침한 곳에서 여생을 마쳤다. 그 층계 밑에서 모든 것을 보고 들었다.

위인들은 어두운 숲 속으로 깊숙이 파묻히고, 그 숲은 영원히 닫힌 세계로 변하여 그 위인들이 지나간 자취마저도 감추어 버린다. 엠페도클레스는 신고 있던 샌들만을 벗어 둔 채 일부러 화산 속으로 뛰어들어 사라져 버렸다.

그 남자들의 부인은 어떻게 남편을 떠나보냈을까. 더욱이 떠나서 다시는 가정으로 돌아오지 않을지도 모른다는 것을 미리 알고 있었다면, 그리고 머잖아 태어날 아기를 잉태하고 있었다면.

대부분의 여자들이나 마찬가지로, 나는 아기를 빙자해서라도 그의 길을 막아 보려 했다. 그러나 나의 유일한 자부심은 아무 내색도 하지 않고 그의 길을 선선히 비켜 주는 거라고 생각된다.

그는 지금 욕실에서 세수를 하고 있다. 나는 내가 쓴 종이쪽지를 한 번 더 읽어 본다.

'당신이 언제 어디에서 이 쪽지를 읽어 보게 되는지 모르겠군요. 그냥 알고만 있으라고 말하는 거예요. 당신이 떠날 때 나는 임신 중이었어요.'

나는 쪽지를 접어 그의 배낭 주머니 한 귀퉁이에 넣어 준다. 그는 짐을 어떤 맘으로 풀어 볼지 모르지만, 양말 한 짝, 내의 한 벌, 수건 한 장까지도 내 손을 거쳐 그 배낭으로 들어가는 것은 무엇이든지 마지막이라는 기분으로 챙겨 넣었다.

떠날 채비를 한 그가 문을 열고 들여다본다. 남편은 나를 바로 쳐다보지 않는다.

"준비 다 됐어?"

"여기 있어요."

"나오지 마."

"버스 타는 데까지만 따라갈게요."

"나오려면 두꺼운 걸 걸쳐. 바깥이 꽤 쌀쌀해."

그래야겠다고 생각하면서도, 그가 배낭을 짊어지자 마음이 바빠진 나는 겉옷커녕 양말도 못 신고 따라 나선다. 우리는 말없이 계단을 내려간다. 서릿발처럼 맵다. 남편은 나를 돌아다본다.

나의 맨발은 치렁치렁한 치맛자락에 가려 보이지 않는다. 신발 바닥이 차디차다.

우리는 경비실 앞을 지나 언덕으로 내려간다. 먼 산 산기슭으로 파르스름한 이내의 강이 흐르고, 동쪽 하늘은 발그레하게 젖어 있다. 그의 무거운 등산화는 걸을 때마다 둔탁하게 지표를 울리고 다시 내 마음에 와서 부딪친다.

목구멍이 매캐하고 따갑다. 망설이던 말을 간신히 밀어낸다.

"어디로 가요?"

"그냥 가는 거지 뭐."

언제 올 거냐고 한마디 더 물어보고 싶지만 나는 끝내 참기로 한다. 큰길 건너 빈 들에는 서리가 하얗게 앉아 있다. 오는 차도 가는 차도 없이, 넓은 신작로 끝과 끝이 그냥 아득하기만 하다. 남편은 배낭을 추스르고 나서 비로소 나를 바라본다. 무슨 말인지 할 듯 하다가 그만둔다.

뿌연 신작로 끝에서 빨간 불을 켠 버스가 달려오고 있다. 나는 몸으로 진저리를 친다. 남편은 멀거니 하늘을 쳐다보고 있다. 그의 이마에도 서리가 앉은 듯 유난히 희고 반짝인다.

차가 정류장에 와서 멎는다. 남편은 나를 조용히 돌아다봤을 뿐, 끝내 아무 말도 남기지 않고 그대로 차에 오른다. 그를 태우자마자 차는 이내 길을 내닫는다.

눈물이 괴어 오르는 순간, 어떤 생각이 구원처럼 스친다. 나는 집으로 뛰어간다. 필시 어디에고 남편은 나에게 주는 말을 남겨 두었을 성싶다.

방 안은 말끔하게 정돈되어 있다. 나는 곧장 책상 앞으로 다가간다. 책상은 얼핏 보기에 전혀 그의 손을 탄 것 같지 않다. 그가 내게 무언가를 써서 남겼다면 눈에 잘 띄는 곳에 두었을 것이다. 하나, 책상 위는 물론 서랍, 책갈피 속까지 뒤져 보았지만 아무것도 눈에 띄지 않는다.

푸른 노트 하나가 원고지 뭉치와 포개어져 있다. 그 노트는 이전에는 거기 있지 않았다. 나는 노트를 꺼내 펼쳐 본다. 메모 같기도 하고 일기 같기도 하다.

    ×월 ×일
    밤마다 거센 파도에 씻기어 투명해지는 나의 정신이여.
    어떤 불꽃을 둘러싸기 위한 등피인가.

    밤이 깊을수록
    밤은 더욱 어둡고
    밤이 어두워질수록
    더욱 밝아지는 불꽃, 광채.

    ×월 ×일
    아침마다 샘으로 간다.
    샘물을 마시고 새처럼 가벼워진다.

아침마다 줄넘기를 한다.

나는 연습을 한다.

잠자던 중에 이불자락을 휘젓히는 손길이 있어서 깜짝 놀라 잠이
깨었다. 한밤중이었다. 그리고 그 손길이 내 속에서 꿈꾸던 어떤 언
어가 아니었나 생각한다.

×월 ×일

나는 어떤 높은 벼랑 위에 서 있었다.

내 속에서 또 다른 내가 물었다.

"너는 무엇 때문에 아무도 없는 이곳에 와 있니?"

내가 대답했다.

"햇빛에 더 가까워지기 위해서, 바람에 더 가까워지기 위해서."

×월 ×일

수심愁心 속에 담근 발이 너무 시려 밤새도록 이쪽저쪽 바꾸어 가
며 서 있었다.

×월 ×일

앞창이 새벽의 이내에 젖어들 즈음 산책을 하러 나갔다. 집 뒤의
배밭이 서리를 맞아 하얗다. 멀리 금빛 갈기를 펄럭이며 해가 떠오
르고 있었다. 한 무리의 새들이 달고 시원한 하늘로 날아올랐다. 나
는 철조망을 내리고 배밭으로 들어갔다. 소금맛 같은 새벽 공기는
과원果園의 여러 향기를 더욱 짙게 했다. 마른풀 냄새! 마른 풀잎에
서 뒹구는 낙과들이 아직도 달콤한 과육 냄새를 물씬 풍겼다. 어지

러웠다.

　단풍 든 배 잎사귀들이 여기저기서 맑은 풍경 소리를 냈다. 나는 한자리에 가만히 서 있었다. 배나무 사이의 또 한 그루의 나무인 것처럼. 내 영혼의 깃털은 과원 속의 모든 것이 그러한 것처럼, 아침의 싸한 공기와 살랑거리는 바람과 떠오르는 해와 새소리에 깊이깊이 감응했다.

　한 그루의 나무로 존재한다 하더라도 나는 아무 여한이 없을 것 같았다.

　×월 ×일

　나무는 꽃과 잎을 피움으로써 자기의 딱딱한 목피木皮 속에 차 있는 정령精靈을 형상화하듯이, 작가는 언어를 통해 자기의 내면에 가득 차 있는 넋무리〔魂〕를 형상화한다.

　작가의 언어는 나무에게 있어 꽃과 잎이 그러한 것처럼 혼신의 힘이 깃들어 있어야 한다. 오직 형상화하는 기쁨 그것 자체가 목적인 양.

　아침의 태양이 만물을 어루만지는 기쁨은 어떤 것일까.
　밤마다 새로워진 어둠이
　천지의 만물을 감싸는 기쁨은 어떤 것일까.

　×월 ×일

　새벽빛이 창문에 젖어드는 것을 보고 밖으로 나갔다. 촉촉하게 젖은 공기, 새소리, 나무들, 그리고 고요함. 과수밭을 우두커니 바리보다가 빈터 쪽으로 갔다. 버려진 듯한, 그러나 가만히 보면 무언가 가득 차 있는 그 빈터가 좋았다. 비탈 아래로 내려가다 보니 노란 달맞이꽃이 한 군데 소복하게 피어 있다. 철은 가는데, 자갈과 잡초 사이에서도 막무가내로 꽃을 피우고야 마는 그 꽃이야말로 '달맞이'란 이름이 가장 어울릴 듯싶다.

문득 하늘을 쳐다보니 분홍도 보라도 아닌, 그저 여린 어떤 빛깔이라고밖에 할 수 없는 빛이 동편 하늘 가장자리를 적시고 있었다. 예감이란 언어를 빛으로 표현한다면 화가는 필히 그 색을 이해해야 할 것 같다. 난데없이 기러기 떼들이 하늘을 가로질러 남으로 날고 있었다. 그들이 날아가고 난 빈 하늘을 마냥 쳐다보는 내 이마에 문득 싸늘한 날갯깃의 촉감이 느껴진다.

발길을 집으로 돌렸다. 아무 일도 없었던 것 같은데, 돌연 내 마음은 왜 이다지 살고 싶을까.

×월 ×일

아내가 물었다. 어딘가로 이르기 위해 가정이 방해가 된다면 어떡할 거냐고. 내 대답은 그녀를 비탄과 절망에 빠뜨렸을 것이다. 그래도 하는 수 없었다. 나의 비정함 따윈 아무것도 아니다. 신적神的인 모든 것은 인간의 바람에 대해 철두철미 침묵을 지킨다. 왜 그럴까? 이제야 겨우 나는 그 이유를 조금씩 깨닫고 있다.

아내가 울 것처럼 보였기 때문에 나는 얼른 집에서 나왔다. 산책은 육체의 명상이다. 마음에서 연민의 녹이 벗겨지는 데는 그다지 오랜 시간이 걸리지 않았다.

나는 달렸다. 박하처럼 차디찬 공기, 쌉싸래한 풀 향기가 이마와 코에 반창고같이 달라붙었다. 마른풀이 뒤덮인 언덕이 점점 빠른 속도로 다가왔다. 그 마른풀 밑에다 나는 나만이 아는 길을 감춰 놓왔다. 여름 내내 다져서, 마치 사막에 사는 이리의 빨간 혓바닥처럼 선연해진 길.

남들이 글을 쓰고 있는 시간에, 아무것도 하지 않고 가만히 있어도 저절로 회한과 고뇌와 비통함이 끓어올라 신음을 삼키며 베갯잇을 깨물어야 했던 밤들, 수천수만 파도의 혀에 밤새도록 살과 피를 씻기운 뒤, 희뿌연 새벽이면 어찔어찔한 이마를 무명띠로 졸라매고 부질없이 기어오르곤 했던 그 길. 이 길도 언젠가는 이리의 혓바닥처럼 빨간 홍보석 같은 빛으로만 남을 수 있을까, 하고 나는 얼마나 자주 자기 자신에게 자문해 왔는가.

침묵으로 굳어지다 못해 빨갛고 단단한 돌이 되었다가, 더 지나면 홍옥 같은 붉은빛으로만 남는다는 사막의 이리의 그 혀.

나는 천천히, 형언할 수 없이 은밀한 기쁨을 맛보며 그 혀 위에 나의 영혼을 포개었다.

언덕 위는 공지였다. 공지 끝은 또 다른 언덕이었다. 집터를 닦아 놓은 뒤 그대로 몇 년이고 방치해 두는 동안, 산 본래의 모습이 불도저 흔적을 지우고 조금씩 되살아나고 있었다. 상수리나무와 억새풀과 도깨비바늘이 허리에 감겼다. 풀벌레들이 그악스럽게 울어 댔고 흙빛은 기름졌다. 대지의 말랑말랑한 살. 공기와 풀 향기는 태곳적부터 있어 온 영원한 산이 어디에 있는지 알기나 하는 듯이, 더욱 시렸고, 더욱 짙어졌다.

돌멩이들을 툭툭 걷어차며 또 다른 언덕 앞으로 다가가던 나는 우뚝 제자리에 멈춰 섰다. 그리고 홀린 듯이 앞을 바라보았다. 바람에 하느작대는 노란 잡초, 한없이 맑고 푸른 하늘, 거무튀튀한 바위, 황색 점토, 가파르게 흘러내린 비탈의 곡선. 나를 사로잡은 것은 빛깔도 소리도 사물의 외형도 아니었다……

나는 내 눈에 나사와 같은 홈이 파여, 사물들의 속 깊은 내밀성(內 密性) 속으로, 속으로 파고드는 게 아닐까 하는 생각마저 들었다. 아 니, 홈이 파인 건 마음인지도 몰랐다. 노랗게 아른거리는 잡초와 잡 초 사이, 잡초와 바위, 바위와 흙, 흙과 하늘, 그런 것들 사이에 어 려 있는 파랗기도 하고, 노랗기도 하고, 거무튀튀하기도 한 빛깔, 냄새, 어쩌면 그 모든 것들이 한데 어우러져 서로 감응하는 혼령들 의 울림이 마음에 보이는 듯했다.

나는 느끼며 생각하며 붙박힌 듯이 그 자리에 서서 바라보고 또 바라봤다. 그러나 마치 그 울림을 손아귀에 움켜쥘 수도 있을 듯한 기분에 한 발 앞으로 내딛는 순간, 그 이상한 울림은 산산이 깨어지 고, 그저 늘 보던 잡초, 바위, 흙, 하늘의 모습뿐이었다.

나는 몸을 움직인 게 안타까웠다. 혹시나 해서 다시 그 자리에 되 돌아가 봐도 그런 느낌은 되살려지지 않았다.

나는 언덕을 올라갔다. 그곳은 아주 넓은 공지였다. 아침에는 인 근 주민들이 그곳에 나와서 조깅을 했다. 새로 지은 이층 양옥집이 보였다. 그 집의 지대는 공지보다 한 길 정도 낮았다. 집 안이 우물 속처럼 들여다보였다.

손질이 잘 된 잔디, 동그랗고 파란 솜사탕 같은 정원수들, 낮고 하얀 목책에 둘러싸인 화단, 괴석과 석탑, 아기자기한 숱한 비밀을 걸어 잠근 현관문, 뜰에 면한 거실의 가무스름한 유리창, 나비 모양 으로 드리워져 있는 커튼, 하얀 화분대 위에 놓인 선인장 화분 들……

아내의 얼굴이 절로 떠올랐다. 마지막 같은 말을 그녀에게 던졌 을 때, 그 가련한 여자를 벼랑 아래로 밀어 던졌을 때, 나는 괴로웠 다. 그녀가 아파하는 아픔이, 절망이 나의 살을 저미는 것 같았다.

내 마음은 마치 집 떠난 지 오래된 방랑자처럼 울타리 안의 그 안정이 그리웠다. 내 그리움은 소유를 껴안고 싶은 열망이라기보다는 단지 어루만지는 것만으로도 충족되는 사랑이었다. 떠날 새도 없이 내 마음은 소유를 껴안기 위한 모든 울타리 밖에 와 있었다.

아름다운 집을 뒤로하고, 나는 다시 걷기 시작했다. 공지를 가로질렀다. 샛길을 빠져나왔다. 다시 포장도로로 나왔다. 책가방을 멘 계집아이가 신주머니를 홰홰 내두르며 내 앞에서 나풀나풀 뛰어가고 있었다. 내 속에서 깨어난 한 소년도 계집아이 뒤를 따라 나풀나풀 뛰었다.

동구 밖 과수원 길
아카시아꽃이 활짝 폈네
하아얀 꽃 이파리
눈송이처럼 날리네

계집아이와 함께 소년도 입속으로 노래를 흥얼거렸다. 아무 생각 없이 나비를 뒤쫓는 또 다른 나비와 같이, 소년은 계속 계집아이를 뒤쫓아갔다. 길 위에 쏟아지는 햇빛과 한없이 맑은 공기와 노래와 유희하듯 춤추며 뛰어가는 계집아이와 그 모든 것이 어우러져 한없이 친근한 것이 되어가고 있었다.

계집아이가 어떤 집 파란 대문 안으로 사라져 버렸다. 혼자 남은 소년은 사방을 휘휘 둘러보았다. 낯선 동네였다. 내가 왜 여기 와 있을까?

나는 길을 되짚어 나왔다. 연탄을 가득 실은 트럭 한 대가 동네 어귀에 세워져 있었다. 트럭 위에서 한 여인이 연탄을 두 장씩 포개어, 밑에 있는 소년에게 던져 주고 있었다. 순식간에 그 광경도 나에게 매우 중요한 의미를 지니게 되었다. 그 광경을 이루는 아주 하찮은 부분부분들까지도.

여인의 헝클어진 머리카락, 연탄가루로 시커멓게 얼룩진 얼굴, 탄가루에 찌들어 가죽처럼 번쩍거리는 고무장갑, 펑퍼짐한 몸매, 보라색 플라스틱 슬리퍼, 쉼 없이 거의 율동적으로 연탄을 집어 던져 주고 있는 골똘한 표정, 몸뻬가 흘러내려 허연 속살이 드러난 허리…… 그 부분들은 부분 이상의 무엇을 가리켜 보이는 것 같았다. 바람이 불 때 나뭇잎들이 나무 이상의 무엇을 암시하듯이.

이상한 날이로군! 나는 날아갈 것처럼 걸음이 가벼웠다. 넓은 전원이 내 앞에 펼쳐졌다. 밭도 논도 가을걷이가 끝나 벌거숭이 나신裸身이었다. 나는 논두렁길로 접어들었다. 왼쪽은 둔덕, 오른쪽은 낫 자국이 선연한 논바닥이었다. 흙빛으로 여문 여치, 송장메뚜기들이 마른 풀섶에서 푸드득 날아올랐다. 나는 손가락으로 훑은 마른 풀줄기를 잇새에 끼우고 잘근잘근 씹어 보았다. 쿡 쏘는 풀 향기가 아편처럼 전신을 혼곤하게 했다.

높고 새된 어린아이들의 목소리가 맑은 공기 저쪽에서 아른아른 스미어 왔다. "잡아라, 나쁜 놈이다." "나쁜 놈이다. 잡아라." 둔덕 위에 일렬로 서서 아이들은 나쁜 놈을 잡기 위해 흙을 집어 던졌다.

나는 걸음을 멈추고 아이들이 집어 던지는 흙이 날아가는 방향을 노려봤다. 내 눈엔 아무것도 보이지 않았다. 말갛게 비치는 허공뿐이었다.

아이들은 내가 다가가기 전에 둔덕 너머로 사라졌다. 나는 아이들이 뿌려 댄 흙이 떨어져 있는 지점으로 가 봤다. 그 지점에서 나는 허공을 향해 다시 귀를 기울여 봤다. 무엇인지, 들릴 듯 보일 듯

하다가 말았다. 안타까웠다. 나는 동서남북 네 방향을 돌아가며 깊이 더욱 깊이 귀를 기울여 봤다. 그때였다. 나는 멀리서, 이쪽을 뚫어질 듯이 쏘아보는 아내를 발견했다.

나는 노트를 덮고 본래대로 해놓는다. 사람의 인연이란 이토록 허망한 걸까. 방 안을 둘러본다. 잘 개켜진 이불을 보자 왈칵 뜨거운 눈물이 솟는다. 갑자기 그의 몸이 너무 그리워 나는 온몸이 아프고 저리다. 이불이 그인 양 나는 저린 몸을 던진다. 의식이 가물가물 멀어진다.

다시 눈을 떠 보니 이상한 꿈을 꾼 뒤다. 잠을 잔 것 같지는 않은데 꿈만은 너무도 생생하다.

누가 밖에서 벨을 누르고 있었다. 나는 걸림쇠를 따고 문을 열었다. 삿갓을 쓰고 긴 법장을 짚은 중이 문간에 서 있었다. 그의 얼굴은 삿갓에 가려 보이지 않았다. 가사 차림이 유난히 말끔하고 절도 있어 보였다. 출가하여 처음 시주를 받으러 나온 동령승일까 생각하며, 나는 쌀을 좀 퍼 오려고 돌아섰다. 그때 중이 나를 만류하며 "이것 받으라" 하고 잘 개켜진 옷가지를 내밀었다. 받고 보니 그것은 남편이 나갈 때 입고 간 옷이었다. 나는 중을 붙잡고 "우리 그이는, 그이는 어떻게 됐어요" 하고 애타게 물었다. 그러나 중은 아무 말도 안 하고 그냥 돌아섰다. 나는 계단을 뛰어내려갔으나 그의 모습은 어디에도 없었다. "스님! 스님!" 부르다가 눈을 떴다.

7

사랑하는 아내에게

집을 나설 때 내게는 방향도 예정도 없었어. 그냥 발길 닿는 대로 어디든지 가 보리라는 맘뿐이었어.

고속버스 터미널에 이르러 버스에서 내렸더니 바로 앞에 영동선 대합실이 있었어. 이른 아침인데도 대합실엔 많은 사람들이 북적거리고 있더군. 나는 막막한 기분으로 잠시 서 있었지. 그때 한 스님이 출입구로 들어오고 있는 것이 보였어. 그가 가는 대로 내 방향을 맡겨 보자는 생각이 문득 스쳤어.

스님은 원주행 매표구 앞으로 갔어. 바로 그의 뒤에 서 있다가 나도 원주행 차표를 끊었어. 우리는 나란히 앉게 되었어.

버스가 서울을 벗어나 교외로 달리고 있을 때였지. 그가 나더러 치악산에 가느냐고 묻더군. 나는 무작정 그렇다고 대답했지.

"힘들더라도 시루봉에는 꼭 한번 올라가 보시지요."

그의 권유에 특별한 뜻이 담겨 있는 것을 감지했어. 그러나 나는 모른 척 물었어.

"볼 만한 게 있습니까?"

"사람에 따라서는 볼 만하지요."

"그게 뭡니까?"

"가 보시면 아시리다."

그러곤 창밖으로 눈길을 옮겨 간 스님은 원주에 닿을 때까지 더이상 아무 말도 하지 않았어.

헤어질 때 내가 목례를 드리자 본 체 만 체 장삼 자락을 날개처럼 펄럭이며 순식간에 눈앞에서 사라졌어.

그날은 산 밑까지 가서 민박을 했지. 그리고 다음 날 일찍 해발 천이백팔십팔 미터나 된다는 시루봉에 오르기 위해 길을 떠났어. 많지는 않으나 다른 등반객들도 있었는데, 그들은 금세 나를 앞질러 갔어. 나의 산행山行은 고독한 수행修行처럼 적막했어. 산에는 단풍이 모두 졌지만, 아른거리는 나뭇가지 사이로 바람과 햇빛이 맑은 물처럼 흘러내렸어.

오를수록 산은 더욱 가팔라졌지. 하지만 나는 부풀어오르는 기대감에 힘드는 줄 몰랐어. 알 수 없는 힘이 솟아 발걸음이 마냥 가벼웠어. 설사 무거운 바위를 짊어졌다 하더라도 나는 듯이 산을 탈 것 같았어.

어느 순간 맑은 바람이 땀을 식혀 주더군. 쳐다보니 정상이 멀지 않더군. 나는 한 걸음 한 걸음 숨죽이고 다가갔어. 새들조차도 숨을 죽이고 있는 것 같았어. 눈에 띄는 모든 것이 그 빛깔이나 형체를 넘어서 스미는 혼령으로 다가오는 것 같았어. 흙도 바위도 나무도 바람도 햇빛도 하늘도 다 혼령이 스미어 아른거리는 것 같았어. 그리고 심연 같은 고요함뿐이었어.

그때 내 앞에 하늘을 향해 우뚝 솟은 탑이 나타났어. 탑은 세 개였고, 자연석 그대로를 쌓아 올린 것이었어. 그것은 어떤 마음이 하늘로 승천한 자리에 그 허물처럼 남은, 고요히 합장한 손과도 같았어. 승천한 마음은 이제 맑고 시린 빛이 되어 눈부신 흰 새 모양, 그 허물의 끝에 그윽히 머물고 있었어.

아, 바로 이것이었군! 나는 그것을 통해, 아직도 얼마나 더 가야 할지 모르는 방황과 고뇌의 노정路程이 단숨에 이루어진 것같이 느껴졌어. 누군지는 모르지만, '그' 덕분에 고개도 넘지 않고 대번에 선경仙境 속으로 들어온 것만 같았어. '그'가 길게 엎드리면 한 세계에서 다른 세계로 넘어가는 다리가 되고, '그'가 일어서면 한 세계 속에 우뚝 솟아오른 비경秘境 그 자체, 산이야.

나는 탑을 향해 내 온몸을 땅에 대고 엎드렸어. 엎드린 채 흙 한 줌을 집어 먹었어.

산에서 내려오자 나는 동네 어귀에 있는 술집으로 갔어. 주인에게 그 탑을 쌓은 사람에 대해서 물어보았지.

"글쎄요, 말만 들었는데 뻥튀기를 팔러 다니던 장사꾼이었다나 봐요. 시상에 미쳤지, 장사도 집어치우고 전국 방방곡곡에서 삼 년 동안 돌만 끌어 모았다고 하니, 그 여편넨들 오죽 복장이 터졌으까."

모두가 도시락을 싸 들고 일터로 가는 월급쟁이들 틈에, 커다란 돌을 소중한 보물인 양 끼고 앉아 있는 남자의 뒷모습을 상상해 봐. 그의 돌이 영원을 향해 놓아지는 기도의 한 섬돌이라는 것을, 그들은 지금까지도 까맣게 모르고 있는 거야.

그래, 이제 나는 세상에 그런 탑이, 또 그런 탑을 쌓는 사람이 살고 있다는 그 사실 하나만으로도 무한한 기쁨과 은총을 느끼며 살아갈 수 있어. 나는 무엇을 하든지, 흙을 파든, 커피를 마시든, 하늘을 바라보든, 내가 하는 모든 일이 참으로 기쁨이며 축복이란 것을 알겠어. 나는 이제 무엇이든지 다 될 수 있을 것 같아.

아내여, 사랑하는 아내여. 나의 열락悅樂을 당신의 생 속에도 옮겨 심어 주고 싶다. 어서 날이 밝아 집으로 돌아가고 싶다.

안녕. 당신의 영원한 반려자

남편이 산에서 돌아온 지도 스무 날이 넘었다. 남편의 성화에 못이겨 나는 아침나절에 산부인과로 가서 진찰을 받았다. 임신이 아니라고 했다. 의사에게 화를 냈더니 다른 병원으로 가서 재진찰을 받아 보라고 했다. 역시 결과는 같았다. 나는 부끄러워 가방마저 내던지고 병원에서 뛰쳐나왔다.

집에 오니 그는 외출 중이었다. 그는 요즘 일자리를 알아보러 다니는 중이었다. 나는 심란한 맘을 달래려고 빨래를 시작했다.

삐리— 삐리삐리. 종달새가 운다. 그가 돌아온 모양이다. 산에서 돌아온 이래로 그는 초록색 수액이 가득 넘쳐 오르는 나무처럼 싱싱하다.

진찰 결과를 물어볼까 봐 얼른 빨래터로 돌아가려니 그가 부른다.

"여보, 나 취직했어."

"어디에요?"

"맞춰 봐."

"당신 나가던 그 출판사에 다시 들어간 거예요?"

"아니, 맘속으로부터 진정으로 지나온 곳은 다시 돌아갈 수 없지. 자기 맘에다 묻고 또 묻고 그래서 버린 것이니까."

"그럼 어디예요?"

"더 생각해 봐."

"형님이 다니는 회사!"

"더 멀어지는군."

"아이, 빨리 말해 보세요."

"요기, 우리 집 앞 체육관에 낼부터 출근하기로 했어."

"체육관에요? 뭘로요?"

"잡역부로, 당신도 봤지? 거 왜 제복 입은 남자들이 잔디도 깎고 나무도 매만지고 정구장에 소금도 뿌리고 그러잖아."

남편은 싱글싱글 뜻없이 웃고 있다. 그 웃음은 꼭 짐승의 그것처럼 무구해 보인다. 그렇다. 그는 예전의 그가 아니다. 지순至純한 어떤 짐승이 그의 허물 속에 들어앉아 있다. 짐승이 웃고 있다.

"글은 어떻게 하구요?"

고개를 떨어뜨린 채 팔소매를 무작정 잡아당기며 내가 물었다.

"이젠 재미없어서 못 쓰겠어."

어떻게 해서 그가 그런 결정을 내리게 된 것인지, 그 궤적을 나는 알수가 없다. 아니, 알 수가 없다기보다 나로선 도서히 이해가 되지 않는다. 다만 내가 알고 있는 것은 그가 잡역부로 일하기 위해 내일부터 체육관으로 나가리란 사실이다.

나는 공연히 부엌에서 정신없이 어릿거리다가, 큰방으로 가서 빨 때도 되지 않은 옷들을 걷어 물통에 처넣는다. 빨랫감에 비누칠을 하고 있노라니 눈물이 걷잡을 수 없이 쏟아진다. 다른 것 다 흐르는 물처럼 손가락 사이로 빠져 달아나도 좋다. 그러나 소설가의 아내란 자부심만은 놓칠 수 없다. 배고프고 헐벗는 것을 각오하면서까지 소설가에게 시집올 땐, 처녀 때 내가 이루지 못한 꿈을 남편이 이루어 줬으면 하는 그 한 가지 바람 때문이었다.

나는 이제부터 아무것도 아닌 한 남자의 아내가 되어야 한다. 내 자존심을 그렇게까지 뒤로 물릴 수는 없다.

나는 속으로 비통하게 절규하며 빨래를 쥐어짠다. 온몸의 맥이 풀리며 끝도 한도 없는 절망 속으로 추락하는 것 같다.

그 어느 순간이다. 나는 부르르 진저리를 쳤다. 바로 이런 절망이었구나. 남편이 말하던 그 죽음 같은 심연이.

호궁胡弓

윤후명

1946년 강원도 강릉 출생.
연세대 철학과 졸업.
1967년 《경향신문》 신춘문예에 시 〈빙하의 새〉,
1979년 《한국일보》 신춘문예에 소설 〈산역山役〉 당선.
소설집 《부활하는 새》《원숭이는 없다》,
장편소설 《돈황의 사랑》《별까지 우리가》,
현대문학상, 이상문학상 수상.

호궁胡弓

애초에 미스 요姚를 그 술자리에 데리고 간 것이 잘못이었다. 모 재벌 회사에 다니는 김金은, 그녀가 중국계中國系 여자로서, 그녀 아버지의 고향인 광동 지방의 말은 물론 북경어北京語까지 할 줄 안다는 사실을 알고는 찰거머리처럼 달라붙었다. 일주일에 한두 번씩이라도 중국어, 표준 중국어인 북경어를 배우겠다는 것이었다. 땅덩어리가 워낙 넓은 중국이다 보니 사투리라는 것이 아예 딴 말과 같다고 했다. 아닌 게 아니라 그는 그 얼마 전부터 중공과의 교역을 대비해 중국어를 해두어야 한다고 말해 왔던 터였다. 그는 매사에 극성으로서 그가 중국어를 배우겠다는 것은 그의 회사에서의 위치에 대한 원대한 포석이라고 할 수 있었다. 내 친구이기는 했지만 나는 그의 그런 용의주도한 모습에 가끔 놀라고는 했다. 그의 말에 따르면 어차피 일본을 사이에 두고 어느 만큼씩 교역이 이루어지고 있는 것이 사실이므로 언젠가는 일본 놈 좋은 일만 시킬 게 아니라 직접적인 교역을 시도해야 한다는 것이었다.

그의 말을 듣고 있으면 무역만이 전부였다. 세계는 그야말로 무역의, 무역에 의한, 무역을 위한 세계였다. 하기야 다른 나라에 물건을 팔자면 그 나라 말을 아는 게 필수가 될 터였다. 그러나 영어다, 일어다 하고 쫓아다닌 그가 중국어까지 쫓아다니겠다는 것은 나로서는 그저 놀라운 정열이라고 할밖에 없는 것이다. 경쟁 사회의 무서운 압력이 그를 그렇게 몰아붙이고 있는지도 모를 일이었다. 아니면 여자를 유난히 밝히는 그가 미스 요의 미모에 눈독을 들이고 그런 식으로 접근을 한 것이었을까.

"글쎄요. 제 시간이 일정치를 않아서요."

그녀는 슬쩍 거절했다.

그녀가 그렇게 나오리라는 것을 나는 알고 있었다. 언젠가 그녀는 친구가 중국어를 배웠으면 한다는 내 말에, 웃으면서 거절의 뜻을 분명히 했었다. 시간도 없으려니와 그럴 만한 자격도 없다는 것이었다. 그때는 물론 김이 미스 요를 본 적도 없었으니만큼 그의 중국어 열熱이 꽤 진지한 것임에는 틀림이 없었다. 그러므로 그가 미스 요의 미모에 혹해서 달라붙는다는 식으로 실눈을 뜨고 바라볼 필요는 없으리라. 애초에 그가 중국어의 필요성에 대해서 역설을 했을 때, 내가 이러저러한 여자를 안다고 한 것이 그가 달라붙게 된 계기였다. 사실 나는 미스 요에게 그런 친구가 있다는 사실조차도 말하고 싶지 않았다. 그녀를 독차지하려 한다거나 무슨 그와 비슷한 감정 때문이 아니었느냐고 한다면 그처럼 어처구니없는 어림짐작은 또 없을 것이다. 그녀에게는 곧 결혼할 상대가 있었으니까 말이다. 대만에 가서 살아야 하는데 걱정이에요. 어머니 땜에. 그녀는 말하곤 했다. 그녀는 홀어머니와 함께 살고 있었다. 홀어머니이니 대만으로 함께 가서 모시면 되지 않느냐고 하면 너무나 쉬운 말이다. 이에 대해서는 나중에 설명하기로 한다.

내가 미스 요에게 그런 친구가 있다는 사실조차도 말하고 싶지 않았던 까닭은 독차지하고 어쩌고 하는 따위의 이야기와는 전혀 다른 것이었다. 간단히 말하면 나는 내가 다른 어떤 자리에서 그녀에 대해서 이야기했다는 사실이 그녀에게는 알려지는 것이 싫었다. 실제로 나는 그녀에게 별다른 의미를 두고 있지 않았는데, 자칫하면 잘못된 의미로 받아들여질 가능성이 있기 때문이었다. 그녀를 직접 대할 때는 무덤덤한 표정을 지을 뿐인 내가 의외로 관심을 기울이고 있다고 여겨질지도 모르지 않는가. 어쨌든 김의 중국어 공부 건은 그녀의 사절로 일단 마무리되었다. 그렇다고 해서 김이 호락호락 물러선 것은 아니었다. 그렇담 언제 시간이 넉넉할 때까지 기다려야겠군요 하고 뒷맛을 남겨 두기를 잊지 않았다.

"기다리실 필요가 없겠지요. 전 곧 결혼하니까요."

미스 요는, 웃으면서 굳이 밝히지 않아도 그만인 신상 명세까지 밝혔다. 나는 그녀의 티 없는 웃음과 솔직함이 그녀의 어떤 순결성에서 우러나온 것이라고 느꼈다. 아마추어 사진작가인 곽郭은 옆에서 빙그레 웃고만 있었다.

신상 명세라는 말이 나왔으니 말이지《학원》의 청탁을 받고 이 글을 쓰려고 마음먹었을 때, 사실 여간 망설여지지가 않았다. 우선 그녀가 우리나라에서 태어난 중국계로서 한성화교학교漢城華僑學校를 나왔고, 우리말과 중국어를 비롯해서 영어, 일본어를 두루 꿰는 실력으로 모 여행사에 근무한다고 하면, 그쪽의 좁은 바닥에서는 알 사람은 다 알 것이기 때문이었다. 그러나 현재로서는 달리 할 이야기도 없고, 또 언젠가는 그저 가벼운 마음으로 짚어 보리라 하던 이야기라서 쓰기로 하자고 마음먹고 말았다. 그러면서도 다만 한 가지, 그 망설임의 한 부분으로서 그녀의 성씨를 가짜로 만들어 쓰지 않을 수가 없었다. 그러니까 요姚란 중국식 성씨이기는 해도 그녀의 정말 성씨는 아닌데 더욱 다짐해 둘 것은, 삼류 주간지 따위에서 어떤 사건을 다룰 때 버젓이 생사람 이름을 써 놓고도 괄호 안에 가명이라고 써놓는 그런 짓거리는 결코 아니라는 점이다. 그러나 차라리 그녀의 성씨를 정말 요라고 해두는 편이 나을 듯하다.

그러면 미스 요와의 이야기를 다시 시작하기로 한다.

흔히 4개 국어에 능통하다는 등 5개 국어에 능통하다는 등 하는 사람이 있듯이, 언어에 남다른 소질이 있는 사람들이 있다. 그녀도 바로 그런 부류였다. 앞에서 말했지만 중국어, 영어, 일본어, 그리고 한국어. 이른바 4개 국어에 능통하다는 이야기가 된다. 하지만 조금만 따지고 보면, 그녀의 경우는 특수한 환경의 요인이 많이 작용한 결과라고 보아야 하겠다. 여기서 그녀의 신상 명세를 다시 한 번 들먹이기로 한다.

그것은 그녀의 아버지가 중국의 광동 사람임은 말했어도 그녀의 어머니가 일본 사람임은 말하지 않았기 때문이다. 그녀는 중국인 아버지와 일본인 어머니 사이에서 태어난 혼혈이 되는 것이다. 중국인을 아버지로 하고 일본인을 어머니로 하여 한국에서 태어났다. 이러한 신상 명세는 그 태어남에서부터 이미 그녀가 중국어·일본어·한국어를 그녀의 몫으로 하고 있음을 말해 주고 있지 않은가. 다만 영어를 능통하게 할 수 있다는 사실만이 애초부터의 그녀의 몫이 아닐 뿐이다. 하지만 요즘 세상에 영어를 능통하게 한다는 것은 뭐 그렇게 두드러진 사실은 아닐 것이다. 그러므로 4개 국어 운운하느니보다, 그녀에 대해서 말하자면 무엇보다도 그 미모부터 말해야 한다. 예로부터 이민족 사이에서 태어난 혼혈아, 곧 튀기란 예쁘기 마련이라는 통설을 증명하듯 그녀는 눈에 띄게 예뻤다. 나는 너무 예쁜, 아름다운 여자를 대하면 이상스럽게 겁을 덜컥 집어먹게 되는데, 그녀도 그럴 만한 여자였다. 나는 왜 지극한 아름다움에 겁을 집어먹는 것일까. 그 겁은 어떤 종류의 겁일까. 내 주제로는 도저히 차지할 수 없다는 절망감일까. 그녀는 무엇인가 애타게 갈구하는 듯한 까만 눈동자, 오뚝한 콧날, 작게 오므린 입술, 맑은 귀, 그녀의 얼굴을 보면서 나는 역시 튀기란! 하고 감탄하지 않을 수 없었다. 단순히 예쁘다거나 아름답다거나 하다는 표현만으로는 흡족하지 못하다. 부드러우면서도 뚜렷한 윤곽이 거기에 있었다. 그것은 그녀 스스로의 이야기를 빌려 말하더라도 확실히 이색적이었다. 언젠가 그녀는 내게 놀러 와서 스스럼없이 말했었다. 하이야트 호텔에 외국인을 만나러 가는데 남자 몇이 뒤쫓아 왔었어요. 나중에 외국인하고 만나는 걸 보더니, 어쩐지 모찌방이 다르더라니 어쩌구 하잖아요, 글쎄. 나 참. 시계의 글자판을 일본어로 모찌방이라고 하던가. 나는 그녀의 말을 들으면서 솔직성도 튀기의 특성일지 모른다고 생각했었다. 그녀는 술을 마시는 일에 대해서는 이렇게 말했었다. 술을 진탕 마시고 한번 취하고 싶지만, 취한 다음에 내가 뭘 어떻게 하는지를 내가 모르게 된다는 게 무서워 못 마시겠어요. 그리고 어머니의 술 때문에 골칫거리라고 했다.

　나는 그녀의 어머니가 술꾼임을 잘 알고 있었다. 처음에 그녀의 어머니인 줄 몰랐을 때부터 나는 그녀 어머니와 자주 얼굴이 마주쳐 가볍게 인사까지 하곤 했었다. 일본 여자라는 사실도 몰랐을 때였다. 내가 그녀 어머니와 자주 얼굴이 마주친 곳은 동네의 구멍가게에서였고, 그때마다 그녀 어머니나 나나 거의 술을 샀다. 한두 번 마주쳤을 때는 그러려니 했던 것이 서너 번, 네댓 번 계속되자 그녀 어머니 쪽에서나 내 쪽에서나 당연히 아는 체를 하게 되었다. 하지만 그리 즐거운 기분은 아니었다. 그녀 어머니와 나는 마치 서로의 약점이 산파된 사람들처럼 서로의 손에 들려 있는 술병을 보았고, 공범자처럼 결코 유쾌하지만은 않은 웃음을 나누고는 했다. 그녀 어머니는 나보다도 더한 술꾼이었다. 어쩌다 낮에 골목길을 내려가거나 올라가다가 술에 취한 그녀 어머니를 보는 것도 흔한 일이었다. 술에 취해 횡설수설하다가도 나를 보면 용케 알아보고 반가운 척을 하곤 했으나, 나는 무슨 말을 하든지 그저 예, 예 하고 피하다시피 했었다. 그때마다 나는 술 안 먹는 사람이 술 먹는 사람을 혐오스럽게 생각하고, 또 술 먹는 사람이 술 안 먹는 사람을 가련하게 생각하는 까닭을 알 듯싶었다. 술을 마시는 사람과 안 마시는 사람은 이교도처럼 서로 다른 세상에 살고 있는 사람이었다. 커피를 마시는 사람과 안 마시는 사람이 그렇게 갈라질 수 있을까. 닭고기를 먹는 사람과 안 먹는 사람이 그렇게 갈라질 수 있을까.

그녀 어머니는 동네 뒤의 작은 공원의 벤치에 취해서 앉아 있기도 했다. 그녀 어머니는 게슴츠레한 눈으로 나를 보더니 그래도 희미하게 웃어 주었다. 그 웃음은 매우 자조적으로 보였고, 그래서 나는 그녀 어머니가 이렇게 말하고 있는 것처럼 여겨졌다. 정말 한스러운 세월이야. 그러나 그렇게 여겨졌다면, 다른 설명을 덧붙여야 한다. 예순이 가까워 보이는 나이에도 불구하고 그녀 어머니에게서는 조금도 체념의 빛을 찾아볼 수 없었다는 점이다. 웬일일까, 그녀 어머니의 눈빛에는 어떤 종류의 복수심의 빛이 어려 있어 보였다. 나중에 나는 그녀 어머니가 일본 사람임을 알고, 그것이 일본 사람이라는 걸까 하고도 생각해 보았다. 하지만 하나의 특정한 보기로써 민족성까지 들먹이는 일만큼 어처구니없는 일도 없을 것이다.

그녀 어머니는 어찌나 술을 먹어 대는지 구멍가게에서 아예 술을 팔지 않으려고 했다. 그녀 어머니가 일본 사람임을 처음 알던 날도 나는 구멍가게에서 술을 딜라고 사정하는 그녀 어머니와 마주쳤었다. 그녀 어머니는 5백 원짜리 지폐를 내밀고 있었다. 그 동네에는 다른 가게가 없었기 때문에 돈을 가지고도 사정하는 수밖에 없었다. 따님한테 내가 야단 먹는단 말이에요. 구멍가게의 주인 여자는 하는 수 없이 술병을 내주면서 눈을 흘겼다. 그녀 어머니가 술병을 소중하게 받아 들고 보라는 듯 흔들면서 사라지자, 구멍가게 주인 여자는 나를 보고 곤란한 늙은이야 하는 투로 비죽 웃었다. 일본 여잔데 술 땜에 딸이 죽겠대요. 또 술 팔았다고 야단맞을라. 이그, 그놈의 술. 그때 나는 가벼운 충격을 받았다. 일본 여자였구나!

그리고 다음 순간 이 땅에 남은 한 일본 여자의 삶의 역정이 도식처럼 떠올랐다. 한국 남자와 결혼했기 때문에 제2차 세계대전이 끝나고도 고향땅 일본으로 돌아가지 못한 일본 여자. 나는 오래전에도 그런 여자를 본 적이 있었다. 그 여자는 우리 집에 일 시킬 만한 게 없는지, 삯바느질할 거라도 없는지 해서 드나들었었다. 어머니는 부지런했으므로 그런 일이 없었으나 그때마다 뒤주에서 쌀 한 양재기씩을 퍼 주었다. 그러나 그녀 어머니에 대한 내 생각은 틀린 것이었다. 그녀의 아버지가 중국인이었던 사실까지는 구멍가게 주인은 몰랐던 모양이었다. 무엇이든지 솔직하게 다 털어놓는 그녀가 구멍가게에만은 숨겼던 것일까. 하기야 솔직하다고 해서 동네방네 돌아다니며 묻지도 않은 걸 털어놓을 필요는 없는 것이겠다. 그녀 어머니는 중국인 아버지와 한반도에서 살던 중 전쟁이 끝났고, 그 뒤 꽤 오랜 세월 뒤에 그녀 아버지는 세상을 떠났다고 했다. 그래서 모녀는 이 땅에 남은 것이었다.

한때 여러 가지 면에서 꽤나 절박한 상황에 몰린 적이 있던 나는, 진실을 표현하는 데 삼류 어투가 더 적절한 때도 있음을 알았는데, 그런 식으로 표현하자면 참 기구한 운명이라 아니 할 수 없었다. 나는 그녀가 솔직하다고 했다. 그녀는 지나치게 솔직했다. 나와 내 셋방에서 처음 이야기했다. 그리고 아버지가 세상을 떠난 뒤 이미 사십대 후반에 한 가정 있는 한국 남자와도 연분이 있었노라고 했다. 그 말을 하면서 그녀는 살짝 웃으면서 덧붙였었다. 우리 엄마는요, 한국 남자는 못쓴다고 그래요. 여자를 위해 줄 줄 모른다나요. 그 말은 전적으로 옳은지도 몰랐다. 가령 나는 여자를 위해 준다는 게 도대체 뭘 어떻게 하는 것인지 이제껏 감조차 잡지 못하고 있는 것이다. 간혹 길거리에서 지나가는 젊은 여자들이 그런 말을 하는 것을 들으면 징그러운 느낌조차 든다. 그 남자, 여잘 얼마나 위해 준다구. 그렇게 말하는 여자의 얼굴이 내게는 왜 그렇게 메스꺼워 보일까.

내가 그녀와 처음 인사를 나누었던 것도 구멍가게 앞에서였다. 그녀는 어머니와 함께 서서 돈 계산을 하고 있었다. 구멍가게에 얼마쯤의 외상이 있는 모양이었다. 나는 그 무렵 이미 그녀 어머니와는 제법 친근한 편이었으므로 우리는 자연스럽게 인사를 나눌 수 있었다. 이 어머니에 이렇듯 아름다운 딸이 있을 수 있단 말인가. 나는 놀랐었다.

한 번 그렇게 만나고 나서 그녀와 나는 이상하게 빈번히 만났다. 그때만 해도 밤 열두 시면 통행금지가 전면적으로 실시되던 때였다. 친구들과 어울려 거의 마지막 시각까지 술집에 퍼질러 앉아 있는 게 습관처럼 돼 버렸던 나는 일주일에 거의 서너 번쯤은 통행금지에 걸릴세라, 허겁지겁 돌아오곤 했다. 마지막 버스에서 내려서 일 킬로미터는 훨씬 넘게 걸어야 집 동네였다. 버스는 없어도 어쩌다 차고로 들어가는 택시가 오기도 해서 그런 택시를 용케 얻어 탈 경우도 있었다. 그녀와 인사를 나눈 지 며칠 뒤 나는 택시가 와 서는 장소에서 그녀를 만났다. 통행금지 시각까지 몇 분을 다투는 마지막 시각이었다. 1, 2분만 더 택시를 기다려 볼 것인가. 나는 망설이고 있었다. 1, 2분을 더 기다렸다가 택시가 오지 않으면 뛰어가야만 하는 시각이었다. 그때 그녀가 내게로 다가왔다. 안녕하세요. 나는 놀랐다. 그녀가 먼저 아는 체를 하지 않았더라면 나는 몰라보았을 것임에 틀림없었다. 걸어가는 게 낫지 않을까요. 그녀는 말했다. 나란히 걸으면서 나는 그녀가 술집 여자가 아닐까 하고 생각했다. 술집 여자가 아니고서는 그렇게 늦은 시각에 익숙한 몸짓을 할 만한 여유를 갖지 못할 것이었다. 그러나 술집 여자치고는 너무나 단정한 투피스의 정장이었다. 우리 어머니가 일본 여자라는 거 아시죠? 또각또각 하이힐 소리 사이로 어색한 침묵을 깨고 그녀가 물었다. 나는 물론 알고 있다고 대답했다. 술을 좋아하시더군요. 나는 담배를 꺼내 물고 성냥을 그었다. 술 땜에 저랑 만날 싸워요. 누가 술 먹는 걸 뭐라 그러나요. 술 먹구 자꾸 우시니까 뵈기 싫어서 그러지요. 그녀는 오래 사귄 사람에게 하듯 스스럼없이 말했다. 하기야 생각해 보면 어머니도 외로운 사람이에요.

그날 이후로 우리는 생각지도 않게 가까워졌다. 그녀는 천성적으로 붙임성이 있는 여자인 것 같았으나, 그녀가 내게 무엇 때문에 그렇게 격의 없는 태도를 보이는지는 쉽게 이해할 수가 없었다. 그녀는 여행사에 근무하며 외국인들의 관광 안내를 맡고 있다고 했다. 혼자 사시나요? 그렇다고 나는 대답했다. 그러나 나는 그녀처럼 솔직하지는 못해서 내가 왜 가정을 떠나 혼자 있게 되었는지를 설명해 줄 수가 없었다. 나는 어떤 필요에 따라서 일시적으로 아내와 헤어져 있다고만 말했다. 다행히 그녀는 내가 말하고 싶지 않은 부분에 대해서는 더 이상 묻지 않았다. 그녀가 중국인 아버지를 두어 국적이 자유중국임을 알았을 때 나는 역경 속에서도 꿋꿋이 살아가는 그녀의 모습에 새삼 고개가 숙여졌다. 그와 함께 불행했던 동아시아의 근세 역사가 떠오른 것은 당연한 일이었을 것이나. 일본의 한반도 침략과 중국 대륙 유린. 그녀는 탄

생부터가 비극적인 역사의 사슬에 얽매여 있는 것이었다.

나는 공연히 스산해져서 느닷없이 누란樓蘭에 대해서 이야기를 꺼냈다. 누란은 중앙아시아의 폐허가 된 옛 도시였다. 로우란. 내가 한자를 써 보이자 그녀는 그것을 북경어로는 로우란이라고 읽는다고 유난히 눈을 깜박이며 가르쳐 주었다. 나는 그런 모습을 바라보며 그녀의 기구한 운명은 행복하고 축복받는 결혼으로 보상되지 않으면 안 된다고 느꼈다. 그녀 어머니의 말처럼 한국 남자가 여자를 위할 줄 모르는지 어떤지는 따지지 않더라도 그녀는 결혼 상대자를 중국 청년으로 아예 점찍고 있었다. 그녀는 두 남자가 대상으로 떠올라 있다고도 했다. 한 남자는 대만 제2도시 고웅高雄에서 제법 큰 음식점을 경영하는 청년이라고 했고, 다른 한 남자는 홍콩에서 무슨 사업을 한다고 했다. 둘 다 한국에 여행을 왔을 때 안내를 맡음으로써 친해진 청년인데, 둘 중에 누가 되든지 해를 넘기지 않으리라고 그녀는 피력했다. 하지만 아무래도 어머니 때문에 걱정이에요. 저쪽에도 부모님이 계신데 함께 모시기도 그렇고…… 고민이에요. 참, 어머니가 공원에서 만난 할아버지와 연애한 얘길 했던가요. 그 할아버질 나는 한동안 아버지라고 하기도 했어요. 할아버지두 오래전에 아내를 잃은 몸이랬어요. 두 늙은이가 공원 벤치에 앉아 있다가 만난 거였어요. 재밌죠? 그러나 그 만남은 내게는 알 수 없이 서글픈 느낌을 주었다. 고향땅에서 고이 세월을 보낸 늙은이라면 그런 풋사랑에 잠시나마 보금자리를 만들려고 몸부림치지는 않았을 것처럼 생각되었다.

이 말은 그 만남을 나쁘게 여기고 있다는 말이 결코 아니다. 외로운 사람은 죽을 때까지, 아무리 나이가 많더라도 누군가를 만나지 않으면 안 된다고 하는 게 내 지론이다. 우리는 만남을 통해서 끊임없이 정화되어야 한다.

그러나 그녀 어머니의 경우 그 만남은 왠지 슬픈 빛깔이 짙어 보였다. 근데 얼마 전에 그 할아버지가 갑자기 돌아가셨어요. 어머니가 술 먹을 일만 생긴 거예요. 역시 그랬다. 어차피 사람은 죽는 것이지만, 그렇지만 그녀 어머니의 경우 그 남자의 죽음은 왠지 더 가혹한 것처럼 느껴졌다. 나는 공원 벤치에서 술에 취해 앉아 있다가 나를 보고 희미하게 웃던 그녀 어머니를 떠올리고 미진微震에 떨듯 전율을 느꼈다. 그녀 어머니는 남편을 잃고, 또 한 남자를 잃었다.

예전에 어떤 여자는 자신과 사귀는 남자마다 다 불행하게 된다고, 검은 운명의 마수魔手에 사로잡힌 삶을 한탄하며 어두운 운명론자가 되어 있기도 했었다. 실제로 그 여자와 사귀는 남자는 우습게 죽거나 병들었다. 우연이라고 하더라도 가혹한 일이었다. 그 여자는 자신에게 지펴졌다고 믿는 마성魔性을 저주하며 사람을 피했다. 나는 아직까지 가까이 친한 사람이 나를 버리고 이 세상을 떠나는 불행을 겪지 않고 있으니 다행이라 아니 할 수 없다. 오래 살고자 하는 게 우리들 한 번 태어난 사람들의 공통된 욕심으로 되어 있는데, 그러나 오래 살면 오래 살수록 결국 괴롭고 쓰라린 고통을 그만큼 많이 맛본다는 데 지나지 않는 게 아닐까. 이 세상에서 별리別離의 고통보다 더한 고통이 있겠는가. 몇만 리를 달려가도, 하늘 구석을 다 뒤져도 다시는 그를 만날 수 없다고 할 때의 애절함보다 더한 고통이 있겠는가.

그녀 어머니의 이야기가 끝난 뒤에 그녀가 대만에 사는 남자와 홍콩에 사는 남자를 놓고 저울질을 한다는 데 대해서 나는 쓸데없이 한마디 거들었다. 내게는 대만에 사는 남자와 결혼하는 게 낫겠는데…… 대만하고 우리나라는 여러 가지 교류가 있어서 언제라도 갈 수 있을지 모르니까…… 그때 만날 수도 있겠고……. 도대체 그녀가 내게 만날 기회를 주기 위해서 대만 쪽 남자를 택한다는 것은 있을 수 없는 일이었다.

내가 왜 그따위 어린애 같은 말을 했는지 알다가도 모를 일이었다. 유부녀가 된, 남의 나라 여자를 만나서 어떻게 하겠다는 것인가. 만날 수 있다고는 하더라도 그녀와 내가 무슨 그렇게 특별한 관계에 있기나 하단 말인가. 분명히 다시 말해 두거니와 나는 그녀가 행복하고 축복받는 결혼을 해서 그녀의 기구한 운명의 사슬을 아무 상처 없이 벗어 버리기를 진심으로 바라고 있었다. 그러나 그럼에도 불구하고 한 남자로서 그녀의 미모를 바라보는 내 시선에 원초적인 욕망의 빛이 전혀 어려 있지 않았다면 그것은 거짓말이 될 것이다.

하지만 그녀는 다행히 그것을 간파하지 못하고 있음이 분명했다. 아니, 아예 그런 쪽으로는 상상조차 하고 있지 않은 듯했다. 그녀의 조금도 도사리지 않는 태도가 그것을 증명하고 있었다. 그녀는 대만 남자 이야기를 하자 "정말요? 대만에 오시겠어요? 카오슝……응…… 고웅에 살더라도 대만은 고기가 고기니까" 하면서 그 남자와 곧 결혼을 할 것처럼 즐거워했다. 나는 그것이 고마워서 더욱 그녀의 행복을 빌어 주고 싶은 마음이었다. 그녀는 이른바 남자 혼자 있는 내 셋방에 와서도 마치 자기 집 안방이라도 되는 양 편안한 자세로 앉아서 불쑥불쑥 미처 예기치 못했던 질문을 던졌다. 이를테면 "두푸를 아세요?"라든가 "대만 원주민을 아세요?"라든가 "홍콩이 앞으로 어떻게 될 거라고 생각하세요?" 등등. 두푸는 당나라 시인 두보杜甫였다. 두푸라는 말에 나는 엉뚱하게 내 고향 강릉에서는 간수 대신에 바닷물을 써서 굳힌 두부를 만든다고 떠올리면서, 두보는 아주 훌륭한 시인이라고 말해 주었다. 나는 고등학교 고문古文 시간에 배운 두보의 시가 어렴풋이 떠올랐지만 너무도 오래전의 일이어서 기억해 낼 수 없는 게 유감이었다. 그래서 나라는 깨졌으나 산하는 여전하구나 하는 저 국파산하재國破山河在라는 구절만 겨우 들먹였을 뿐이었다.

김이 중국어를 배우겠다고 매달렸던 그 술자리 이후 얼마가 지나서였다. 그녀가 지나가는 말처럼 물었다.

"그 미스터 곽이라는 사람, 어떤 사람이에요?"

나는 무슨 말인지 얼른 종잡을 수가 없었다.

"미스터 곽?"

나는 의아해서 그녀의 얼굴을 쳐다보았다. 그녀가 내 친구인 그 곽을 말할 아무런 건덕지가 없는 데다가 미스터라는, 우리 사이에는 쓰지 않는 호칭을 쓴 때문일 것이었다.

"그 왜, 술자리에 있던 사진작가라는 분 말이에요."

그녀가 지칭하는 건 분명히 내 친구 곽이었다. 그러나 나는 여전히 의아해하지 않을 수가 없었다. 그녀가 아무리 지나가는 말처럼 묻고 있다고는 해도 곽을 기억하고 있다는 사실부터가 왠지 못마땅했다. 나는 그녀가 묻고 있는 어떤 사람이냐는 말의 뜻이 모호해서 뭐라고 대답할 말을 찾지 못하고 머뭇거렸다. 도대체 그를 특별히 기억하고 있다가 관심을 표명하게 된 까닭이 무엇이란 말인가. 그래서 나는 내 마음속에, 나도 모르게 일어나고 있는 그것이 질투심의 일종임을 알고 여간 쓸쓸하지 않았다. 그녀가 김을 말하든 곽을 말하든 그것은 그녀의 몫이었다. 나로서는 못마땅해할 아무런 근거가 없었다. 막말로 그녀가 호텔에서 외국인하고 잠을 잔다고 해도 내가 이러쿵저러쿵할 근거가 있을까. 권리가 있을까. 없다. 그런데 왜 나는 못마땅해한 것일까. 나는 그녀의 행복을 빌어 주는 입장이라고 하면서 실은 그녀를 은밀히 나만이 아껴 주어야 한다고 생각해 온 것이 아닐까. 은밀히 나만이 아껴 주어야 한다는 것은 또 무엇일까. 자세히 설명할 길이 없었다. 하지만 다만 한 가지. 그녀에 관해서는 어쨌든 김이나 곽보다는 내가 우위優位에 있어야 한다고 나는 생각했다. 그니의 행복을 빌어 주는 마음에 있어서 그들과 나를 어찌 비교인들 할 수 있으랴!

"어떻게 알았는지 전화가 왔더군요. 찾아와서 만났지요. 근데 글쎄 날보구 모델이 돼 주지 않겠느냐는 거예요. 뭐, 선이 뚜렷해서 좋은 예술 사진이 되겠다나요."

나는 곽이 나한테는 한마디 비추지도 않고 그녀에게 접근했다는 게 불쾌하기 짝이 없었다.

"그래서 뭐라고 대답했지요?"

나는 감정을 노출시키지 않으려고 조심스럽게 물었다.

"뭐라고 대답하긴요. 언제 그런 걸 해봤어야지요. 자신이 없다구 했어요."

그녀는 당치도 않은 일이라는 듯 말했다. 나는 비록 친구이기는 해도 언제부터인가 갑자기 사진을 찍는답시고 카메라를 둘러메고 다니는 곽이 어느 정도의 실력을 가지고 있는지 모르고 있었다. 차라리 나는 그의 사진 실력이 별것 있겠느냐고 보지도 않고 깔봐 왔던 참이었다. 사진이란 참으로 묘한 것이어서 누구나 웬만한 카메라로 필름 몇 통만 찍어 보면 사진작가 흉내를 내고 싶게 마력이 있는 모양이었다.

나도 어렸을 때 그렇게 상당한 관심을 가진 적이 있었다. 고등학교 때의 특별 활동으로 나는 무슨 생각을 했는지 사진반을 택했었다. 더군다나 나는 카메라도 가지고 있지 않았다. 그런데도 무턱대고 사진반에 기어들어 간 것은 밴드반에 악기를 갖추어 놓은 것을 본 때문이었다. 그러니 사진반에는 으레 카메라가 갖추어져 있어야 했다. 처음에는 잘 나갔다. 선생은 카메라가 있느냐는 따위는 아예 묻지도 않았다. 처음 얼마 동안은 사진에 대한 일반 지식과 필름을 만지는 시간이 계속되었다. 여러 가지 필름이 흔한 지금이야 그럴 필요가 없을 테지만 그때는 필름이 귀하고 비싸서 두루마리 필름을 잘라 쓰는 법을 배워야 한다고 했다. 선생은 영화 촬영 때나 씀 직한 두루마리 필름을 어디선가 가져와서 카메라에 넣어 쓸 수 있게 스무 장 길이로 잘라 통에 집어넣는 연습을 시켰다. 연습은 암실에서 빨간 전등알을 켜고 진행되었다. 한쪽 손끝에서부터 가슴팍까지의 길이로 자르면 그것이 스무 장짜리 필름이었다. 그리고 현상액 만들기와 인화 작업. 그러나 그 다음이 문제였다. 드디어 어느 시간에 선생은 각자 카메라를 가지고 오라고 말했다. 나는 한 대 얻어맞은 느낌으로 온다 간다 말 없이 사진반을 물러 나오고 말았다.

어쨌든 그녀가 곽의 제의를 시답지 않게 여기고 일축해 버렸다는 것에 나는 적이 안도감을 느꼈다. 내가 생각해도 그녀에게 가장 중요하게 다가온 문제는 결혼 문제였다. 그녀 자신이 말하다시피 해를 넘기지 않고, 스물여섯이라는 나이를 넘기지 않고 알맞은 상대를 골라 결혼을 하는 것이 급선무인 듯했다. 시기를 놓쳐 그만 늙어 가게 된 아까운 여자들을 꽤 본 나는 아무리 미모일지라도 흔히 말해지듯이 임자가 있을 때 결판을 내야 한다는 생각이었다. 그녀도 그렇게 생각하고 있음에 틀림없었다. 그것은 결혼 문제로 그녀와 그녀 어머니가 자주 다툰다는 사실에서도 알 수 있었다.

어느 날 이미 밤 열두 시가 넘은 시각에 그녀가 내 방 창문을 두드렸던 것도 그녀 어머니와의 다툼 끝에 뛰쳐나온 결과였다. 그녀는 몹시 침울해 있었다. 나는 그녀가 집에서 입는 옷차림 그대로 내 방에 들어설 때 벌써 그녀 어머니와 다투었음을 알 수 있었다. 그 얼마 전부터 계속되어 온 다툼의 실마리는 그녀 어머니가 대만이든 홍콩이든 그쪽 남자들이 아닌, 한국에 있는 화교를 택해야 한다고 우기는 데 있었다. 실상 그녀로서도 걱정해 오던 문제였다. 어느 쪽 남자든 그녀 어머니를 모신다는 데 애로가 있었다. 그녀는 어차피 같은 집에 살 수 없는 바에야 그나마 정든 땅인 한국에 그녀 어머니를 살도록 하고 생활비를 부친다는 계획을 세울 수밖에 없었다. 그리하여, 비록 정식으로 그 말을 꺼내 놓지는 않았다 하더라도, 오가는 이야기 중간중간에 그와 어머니의 신경은 날로 날카롭게 되어 갔던 것이다. 그녀가 나를 찾아온다고 해서, 그 문제는 나로서도 어떻게 말할 성질의 것이 아니었다. 그녀가 임자를 만났다면 그 임자와 결합하는 것은 당연한 일이었다. 그러나 그녀 어머니를 또한 그렇게 혼자 있게 할 수도 없는 노릇이었다. 침울한 모습으로 들어온 그녀는 곧추세운 두 무릎에 얼굴을 묻고 한동안 말없이 웅크리고 있었다.

"먹다 남은 술이 있는데 한잔 줄까?"

나는 그녀에게 줄곧 존댓말이나 그와 비슷한 말을 해왔는데 웬일인지 그날은 반말이 나왔다. 그래도 그녀는 그냥 웅크리고만 있었다.

"몇 잔 먹으면 괜찮을 거야. 어때?"

내가 다시 말하자 그제야 그녀가 머리를 들며 가볍게 끄덕였다. 그때 나는 그녀의 얼굴에 번져 있는 눈물 자국을 보았다.

그녀는 두 잔쯤에 벌써 얼굴이 발갛게 물들었으나 내가 따라 주는 대로 사양하지 않고 마셨다. 우리는 먹다 남은 술병을 비우고 또 한 후배가 담가서 얼마 전에 갖다 놓은 당귀주當歸酒라는 술도 새로 개봉해 다 마셨다. 술을 마시기 시작하여 얼마 되지 않아 그녀의 침울함도 가셔 버려 호젓한 분위기였다. 나는 일부러 그녀의 결혼 이야기 따위는 입밖에도 내지 않았고, 그녀도 마찬가지였다. 그에 관해서 나는 다만 늦게 뛰쳐나온 채로 집에 안 들어가면 어머니가 걱정하시지 않겠느냐고 말했을 뿐이었다. 내 말에 그녀는, 지금쯤 어머니는 술에 취해 제 풀에 곯아떨어졌을 것이라고 대답했다. 말하면서 그녀가 웃어서 나도 따라 웃었다.

그날 밤은 참으로 이상한 밤이었다. 나는 격에 어울리지도 않게, "패佩, 난蘭, 경瓊 같은 이국異國 여자 애들의 이름이 떠오른다"라는 윤동주尹東柱의 〈별 헤는 밤〉이든가 하는 시까지 생각하며 고즈넉이 술잔을 기울였다. 술자리에서마다 온갖 시정잡배의 말과 음담패설의 말에 길들어 온 내가 아닌가. 그런데 나는 마치 소년처럼 되어 있었다. 내가 생각해도 최면이 아니면 마법에 걸린 것 같았다. 평소에 불쑥불쑥 말을 잘 걸어오던 그녀도 말수가 거의 없이 홀짝홀짝 술만 받아 마셨다. 얼마쯤은 슬픈 듯하면서도 감미로운 공기가…… 환상 속에서처럼…… 오랫동안 누항陋巷을 헤매며 추악한 욕정에 시달려 온 나를 맑고 순결한 세계로 이끌어 가고 있었다. 나는 홍조를 띤 그녀의 얼굴을 잠깐잠깐 바라보며, 이상한 일이다, 하고 속으로 몇 번인가 뇌까렸다. 내가 여자와 단둘이 밤을 지새우며 취했을 행동은 어떤 것이었던가. 그런데 그렇지가 않았다. 어떻게 보면 나는 내 질서를 잃어버렸다고도 할 수 있었다. 나는 여태껏 달려온 궤도와는 다른 궤도를 돌고 있는 것이었다.

그러나 나는 조금도 안타까워하지 않았다. 오히려 내게도 때 묻지 않은 영혼이 온전히 내 것으로 있다는 사실을 깨달은 잔잔한 기쁨만이 있었다. 그 모든 일이 그녀와 아무런 상관이 없는 일이라고 해도 그만이었다. 그녀가 자신도 모르게 한 영매靈媒로서 내 영혼에 작용하지 않았다고 누가 장담할 수 있겠는가. 나는 그녀가 내 허랑방탕한 마음을 바로잡아 주기 위해 어디선가 사명을 받고 나타난 여자이거나 한 것처럼 그녀를 고이 받들어 주어야 된다고 여겼다. 내가 그렇게 생각했을 때 그녀는 아득한 곳에서 춤추는 아름다운 선녀였다. 그날 밤 술이 어지간히 올라 잠들고 싶어하는 그녀를 내 침대에 눕히고, 술병에 남은 나머지 술을 마저 기울인 뒤에 나는 방바닥에 누워 책을 베개 삼아 잠들었다.

아침에 일어나자 그녀의 모습은 보이지 않았다. 작은 인기척에도 잘 깨는 나를 그대로 잠들어 있게 하고 감쪽같이 나갔기 때문에 나는 간밤에 그녀가 왔던 일이 혹시 꿈속의 일이 아닌가 생각해 보기도 했다. 꿈속의 일이 아니라 하더라도 적어도 내가 무엇엔가 홀려 있었음은 틀림없는 일이었다. 그것은 내가 그녀의 육체를 바라보고 안 바라보고의 문제가 아니었다. 나는 줄곧 그녀의 행복을, 축복받는 결혼을 빌고 있지 않았던가. 그러므로 다시 말하거니와 한순간 내가 소년으로 되돌아갈 수 있었던 사실은 스스로의 축복이었다. 예로 들기는 좀 뭣하지만 기력이 쇠한 늙은이들이 회춘回春을 하려면 어리고 숫된 계집애와 동침을 하되 관계는 하지 않는다고 했었다.

그로부터 얼마 동안 그녀는 모습이 보이지 않았다. 봄철이라 일이 바빠질 것이라고는 했으나 그토록 소식이 없다니 궁금한 노릇이었다. 뜻밖에 그새 어머니가 세상을 떠났다는 전갈을 받은 것은 그런 어느 날이었다. 그녀가 세 들어 있는 집 주인집 딸이 와서 전해 주면서, 사인은 심장마비인 것 같다고 덧붙였다. 오래전에 남편을 잃은 몸으로 또한 일가친척이라고는 없었으므로 문상 올 사람도 몇 없었다. 그녀가 다니는 회사에서 몇 사람 다녀가고 그녀의 동창생 몇이 다녀간 정도였다. 나는 그녀와 한 번 술자리를 했다는 인연을 내세워 내 친구인 김과 곽을 불러 텅 빈 상가에서 밤을 새워야 했다. 그녀 아버지의 묘지는 인천의 중국인 묘지에 있다고 했지만 그곳은 이미 도시 개발로 묘지 용도가 제한되어, 그녀 어머니는 화장을 하지 않으면 안 된다는 결론으로 나는 이리저리 뛰어다니며 그 절차도 밟아야 했다. 그녀 어머니의 갑작스러운 죽음은 그녀의 생활에 큰 변화를 예고하는 것이었다. 장례가 끝난 날로 그녀는 방을 내놓았고 얼마 뒤 동네에서 떠나갔다. 나는 떠나가는 그녀에게 아무쪼록 해를 넘기지 말고 결혼을 하라고 말해 주었다. 여전히 자주 뵐 텐데 뭘요 하면서 그녀는 웃음을 던졌다.

앞에서도 말했듯이 사람 관계란 만나기 시작하면 부지런히 만나다가도 만나지 않게 되면 전화 한 통 없이 지내기 일쑤인 것이다. 그녀와의 관계도 하루아침에 두절되고 말았다. 나는 나대로 전화를 해야지 하고 잠든 날도 여러 날이었다. 그런데 다음 날이면 잊어 먹거나 시들해졌었다. 그녀 쪽에서도 종무소식이었다. 웬일까. 계절이 바뀌고 가을에 접어들었을 때 갑자기 나는 여태껏 왜 가만있었는지 도저히 이해할 수 없는 마음이 되어 조바심 속에 회사로 전화를 했다. 그런데 이상한 일이었다. 그녀는 회사를 그만둔 지도 오래되었다는 것이었다. 내게 알리지도 않고 결혼을 하고 말았는가. 섭섭하기 짝이 없었다. 그녀가 내 주변에서 가뭇없이 사라졌다고 생각하자 우리가 잠시 만났던 일들도 단지 꿈속에서 일어난 일처럼 여겨졌다. 나이를 먹으면서 꿈속에서 일어난 일과 현실에서 일어난 일이 잠깐씩 혼동될 때가 있는 것처럼 그녀의 모습은 꿈속에서 내게 왔다가 간 모습이었다.

그녀에게 전화를 한 며칠 뒤에 나는 김과 곽과 오랜만에 어울려 술잔을 기울였다. 셋이서 어울리면 처음에는 도사리다가도 나중에는 술인지 물인지 모르고 마셔 댈 만큼 곤죽이 되게 마련이었다. 우리는 술에 취해 되는 소리 안 되는 소리 떠들어 대다 그래도 미진해서 종종 그래 왔듯이 누군가의 집으로 몰려갔다. 곽의 집이었다. 우리는 졸려 죽겠다는 표정을 하고 있는 곽의 아내에게 간단한 술상을 봐 오게 하고 셋이서 다시 권커니 잣거니 술잔을 기울였다. 그때 김이 문득 그녀 이야기를 꺼냈다.

"미스 요 소식 아니?"

"글쎄."

나는 시러져 버린 그녀의 모습을 그려 보며 쓸쓸하게 고개를 저었다.

"우린 너만은 알고 있을 줄 알았는데 말이야."

"글쎄. 몰라."

내 대답에 김과 곽은 아무래도 믿을 수 없다는 듯한 표정이었다.

"시집은 갔나?"

나는 술 취한 목소리로 중얼거렸다. 그러자 곽이 주섬주섬 일어섰다. 변소에 가려나 보다고 여겼는데 곽은 문 쪽을 흘끔거리더니 열쇠로 채워 둔 서랍에서 큰 봉투를 꺼냈다.

"이건 또 뭐야?"

김과 내가 이구동성으로 물었다.

"볼래?"

곽은 말을 맺지 않고 봉투 속에서 몇 장의 사진을 꺼냈다.

"이게 미스 윤데 말이야. 기막히지."

나는 놀라지 않을 수 없었다. 곽이 꺼낸 사진의 벌거벗은 여자, 그것은 그녀가 틀림없었다. 나는 떨리는 손으로 사진을 받아 들었다. 그녀는 숲 속의 바위 위에 벌거벗고 누워 있었고, 엎드려 있었고, 앉아 있었다. 게다가 한 사진은 벗은 몸으로 호궁胡弓을 안고 있는 것도 있었다. 사진은 그녀가 생각보다 훨씬 풍만한 육체를 가지고 있음을 여실히 보여 주었다. 그녀는 얼굴뿐 아니라 몸도 음영과 윤곽이 뚜렷했다. 눈이 부셨다. 탄력 있는 젖가슴과 부드러운 엉덩이의 선. 그것이 그녀의 육체임을 나는 그녀의 얼굴과 몸을 번갈아 보면서 확인했다. 그러나 나는 그녀의 벗은 몸을 들여다본다는 게 왠지 죄스럽다는 생각을 떨쳐 버릴 수 없어서, 마음과는 달리 마냥 자세히 들여다볼 수는 없었다. 사진은 어느 틈에 김의 손으로 넘어갔다.

"야, 멋진데. 사진이란 역시 예술이구나. 멋진데."

김은 술에 취했는지 사진에 취했는지 게슴츠레한 눈으로 사진 속의 벗은 몸을 훑고 있었다. 사태는 묘하게 진전되었다. 순식간에 김과 곽은 그녀와 육체관계를 했음을 털어놓았다. 나는 도무지 어찌 된 일인지 어안이 벙벙할 따름이었다.

"젠장, 재수 없이 너랑 나랑 동서가 됐구나. 어쨌든 축하하자. 그렇담 우리 셋 중에는 아무래두 얘가 형뻘인 것 같다. 미스 요가 얜들 가만됐겠냐?"

김이 나를 가리키며 술잔을 들었다. 나는 아무 말도 할 수가 없었다. 당황하기도 했거니와 관계가 없었다고 할 용기도 없었다. 그렇지만 김과 곽이 무엇이라고 이야기하든 그녀는 순결한 여자다 하고 나는 생각하고 있었다. 모든 것이 알 수 없는, 믿을 수 없는 일이었다. 김의 제의에 따라 우리는 나란히 술잔을 들었다. 나는 종잡을 수 없는 가운데 불쾌한 내색을 않으려고 안간힘을 쓰지 않으면 안 되었다. 나는 내 눈가에 경련이 이는 것을 느꼈다. 그와 함께 내가 확연히 깨달을 수 있었던 한 가지 사실은 그녀는 내게서 영원히 사라져 버렸다고 하는 것이었다. 나는 안타까운 마음으로 사진을 다시 들여다보았다. 사진 속의 그녀는 벗은 몸으로 호궁을 타고 있었다. 라이 라이 호궁이 운다. 그 소리는 외로움에 떠는, 슬프고 애달픈 소리였다. 그 소리는 내 가장 가까운 곳 어디선가 흐느끼듯 들려왔다. 라이 라이. 또 라이 라이. 그녀가 행복과는 거리가 먼 세계로 끊임없이 헤매고 있음을 읊는 소리인가. 라이 라이. 순간 속이 메슥메슥해지는가 했더니 나는 얼굴을 돌릴 사이도 없이 술상에 대고 토하기 시작했다.

아버지의 땅

임 철 우

1954년 전남 완도 출생.
서강대 대학원 영문과 졸업.
1981년 《서울신문》 신춘문예에 〈개도둑〉 당선 등단.
소설집 《아버지의 땅》《그리운 남쪽》 등.
장편소설 《그 섬에 가고 싶다》《봄날》 등.
한국창작문학상, 이상문학상, 단재문학상 수상.

아버지의 땅

쫓겨 가는 한 마리 딱정벌레처럼 트럭은 저만치 들판 가운데로 난 황톳길을 따라 느릿느릿 기어가고 있었다. 고르지 못한 노면에서 바퀴가 튀어오를 때마다 덜컹대는 쇳소리가 들려왔고 꽁무니로 부옇게 마른 먼지가 피어올랐다.

덮개 없는 트럭의 뒤칸에 홀로 쭈그려 앉은 채 실려 가고 있는 녀석의 모습이 유난히도 자그맣게 오므라들어 있어 보였다. 뒤칸에 적재된 알루미늄 식깡들이 이따금 섬뜩하리만큼 차가운 금속성의 광선을 되쏘곤 했다. 풀잎들이 저마다 윤기를 잃어 가고 있는 들녘과 차츰 잿빛으로 퇴색해 가기 시작하는 야산의 정지된 풍경 속에서 그것은 악가힘을 쓰며 집요하게 꿈틀거리고 있는 단 하나의 운동체였다.

"더럽게 운도 없는 녀석이군. 전입해 온 지 보름 만에 초상을 치르다니."

바지를 까 내리고 오줌발을 내갈기며 오 일병이 뇌까렸다. 나는 말없이 마른풀을 짓씹었다. 바로 조금 전에 우리는 그 트럭에서 내렸었다. 야영지를 출발한 지 얼마 되지 않아 차가 마을로 통하는 샛길 입구에 다다랐을 때 선임 탑승자는 차를 세워 우리 둘을 내려 주었던 것이다.

이제 트럭은 들판을 지나 산모퉁이를 마악 꺾어 돌아가려는 참이었다. 나는 아직 그 전입병의 이름조차 모르고 있었다. 기동훈련이 시작되기 불과 며칠 전, 군장을 꾸리느라 어수선한 내무반 안으로 더블 백을 껴안고 엉거주춤 들어서던 맨 첫날의 모습만 기억할 뿐이었다. 이틀만에 한 번씩 나타나는 보급 차량에 실려 녀석은 지금 본대로 돌아가는 중이었다. 아마도 도착하자마자 특별 휴가를 받아 고향으로 달려가게 되리라. 그리고 어쩌면 이미 매장을 마치고 마당에 드리운 광목 휘장이 걷혀질 무렵에야 뒤늦게 제 집에 닿게 될지도 모를 일이다. 이윽고 꽁무니로 먼지를 물고 차가 시야에서 사라져 버리자 텅 빈 풍경이 웅숭그리며 제자리를 찾아 들어앉고 있었다.

"자식. 안되었지 뭡니까. 키는 껀정한 녀석이 금방 울먹울먹하더라구요. 홀어머니였다지요, 아마."

오 일병이 허리춤을 여미며 말했다.

우리는 걷기 시작했다. 작전도로 우측으로 엎드린 낮은 언덕바지에 택시 한 대가 간신히 드나들 수 있을 만한 좁은 샛길이 나 있었다. 길어귀엔 허리 높이로 세워 놓은 콘크리트 표지판이 서 있고 거기엔 새마을 승공부락이라는 초록색 글자가 흰 페인트 바탕에 엉성하게 적혀 있었다. 둘은 샛길로 접어들어 그다지 가파르지 않은 언덕을 걸어 올랐다. 길 아래로 흐르는 작은 시내는 바짝 말라붙어 있었다. 떡갈나무며 오리나무 따위의 관목들이 드문드문 깔려 있는 후미진 어귀를 돌아 언덕 등성이를 마악 올라섰을 때였다. 별안간 눈앞에서 무엇인가 여러 개의 시커먼 덩어리들이 한꺼번에 푸다다닥 허공으로 솟구쳐 올랐으므로 우리는 약속이나 한 듯 움찔 뒷걸음질을 쳤다.

까마귀 떼였다. 길 양편으로 꽤 넓은 밭이 드러누워 있었다. 미처 뽑을 시기를 놓쳐 버린 배추며 무 따위가 밭고랑 여기저기에서 된서리를 맞아 썩어 가고 있는 참이었는데, 어디서 날아왔는지 수많은 까마귀들이 그 검고 칙칙한 날개를 퍼덕이며 밭고랑을 뒤적이고 있다가 인기척에 놀라 후다닥 날아오른 것이었다. 놈들은 멀리 달아나지는 않았다. 저만치 밭둑 근처까지 날아갔다가는 되돌아와 검은 헝겊조각 같은 날개를 펄렁이며 하나 둘 땅에 내려앉고 있었다. 더러는 흘금흘금 이쪽의 눈치를 살피면서도 짐짓 태연히 등을 돌리고 있는 놈들도 있었다.

오 일병이 거기다 대고 돌팔매질을 했다. 여기저기 숯덩이를 흩뿌려 놓은 듯 구물거리고 있던 새 떼가 일제히 비명을 지르며 떠올랐다. 까우욱, 까우욱, 그것들의 울음이 황량하기 그지없는 초겨울의 빈 들녘을 공허하게 흔들었다. 이번엔 좀 더 작은 돌멩이를 골라 그는 이미 날아가고 있는 새들을 향해 던졌다. 하지만 돌멩이는 밭둑까지도 채 못 미쳐 툭 떨어져 버렸다.

"빌어먹을, 까마귀까지 오늘은 영 기분이 잡치게 하는걸."

땅에 내려놓았던 소총을 어깨에 다시 메면서 오 일병은 타악 침을 뱉었다. 하늘 한 귀퉁이에 불길한 검은 얼룩을 만들며 그 수많은 새들은 머리 위를 두어 번 선회하더니 이윽고 저편 야산 기슭으로 날아가 버렸다. 넓은 날갯깃을 펄럭일 때마다 무엇인가가 우리들의 머리 위로 우수수 떨어져 내릴 것만 같은 섬뜩한 불쾌감에 절로 고개가 움츠러들곤 했다.

"총알만 있다면 저걸 그냥……."

"뭘 그래? 오랜만에 보니까 까마귀도 반가운걸……."

"반갑다구요? 시체에서 눈알을 뽑아 먹는다는 저놈들이 말이에요? 남들은 까치를 보고 길조라고들 합니다만, 난 그것조차도 기분 나쁩니다. 새라면 작고 귀여운 맛이 있어야지 원, 시꺼먼 게……."

오 일병의 턱없이 화난 표정을 보고 나는 자그맣게 웃었다. 그렇잖아도 꺼림칙해 있었을 그였다. 땅을 파다 말고 꽤액 비명을 지르며 삽자루를 내동댕이친 채 달아나던 아까의 모습이 떠올랐다. 괜찮아, 인마. 사람 뼉다귀를 처음 봐서 그래? 동료들이 이죽거리며 놀려대자 그제서야 비싯 어색한 웃음을 흘리며 태연한 척해 보이고는 있었지만, 그는 여태 줄곧 속으로는 어딘가 개운찮은 느낌을 지워 내지 못하고 있는 것이리라. 지금도 이따금 침을 탁탁 뱉어 내며 그는 고개를 조금 숙인 채 앞장서서 걷고 있었다.

"지난밤 꿈자리가 더럽더라니만, 씨발."

마른 나뭇가지를 발길로 내지르며 그가 말했다.

"꿈이 어땠기에."

"상여를 봤지 뭡니까. 그런데 이상한 게 말이죠. 장의차나 앰뷸런스였다면 또 모르는데 울긋불긋한 상여 뒤를 쫓아가면서 엉엉 울다가 깼단 말이에요. 난 상여라곤 영화 속에서밖엔 구경한 적이 없거든요."

그는 정말 수상쩍다는 투로 내게 얼굴을 돌리며 묻는 것이었다.

"꿈이 맞은 셈이군. 아까 그 전입병 녀석이 꿀 꿈을 대신 꿨나 보지."

나는 그가 내심 무슨 생각을 하면서 묻고 있는지를 빤히 알면서도 그렇게 대꾸해 주었다. 하지만 여전히 뭔가 걸린다는 듯이 그는 시무룩하게 입을 다물어 버렸다. 걸음을 옮길 때마다 옆구리에선 허리띠에 찬 수통과 부딪치며 소총이 달그락 소리를 냈다. 돌아다보니, 까마귀 떼가 조금 전에 우리가 지나온 밭으로 다시 펄럭펄럭 내려앉고 있는 게 보였다. 놈들은 거기에다 무엇인가 먹을 것을 숨겨 두었던 것일까. 텅 빈 초

겨울의 들녘에서 저희들끼리 몰려다니며 무엇 하나 남아 있을 것 같지 않은 메마른 밭고랑 사이를 어슬렁어슬렁 배회하고 있는 그 크고 흉물스런 새 떼의 모습이 까닭 없이 마음을 우울하게 했다.

—저걸 좀 봐라이. 새들은 사람보담도 몬치 계절을 아는 법이여.

어머니가 말했다. 그녀는 잘게 썬 고구마를 햇볕에 말리기 위해 마당 앞 돌담장 위에 하나씩 널고 있던 참이었다. 토방에 주저앉아 잠자리를 들여다보고 있던 나는 무심코 고개를 들었다. 담장에 기댄 어머니가 목을 젖힌 채 하늘을 쳐다보며 서 있었다. 그녀의 눈길이 가 닿아 있는 쪽 하늘엔 언뜻 작은 점들이 무수하게 흩어져 있는 게 눈에 잡혔다. 새 떼였다. 목이 기다란 것이 어쩌면 자연 시간에 배운 청둥오리나 재두루미인지도 모른다고 나는 생각했다. 새들은 별로 서두르는 기색도 없이 천천히 허공을 비행하고 있었다.

해마다 앞산 나무숲이 누런빛을 떠올리기 시작하고 가을 햇볕이 차츰 온기를 잃어 갈 무렵이면 우리는 뒷산 등성이를 넘어 날아오는 그 철새들의 행렬을 이따금 볼 수 있었다. 그것들은 대단히 높다랗게 떠서 목을 길게 잡아 뺀 채 끊임없이 날아가고 또 날아가곤 했다. 나는 새들이 그렇게 우리 마을을 지나서 앞산 너머에 있는 바다를 향해 날아가는 것이라는 사실을 알고 있었다.

—애야. 저것은 북쪽에서 날아오는 철새란다. 날씨가 추워지면 따뜻한 남쪽으로 내려왔다가 봄에는 다시 고향을 찾아가는 것이여.

어머니는 넋 나간 사람처럼 하던 일을 잊은 채 아직도 고개를 길게 빼 늘이고 하늘을 쳐다보며 그렇게 말하는 것이었다. 그건 나두 학교에서 배워서 다 아는 얘기였다. 그 새들은 바닷가나 강기슭에서 잔 물고기며 우렁이, 조개 같은 것들을 먹고 산다는 것조차도 알고 있었다. 그렇지만 나는 그녀의 말을 함부로 가로막지 않았다. 이전에도 벌써 그와 똑같은 말을 여러 번 들어 왔던 까닭이었다. 이제는 그것이 어머니 혼자서 외는 주문 같은 것일지도 모른다고 나름대로 여기고 있는 터였다.

나는 다시 잠자리 날개를 무릎 새에 끼우고, 녀석의 발에 실가닥을 묶기 위해 정신을 모았다. 잠자리가 눈알을 대룩거리며 연신 발을 오무락대었으므로 실을 잡아 묶기에 애를 먹었다. 나는 그놈을 이용해 다른 잠자리들을 유인할 작정이었다.

한참 후에까지도 어머니는 그렇게 멍하니 서서 하늘을 쳐다보고 있었다. 그러나 새들은 거의 언제나 이쪽은 거들떠보지도 않고 기다랗게 열을 지어 우리들의 머리 위를 지나 바다를 향하고 끼룩끼룩 날아가기를 계속할 뿐이었다. 그때마다 나는 공연히 화가 치밀어 새들을 향해 주먹감자를 날려 보내곤 했는데, 어머니는 그 새들이 마을 들판을 지나고 멀리 맞은편 산꼭대기 너머로 가물가물 사라져 버릴 때까지 오래오래 그 자리에 붙박인 듯 서 있는 것이었다. 그러다가는 또 불현듯 이렇게 중얼거리곤 했다.

—그래애. 저런 날짐승도 때가 되면 제 고향으로 날아올 줄을 아는 법이란다. 그 멀고 먼 북녘에서 애를 써 가며 한사코 여그까장 찾아오는 걸 좀 봐라이.

그럴 때면, 어머니는 영락없이 무엇엔가 홀려 있는 사람 같았다. 그것은 꼭 나더러 들으라고 하는 말은 아니었다. 어쩌면 한 줄로 기다랗게, 혹은 기역 자나 화살표 꼴로 대열을 지어서 날아가는 새들을 향해 하는 말 같기도 했고, 아니면 당신 혼자만 아니 그 누군가와 나직하게 주고받는 얘기 같기도 했다.

저만큼 옹기종기 모여앉은 인가가 눈앞으로 성큼 다가왔다. 대략 삼십여 호나 될까. 산골짜기를 타고 내려와 마을 앞을 돌아 흐르는 실개천 둑 위엔 이파리를 모두 떨구어 낸 껑충한 미루나무들이 듬성듬성 서 있었다. 이즈음엔 어딜 가보나 그렇듯, 허름한 집채 위에다가 슬레이트나 함석 따위만 덜렁 씌워 놓고서 거기에 원색 페인트를 덕지덕지 개어 바른 탓으로 오히려 생경하고 조악해 보이기까지 하는 그런 모습을 그 마을도 예외 없이 지니고 있었다. 강원도 산간치고는 비교적 평탄한 인근의 밭떼기를 일구며 그럭저럭 살아가고 있는 눈치로, 첫눈에도 가난에 찌든 벽촌의 모습이었다.

외딴집 하나를 지나쳤을 때 담장도 없는 허름한 그 집 토방에서 개한 마리가 불쑥 튀어나오더니 우리를 보고 깽깽 짖어 댔다. 바싹 마르고 못생긴 잡종개였다. 마을 초입을 들어서니 작은 구멍가게가 눈에 띄었다. 아마도 유일한 가게인 모양으로, 담배라고 쓰인 양철 표지가 기둥에 붙어 있고 그 곁에 빨간 우체함도 걸려 있었다. 우선 거기서 물어보는 게 좋을 것 같았다.

지독히 낡고 엉성한 유리문은 닫힌 채로였다. 온통 빈집들뿐인가 싶게 주위는 인기척이 없었다. 오 일병은 가게 앞에 펴놓은 먼지 낀 평상 위에 소총과 철모를 벗어 놓고 걸터앉더니 담배를 피워 물고 있었다. 나는 유리문 안을 들여다보았다. 창살마다엔 먼지가 켜를 이루고 있고, 안에는 아무도 뵈지 않았다. 밀어 보니 문은 잠기지 않은 채였다. 가게라고 해야, 건빵 부스러기 따위가 대부분인 싸구려 과자 봉지들이 종이 상자에 담겨져 있었고, 소주병과 라면, 비누, 성냥, 고무줄 정도가 진열품의 전부였다. 몇 차례 부르고 나서야 때문은 창호지가 너덕너덕 붙여진 쪽문이 반쯤 열리고 사람의 머리통 하나가 비죽이 나타나는 것이었다. 흰 머리카락이 반이나 섞인 노파였다.

"누굴 찾으시우."

노파는 이쪽이 군복 차림임을 확인하고 나자 꿈지럭거리며 문턱 가까이 다가와 앉았다. 여전히 문고리를 한 손으로 쥔 채로였다. 어슴푸레한 방 안에 다른 누가 또 있는지는 알 수 없었다. 바닥에 깔린 꾀죄죄한 이불 자락이 내다보였다.

"실례합니다. 좀 알아볼 말씀이 있는데요."

"무, 무슨 일이신데 그러시우."

철모를 벗어 들고 나는 부러 웃는 표정을 지어 보이려 했다. 노파는 이쪽을 아직 경계하는 듯한 눈치였다. 나는 마을 이장집을 물었다.

"이장? 무엇 때문에 찾는지는 모르겠수만, 지금 가 본들 이장은 못 만날 텐데……."

그제서야 노파는 문고리를 잡고 있던 손을 내렸다. 그 통에 쪽문이 소리를 내며 비스듬히 젖혀져 버렸다.

"아침나절에 여길 들렀었는데, 읍내에 볼일이 있는 모양입디다. 막차는 해 질 녘에나 올 테니까 한참 멀었구……."

"뭐, 꼭 이장님이 아니더라도 좋습니다. 마을 어르신들 중에서 아무나 좀 뵈었으면 합니다만."

나는 눈곱이 꾀적꾀적한 노파의 실눈을 바라보며 약간 답답한 느낌으로 말했다. 그때 방 안에서 인기척이 있었다.

"왜 그러시오."

작달막한 키의 노인이 헛기침을 하며 문밖으로 걸어 나왔다. 그때까지 방 안에 누워 있었던 모양이었다. 첫눈에도 병중이 아닌가 싶은 안색이었지만, 평생 흙을 일구며 살아온 촌로답게 주름살이 팬 이마엔 아직 강건함이 엿보였고 나를 쏘아보는 눈초리에도 어딘가 힘이 있었다. 나는 우선 우리가 마을 가까운 산기슭에서 며칠 전부터 야영 훈련 중인 부대의 일원임을 밝혔다.

"그런데 실은, 오늘 오전에 참호를 파다가 우연히 사람의 유골을 발견하게 되었습니다."

"유골이라구?"

노인이 문득 고개를 쳐들었다. 노인의 그 말에 오히려 방문에 붙어 있던 노파가 엉덩이를 들썩하고 일어서려 했다.

"네. 틀림없는 사람의 뼈였습니다. 하지만 애초에 그런 줄 알았으면 누가 삽을 대었겠습니까. 누가 보더라도 묘라기엔 너무 반듯한 평지였어요. 더구나 근처엔 다른 묘 같은 것도 전혀 없었고요."

"으음. 그렇겠지⋯⋯."

뜻밖에도 노인은 짚이는 게 있는 듯 고개를 주억이는 것이었다.

"그것이 어디쯤이나 됩디까, 군인 양반."

노파가 징경징경 마루를 질러오며 물었다. 그녀의 반응은 좀 의외였다. 내가 대강 그 위치를 설명해 주고 있는 동안 오 일병은 얼굴을 찡그린 채 곁에서 듣고 있었다. 그도 그럴 것이, 맨 먼저 삽 끝으로 뼛조각을 헤집어 냈던 게 바로 그였기 때문이었다.

우리는 이즈음, 기동훈련을 대비한 야전 진지를 구축하고 있는 중이었다. 오늘은 두 사람씩 한 조가 되어 경계용 참호를 각 이십 미터 정도의 간격을 두고 파야 했다. 우리 소대에게 할당된 몫은 삼부 능선에 위치한 자리였다. 나와 오 일병은 하필 맨 좌측 끝을 맡게 되었다. 소대장이 군화 뒤축을 빙글 박아 돌리며 표시해 준 그곳은 그다지 넓진 않았으나, 주위에 비해 반반한 평지를 이루고 있는 걸로 보아 꽤 오래전에 버려 둔 해묵은 밭자리가 아닐까 싶었다. 우리는 유난히 잡초가 무성하게 어우러져 있는 그 자리에 섰다. 말라붙은 이파리들을 달고 키가 넘게 자란 쑥대며 엉겅퀴 같은 억세고 질긴 풀들이 서로 완강히 얽혀 있었다.

젠장, 뭐라도 숨어 있을 것같이 음침하군.

내키지 않는다는 듯 오 일병이 코를 찡그렸고, 나 역시 왠지 꺼림칙하게 느껴지는 풀섶을 내려다보았다. 우리는 삽날을 비껴들고 더부룩한 풀더미를 밑동부터 쳐 나가기 시작했다. 엄지손가락 굵기의 풀줄기들은 삽날로 서너 차례 내리쳐야만 쓰러졌다. 그래도 땅 표면이 그리 두껍게 얼어 있지 않은 것이 다행이었다. 무릎 깊이만큼 파 들어가자 거기서부터는 흙빛깔이 눈에 띄게 달라졌다. 지금껏 우리가 떠올렸던 것보다도 훨씬 습기 차고 검붉은 흙이 나타나기 시작한 것이었다. 출처를 알 수 없는 퀴퀴한 냄새가 주위에 스멀스멀 퍼져 오르는 듯한 느낌이 들기 시작한 것도 그 무렵이었다. 그것은 어릴 적, 내가 살았던 퇴락한 고가의 마룻장 밑으로부터 비라도 금방 구죽죽이 뿌릴 성싶은 날이면 솔솔 스며 나오곤 하던 그 눅눅하고 음습한 냄새를 연상케 했다. 휑하니 넓기만 한 큰 집에 혼자 남아 있을 때나 무료할 때면 나는 늘 마루 위에 배를 깔고 엎드린 채, 고개를 디밀어 마루 밑을 오래 들여다보곤 했었다. 마루 밑 깊숙한 저편에 언제나 까마득한 어둠이 도사리고 있었다. 깊이를 헤아릴 수 없는 괴괴한 어둠과, 그 어둠 속에서 끊임없이 솔솔 풍겨 나오는 음습한 곰팡이 냄새는 마치 은밀한 범죄 장면을 숨어 지켜보고 있는 듯한, 은근하면서도 유혹적인 두려움과 함께 전신에 아릿한 쾌감과 흥분을 불러일으키곤 했던 것이다.

어이쿠. 이게 뭐야!

코를 킁킁거리면서도 작업을 계속해 가는데 갑자기 오 일병이 억, 하고 다급한 비명을 질렀다. 이제 막 삽 끝에 떠올라 온 흙덩이를 들여다보다 말고 삽자루를 팽개친 채 그는 구덩이 밖으로 벌벌 기어 나가고 있었다. 그 바람에 뭉툭한 흙덩이가 내 발치에 떨어졌다. 사람의 해골이었다. 눈알이 있던 자리엔 꺼멓게 뚫린 두 개의 구멍이 흙더미 속에 박힌 채 나를 쏘아보고 있었다. 동료들이 달려왔고 잠시 후엔 소대장과 인사계 김 중사까지 구경기리라도 만난 듯 끼어들었다. 소대장은 그걸 다시 제자리에 아까처럼 파묻어 버리라고 말했다. 그런데 인사계 김 중사가 손을 저으며 나섰다.

거, 모르시는 얘깁니다. 아무리 족보 없는 유해라고 해도 조상을 그리 함부로 대하는 법이 아니에요. 이런 일이 우연 같지만, 알고 보면 그게 다아 인연이 닿아 이리 된 것인 줄 누가 압니까. 잘못하다간 자칫 복이 될 것을 화로 바꾸게 될지도 모릅니다.

그러면서 김 중사는 이와 비슷한 경우를 자기도 두어 번 겪었는데, 굴러다니는 뼛조각이라고 함부로 내팽개쳐 버린 다음엔 반드시 뒤끝이 곱지 않았노라는 이야기를 늘어놓았다. 그리고 실지로 있었다는 몇 가지의 다소 믿기 어려운 불상사에 대해 일일이 예를 들어주기도 했다. 심심하면 아무나 붙잡고 운을 봐주겠다며 손바닥을 벌려 보곤 하던 그였다. 결국 우리는 관도 없이 묻혀 있던 그 뼛조각들을 조심스레 파내기 시작했다. 유골은 비교적 온전하게 제 모습을 갖춘 채 묻혀 있었다. 고작 무릎 깊이만큼의 흙 속에 묻혀 있었다고는 믿어지지 않을 정도로 가지런했다. 하지만 주위로부터는 여전히 시큼한 냄새가 줄곧 피어 올라왔다. 맨 먼저 머리뼈를 끄집어 냈고, 이어서 갈비뼈가 엉성하게 붙은 몸통 부분을 끄집어 내었을 때 지켜보던 우리들은 문득 아, 하고 낮은 탄성을 질렀다.

저건 피 · 피선 아냐?

누군가가 손가락질을 하며 말했다. 앙상하게 드러난 갈비뼈에 몇 겹이나 되는 철사줄이 감겨져 있는 것이었다. 흔히들 피 · 피선이라고 부르는, 아직도 군용 유선 전화선으로 쓰이고 있는 바로 그 전선이었다. 그것은 두 팔과 손목뼈까지도 치밀하게 결박해 놓고 있었다. 시신이 누워 있던 자리의 흙은 유난히도 검붉은 찰흙빛이었다. 한순간, 구덩이 옆에서 줄곧 지켜보던 나는 저도 몰래 삽자루를 놓고 밀았다. 삽은 미끄러지며 구덩이 속으로 곤두박질쳐 떨어지고 있었다. 모를 일이었다. 몇 겹으로 뭉쳐진 채 결박해 놓고 있는 그 검고 가느다란 철사줄을 바라보던 순간, 나는 불현듯 어머니의 주름 진 얼굴을 보았던 것이었다. 저걸 좀 봐라이. 새들도 때가 되면 고향으로 돌아올 줄을 아는 법이여. 담장 모서리에 비스듬히 몸을 기대어 서서 하늘을 쳐다보며 어머니는 그렇게 중얼거리고 있었다.

"그것 보라구요, 영감. 내가 아까 뭐랍디까. 엊저녁 꿈에 글쎄, 그 어르신네를 보았다니까요."

노파가 허둥대는 음성으로 노인을 향해 말했다.

"거참, 쓸데없는 소릴."

"정말이라니까요. 영락없이 생시에 보던 그대로였다우. 그 훤칠한 얼굴로 빼긋이 웃으시면서 아, 영감을 찾아왔노라고 그러잖아요. 원, 설마 생인들 그리 역력할 수가 있을까."

"제발 그만 좀 해두라니까 그러는군. 임자는 가서 술 한 병하고 뭣 좀 집어 오구려. 조상을 뵈었다는데 빈손으로 갈 수야 없는 노릇이니……"

노인은 퉁명스레 쏘아 주고 방 안으로 들어가더니 이내 짙은 회색 두루마기를 걸쳐 입고 나왔다. 우리는 소총을 다시 어깨에 메고 일어섰다. 노파가 한 되짜리 소주병과 북어 서너 마리를 신문지에 쌌다. 그것들을 나와 오 일병이 받아서 하나씩 옆구리에 끼었다.

"추우신데 공연한 걸음을 시켜 드려서 죄송합니다."

"아니오, 젊은이. 이런 일은 꼭 남의 일만은 아니니까……"

노인은 그렇게 선선히 대답하고 훌쩍 문을 나서고 있었다. 노파가 마을 초입까지 따라 나왔다.

"거기 가거든 찬찬히 잘 살펴보시구려. 그 어르신은 키가 크고 몸매가 굵은 분이시니까 어쩌면 알아보실 수 있을른지도 모르겠수."

　더는 따라 나서지 않을 생각인지 노파는 걸음을 멈추고 남편에게 당부를 했다. 하지만 노인은 고개를 한 번 까딱해 보였을 뿐 말없이 그녀를 떼어놓고 우리들을 앞장서서 걷기 시작하는 것이었다. 그제서야 나는 그가 한쪽 다리를 조금씩 절고 있음을 발견했다. 얼핏 보면 잘 드러나지 않았으나 분명히 노인은 왼편으로 기우뚱대며 걷고 있었다. 그런데도 퍽 정확하게 떼어놓는 걸음걸이였다. 외딴집을 지나칠 때, 예의 그 잡종개가 달려나오더니 또 짖어 대기 시작했다. 먹을 걸 제대로 주지 못하는지, 홀쭉하니 달라붙은 뱃가죽으로 뼈가 앙상하게 불거져 나온 꼬락서니로 개는 제법 그르렁거리는 시늉을 했다. 휑하니 비어 있는 들판 한가운데에서 껑정하니 바람을 맞으며 늘어서 있는 전신주들을 옆에 끼고 우리 셋은 한동안 말없이 걷기만 했다. 얼마쯤 걷다가 돌아보니 그때까지 우리를 지켜보고 있던 노파가 마악 등을 돌린 채 구부정한 모습으로 되돌아가고 있는 게 보였다.

　철새들이 날아오는 가을 무렵이면 나는 늘 그렇게 하늘을 바라보고 서 있는 어머니의 모습을 볼 수가 있었다. 하지만 꽤나 나이가 들었을 때까지도 나는 왜 그 하찮은 새들의 이동이 어머니의 눈빛을 아득하게 풀리도록 만들곤 하는 것인지, 그리고 사람보다도 먼저 계절을 알아차리고 따뜻한 남녘으로 날아온다는, 새들의 그 지극히 자연스럽고도 어김없는 본능이 왜 하필 그녀에게만은 그토록 새삼스러운 의미를 지녀야 하는 것인지를 알지 못했다. 그러던 어느 때인가. 끼룩끼룩 이상한 울음소리를 남기며 우리 마을을 지나쳐 가는 철새의 무리를 바라보면서 어머니는 어쩌면 누군가를 기다리고 있는 것인지도 모른다는 생각을 나는 하기 시작했다. 그러고 보니 단지 그것뿐만은 아니었다. 한여름 땡볕 속에 쭈그리고 앉아 비탈진 밭고랑을 호미질해 나가다가노 이따금 고개를 들어 동구 밖으로 뻗어 나간 고갯길을 하염없이 멍한 눈으로 바라다보기도 하고, 빨래를 줄에 널거나 마당 귀퉁이에서 푸성귀를 다듬고 있다가도 까박 넋을 놓아 버린 사람처럼 허공으로 시선을 물빛으로 풀어 던지며 문득 긴 한숨을 내쉬기도 한다는 사실을 나는 새로이 알아냈던 것이었다. 그때가 아마 열두서너 살이었으리라. 그때서야 비로소 나는 우리 집엔 어머니와 나 둘뿐이라는 사실을 처음으로 확실한 의문점으로서 여기기 시작했던 것 같다.

아버지는 돌아가셨다. 먼 곳으로 배를 타고 나갔다가 영영 돌아오시지 못하게 된 것이야. 아버지에 대해 물으면 어머니는 겨우 그렇게만 대답해 주곤 했다. 그러던 어느 날, 그러니까 내가 중학생이 되었을 무렵 나는 교실에 가방을 남겨 둔 채 혼자 집으로 울먹이며 돌아왔던 적이 있었다. 같은 반의 먼 친척뻘 되는 녀석으로부터 나는 아버지에 대한 놀라운 비밀을 우연히 전해 듣게 되었던 것이었다. 대문을 박차고 뛰어 들어와 나는 다짜고짜 어머니를 붙잡고 덤벼들듯이 따져 물었다. 그 순간, 어머니의 얼굴로 짧게 스쳐 지나가던 그 참담한 고통의 빛을 나는 지금도 잊지 못한다. 그러나 어머니는 애써 태연한 얼굴로 내게 간신히 이렇게 대답하던 것이었다.

그래. 아버진 죄를 지었단다. 아직은 넌 모를 테지만, 그 때문에 아버지는 집을 떠나신 거여. 하지만…… 네 아버지는 눈매가 고운 분이셨다. 우리 마을에서 단 하나뿐인 학생이었고…… 남들이 사람을 해치려는 걸 한사코 말리시려고 했지. 그 때문에 살아난 사람도 여럿이 있어. 정말이여.

그런 어머니의 변명은 끝끝내 내 마음을 어루만져 주지 못했다. 그 후로 나는 좀처럼 아버지에 대한 애기를 꺼내지 않게 되었다. 뜻밖에도 아버지의 죄를 순순히 시인하는 그녀의 한마디가 내게는 그토록 엄청난 충격으로 깊이 남겨졌던 탓이리라. 바로 그 순간부터 나의 아버지의 그 죄라는 것을 내 스스로 함께 나누어 지니고 만 느낌이었고, 그 때문에 나이에 걸맞지 않게 나는 눈빛이 깊고 어두운 아이가 되어 가고 있었다.

그리고 그때부터 아버지의 무서운 환영은 저주처럼 내 곁을 따라다니기 시작했다. 그는 언제나 시커먼 어둠 저편에 숨어서 음산하기 그지없는 눈빛으로 나를 쏘아보고 있었다. 그는 어디에나 숨어 있었다. 내 어릴 때 이따금 고개를 디밀어 들여다보면 마루 밑 저편 깊숙이 도사리고 있던 그 까마득한 어둠 속에도, 그 어둠 속에서 술술 기어 나오던 그 눅눅하고 음습한 냄새 속에서도 내가 한 번도 얼굴을 본 적이 없는 그 사내는 핏발 선 눈알을 번득이며 나를 쏘아보고 있는 것이었다. 그건 어디서 묻었는지도 모르는, 오랜 시간이 흐른 뒤에까지 끝끝내 지워지지 않는 핏자국처럼 내게는 저주와 공포의 낙인으로 깊이 박혀 있었다. 그리고 그 낙인을 가슴에 지닌 채, 나는 끝끝내 나를 휘감고 있는 어떤 엄청난 죄악감과 불길한 예감으로부터 영영 벗어날 수가 없었다.

산골짜기를 돌아 나온 바람이 섬뜩한 한기를 뿌려 주고 내달아났다. 노인은 줄곧 앞장서서 걷고 있었다. 조금씩 한쪽 다리를 절며 걷고 있는 노인의 허리는 그러나 곧게 세워져 있었다. 한 발을 절룩이면서도 그렇듯 허리를 바로 세우기 위해서는 노인은 분명 내심 안간힘을 쓰고 있을 터였다. 어쩌면 그가 헤쳐 나온 지난 삶 또한 그렇게 흐트러짐 없이 질기고 옹골찬 것이었을지도 모른다고 나는 생각했다. 멀리 떨어진 산기슭에서 까마귀 떼가 이따금 날아올랐다가 다시 펄럭펄럭 내려앉곤 하는 모습이 보였다. 그것들이 날아오를 때마다 하늘 한쪽 끝이 부패한 짐승의 살덩이처럼 스멀스멀 부풀어오르는 듯한 착각을 일으켰다.

"암만해도 이거, 우리가 저 영감네 산소를 작살내 놓은 건 아닐까요,

이 병장님."

오 일병이 곁으로 바싹 다가오며 말했다.

"설마 그럴라구. 제대로 쓴 묘라면야 관도 없이, 게다가 그런 흉한 꼴을 하고 있겠어."

"하기야……."

그는 옆구리에 낀 술병을 반대쪽으로 옮겨 안으며 쓴웃음을 지어 보였다.

"허어. 눈이 쏟아질 것 같군."

앞서가던 노인의 음성에 나는 고개를 들었다. 정말, 하늘 끝에서부터 검고 두터운 구름이 낮게 드리워지고 있었다. 어느새 해는 보이지 않았다.

야영지가 가까워 오고 있었다. 가파른 비탈을 마저 걸어 올랐을 때 김 중사가 나와 노인을 맞았다. 대부분 구덩이 파기를 마치고 땔나무를 긁어다가 불을 피워 손을 녹이고 있는 참이었다. 낯선 분위기 탓인지 노인은 적이 당황한 얼굴빛을 띠고 있었다.

"영감님. 여기까지 오시게 해서 죄송합니다."

얼굴에 애티가 남아 있는 소대장이 거수경례를 붙이자 노인은 황황히 허리를 숙였다.

우리는 노인을 이끌고 유해가 나온 자리로 갔다. 구덩이를 파다 중지했던 대로 내버려져 있었는데, 그 곁에 신문지를 깔고 예의 그 뼛조각들을 모아 놓은 게 보였다. 노인은 한동안 그걸 물끄러미 내려다보더니 문득 쯧쯧 하고 혀를 찼다.

그의 주름 많은 이마가 어둡게 보였다.

"여길 파라고 지시한 것도 나였습니다만, 처음부터 전혀 묘 같지가 않았습니다. 어떻게 해서 이런 것이 여기 묻혀 있었는지 모르겠습니다."

행여 뭔가 잘못된 것은 아닐까 싶은지 소대장은 변명처럼 말했다.

"알고 보면 조금도 이상스러운 일은 아니지요. 이 부근이 워낙 그런 자리였으니까요."

노인은 한동안 묵묵히 그것들을 내려다보고 있다가 입을 열었다.

"그럼 역시 우리 짐작대로 육이오 때에……"

"여기만은 아니지요. 마을에서 십여 리 안팎 어디를 파 보더라도 이렇듯 주인 없는 뼉다귀 하나쯤 찾아내기란 그리 어려운 일이 아닐 거외다."

"그렇게까지 심했습니까. 예전에 여기서 무슨 유명한 전투가 있었다는 말은 일찍 듣지 못한 것 같은데."

부쩍 호기심을 보이며 되묻는 소대장의 앳된 얼굴을 흘깃 쳐다보더니 노인은 몸을 돌려 짧은 동안 먼 산을 응시하는 것 같았다.

"하기야 그게 어디 꼭 이 마을에 한한 일이겠소만, 유난히도 여기선 사람 죽는 꼴을 지겹도록 지켜본 셈이지요. 저기를 보시구려."

노인은 손가락을 들어 멀리 산을 가리켰다. 반도의 등줄기라고들 하는 태백산맥의 거대한 모습이 잔뜩 찌푸린 하늘 한쪽을 가리운 채 몸을 틀고 엎드려 있었다. 그러고 보니 사방 어디에나 험준한 산으로 시야가 꽉 막혀 있는 지형이었다. 어디를 향해 나아가든지 이내 깎아 세운 듯한 산허리에 맞부딪치고 말 게 뻔했다.

"저기가 바로 태백산맥의 원 등줄기인 셈이오. 저길 타고 올라 등성이만 따라가노라면 남북으로, 지리산에서부터 금강산까지 곧장 이어져 있다고들 하지요. 예전엔 하늘이 뵈지 않을 만큼 울창한 사이었소."

우리는 노인의 손가락 끝을 따라 시선을 움직였다. 거대한 파충류의 등허리처럼 꿈틀거리며 뻗어져 나온 산맥의 등줄기는 곧바로 마을 북쪽에 마주 뵈는 산으로 잇닿아 있었다. 그런데 그 산엔 사람의 힘으로는 도저히 건널 수 없는 깎아지른 벼랑이 병풍처럼 둘러쳐져 있다는 것이었다. 때문에 어쩔 수 없이 그 절벽을 멀리 돌아 나가자면 자연히 이 마을 근처를 지나가게 된다는 것이었다. 노인의 말로는 그게 바로 문제였다고 했다. 전쟁이 끝나 갈 무렵부터 낯선 사람들이 밀어닥치기 시작하더라는 것이었다. 전선이 훨씬 남쪽으로 내려갔을 때엔 정작 총성조차 뜸하던 마을은 느닷없이 쑥밭이 되다시피 했다. 산사람들은 주로 밤에만 나타나 식량이며 옷가지를 약탈해 갔고 때로는 길잡이로 쓰기 위해 마을 주민들을 끌고 가기도 했다. 지리산에서부터 줄곧 걸어왔다는 패거리들도 있었는데 그들은 모두 한결같이 굶주리고 지친 몰골로 북쪽을 향해 도주하는 중이었다. 마침내 그들의 퇴로를 막기 위해 국군이 들어왔고, 그때부터 전투는 산발적이나마 밤낮으로 계속되어졌다.

"끝내는 소개령이 내려져서 마을은 이주를 하게 되었으나, 그 와중에 주민들의 수효도 꽤 줄었지요."

노인은 밤새 총소리가 어지럽던 다음 날엔 들녘이며 산기슭에 허옇게 널린 시체를 모아다 묻는 일을 해야 했다는 것이다. 전쟁이 끝났고 사람들은 마을로 되돌아왔다. 그리고 이름도 고향도 모르는 그 숱한 낯선 시신들을 묻었던 자리엔 해마다 키를 넘는 잡초들이 무성하게 돋아나곤 했다. 그 때문에 몇 년 동안은 누구도 아예 감자나 무 따위는 밭에 심으려고 하지 않았노라고 노인은 말했다.

누군가가 헌 타월과 신문지를 가져왔다. 노인은 뼛조각을 하나씩 집어 들고 수건으로 흙을 닦아 낸 다음, 그것을 펼쳐진 신문지 위에 가지런히 정리해 놓기 시작했다.

"그렇다면, 이치도 아마 빨갱이였겠구만. 안 그래요?"

소대장이 지휘봉의 뾰쪽한 끝으로 쿡쿡 찌르듯 유해를 가리키며 말했나. 김 중사가 되물었다.

"어째서요."

"산을 타고 도망치던 빨치산들이 그리 많이 죽었다잖아. 이치도 보기엔 군인은 아니었을 것 같고, 그렇다고 근처의 주민이었다면 가족이 있을 텐데 임자 없이 이리저리 팽개쳐 뒀을라구."

"그걸 누가 압니까. 그때야 워낙 피차에 서로 죽고 죽이던 판인데……."

그때였다. 쭈그려 앉아서 손을 움직이고 있던 노인이 불쑥 소리치는 것이었다.

"어허, 대관절…… 대관절 그게 어떻다는 얘기요. 죽어서까지, 원 아무리 이렇게 죽어 누운 다음에까지 그런 걸 굳이 따져서 무얼 하자는 말이오. 죽은 사람이 뭘 알기에…… 죄다 부질없는 짓이지, 쯔쯧."

노인의 음성은 낮았지만 강하고 무거웠다. 그러면서도 노인은 고개를 숙인 채 뼛조각에 묻은 흙을 정성스레 닦아 내고 있었다. 무슨 귀한 물건마냥 서두르는 기색도 없이 신중히 손질하고 있는 노인의 자그마한 체구를 우리는 둘러서서 지켜보았다. 모두들 한동안 입을 다물었고 나는 흙에 적셔진 노인의 손끝이 가늘게 떨리고 있음을 깨달았다.

"땅속에 누운 사람의 잠을 살아 있는 사람이 깨워서야 되겠소. 또 그럴 수도 없는 법이고. 원통한 넋이니 죽어서라도 편히 눈감도록 해야지. 암, 그것이 산 사람들의 도리요……. 하기는, 이렇게 불편한 꼴로 묶여 있었으니 그 잠인들 오죽했을까만."

노인은 어느 틈에 꾸짖는 듯한 말투로 혼자 중얼거리고 있었다. 두개골과 다리뼈를 꼼꼼히 문질러 닦은 뒤, 노인은 몸통뼈에 묶인 줄을 풀어 내기 시작했다. 완강하게 묶인 매듭은 마침내 노인의 손끝에서 풀려졌다. 금방이라도 쩔걱쩔걱 쇳소리를 낼 듯한 철사줄은 성성하게 살아 있었다. 살을 녹이고 뼈까지도 녹슬게 만든 그 오랜 시간과 땅 밑의 어둠을 끝끝내 견뎌 내고 그렇듯 시퍼렇게 되살아 나오는 그것의 놀라운 끈질김과 냉혹성이 언뜻 소름 끼치도록 무서움증을 느끼게 했다.

노인은 손목과 팔에 묶인 결박까지 마저 풀어 낸 다음 허리를 펴고 일어서더니 줄 묶음을 들고 저만치 걸어 나갔다. 그가 허공을 향해 그것을 멀리 내던지는 순간, 나는 까닭 모르게 마당가에서 하늘을 쳐다보며 서 있는 어머니의 가녀린 목줄기와, 그녀가 아침마다 소반 위에 떠서 올리곤 하던 하얀 물 사발이 눈앞에 떠올랐다가 스러져 버리는 것이었다. 나는 담배를 피워 물었다. 멀리 메마른 초겨울의 야산이 헐벗은 등을 까 내놓고 죽은 듯이 엎드려 있었다. 사위는 온통 잿빛의 풍경이었다. 피잉, 현기증이 일었다.

광주리를 머리에 인 어머니가 모래밭을 걸어오고 있었다. 돌돌거리며 흐르는 물소리를 거슬러 강변 모래밭을 어머니가 혼자 저만치서 다가오고 있었다. 모래밭은 하얗게 햇살을 되받아 쏘며 은빛으로 반짝였다. 허리띠를 질끈 동인 어머니의 치맛자락이 흐느적이며 바람결에 흔들리고 있었다. 나는 햇살에 부신 눈을 가늘게 오므리고 줄곧 그녀를 지켜보고 있었다. 그때였다. 꿈속에서처럼 나는 그녀의 뒤를 바짝 따라오고 있는 한 사내의 환영을 보았다. 아아, 그건 아버지였다. 언젠가 어머니의 낡은 반닫이 깊숙한 옷가지 밑에 숨겨져 있던 액자 속에서 학생복 차림으로 서 있던 그대로 그건 영락없는 그 사내였다. 나를 어머니의 배 속에 남겨 놓은 채 어느 바람이 몹시 부는 날 밤, 산길을 타고 지리산인가 어디로 황황히 떠나가 버렸다는 사내, 창백해 뵈는 뺨에 마른 몸집의 그 사내가 어머니와 함께 걸어오고 있는 것이다. 놀란 눈으로 풀밭에 앉아 나는 그들을 지켜보고 있었다. 이윽고 어머니의 눈썹과 코, 입의 윤곽과 야윈 목줄기까지 뚜렷이 드러날 만큼 가까워졌을 때 사내의 환영은 어느 틈에 사라져 버리고 없었다. 몇 번이나 눈을 부비

고 보았으나 역시 마찬가지였다. 하얗게 반짝이는 모래밭 위로 어머니
가 찍어 내는 발자국만 유령처럼 끈질기게 그녀의 발꿈치를 뒤따라오
고 있을 뿐이었다.

우리는 관 대신에 신문지로 싼 유해를 맨 처음 그 자리에 다시 묻어
주었다. 도톰하니 봉분을 만들고 뗏장까지 입혀 놓고 보니 엉성한 대로
형상은 갖춘 듯싶었다. 노인은 술을 흙 위에 뿌려 주었다. 그리고 자신
이 먼저 한 모금 마신 다음에 잔을 돌렸다. 오 일병이 노파가 준 북어를
내놓았고, 덕분에 작은 술판이 벌어졌다. 음복인 셈이었다.

"얀마. 이런 느닷없는 장례식도 모두 너희 두 놈들 때문이니까 자, 한
잔씩 마셔라."

"그래그래. 어쨌든 너희들은 좋은 일 했으니 천당 가도 되겠다."

소대장이 병을 기울였고 다른 녀석들도 낄낄대며 한마디씩 보태었다.

술이 가득 차오른 반합 뚜껑을 나는 두 손으로 받쳐 들었다. 저것 봐
라이. 날짐승도 때가 되면 돌아올 줄을 아는 법이다. 어머니가 말했다.
저만치 웬 사내가 서 있었다. 가슴과 팔목에 철사줄을 동여맨 채 사내
는 이쪽을 응시하며 구부정하게 서 있었다. 퀭하니 열려 있는 그 사내
의 눈은 잔뜩 겁에 질려 있는 채로였다. 애앵. 총성이 울렸고 그는 허물
어지듯 앞으로 고꾸라지고 있었다. 불현듯 시야가 부옇게 흐려 왔다.

아아. 아버지는 지금 어디에 쓰러져 누워 있을 것인가. 해마다 머리
맡에 무성한 쑥부쟁이와 엉겅퀴꽃을 지천으로 피워 내며 이제 아버지
는 어느 버려진 밭고랑, 어느 응달진 산기슭에서 무덤도 묘비도 없이
홀로 잠들어 있을 것인가.

반합 뚜껑에서 술이 쫄쫄 흘러 떨어지고 있었다.

나는 노인과 함께 산을 내려오기 시작했다. 노인이 몇 번이나 그만
돌아가라고 손짓을 했지만 이번엔 올 때와는 달리 내가 앞장을 섰다.

짙은 잿빛 구름장들이 점점 낮게 드리워지고 있었다. 바람에 쫓기듯 구름은 어지러이 소용돌이를 이루며 마주 뵈는 산등성이로부터 내달려 오고 있는 참이었다.

신작로로 나서면서부터 우리는 나란히 걷기 시작했다. 한쪽으로 조금씩 끌리는 노인의 걸음걸이가 아까보다는 더디었다. 가끔 등 뒤에서 달려온 바람이 그의 낡은 두루마기 자락을 불어 올리곤 하였다.

"저, 영감님. 아까 할머니 말씀을 얼핏 들으니까 누구를 찾고 계시는 것 같던데요."

찬찬히 잘 살펴보라고 당부하던 노파의 말이 생각나서 물었으나 노인은 한동안 묵묵히 걷기만 했다. 괜한 소리를 꺼냈나 싶은 생각을 하고 있으려니까 노인이 입을 열었다.

"실은 그때 나도 형님 한 분을 잃어버렸어. 내 다리가 이 꼴이 된 것도 그때부터이고…… 형님은 길잡이로 앞세워져서 한밤중에 끌려 나갔다네. 산을 넘다가 함께 총에 맞아 죽었다는 소문을 듣고 달려가 봤지만 어찌 된 영문인지 형님의 시체는 끝내 찾지 못했어."

우리는 그새 마을로 통한 샛길로 접어들고 있었다. 거기서부터는 언덕길이었다.

"그런데 간밤 꿈에 그 사람이 꿈을 꾸었다는구먼. 실없는 할멈 같으니라구…… 이런 일이 생길려구 그랬는지 원."

상여를 보았다던 오 일병의 꿈 얘기를 기억해 내며 나는 묘한 기분이 되었다.

"그럼 좀 전의 그 유해가 혹시……."

"허허. 이제 와서 누가 그걸 어떻게 알아볼 수가 있겠는가. 무슨 특별한 표식이 남아 있다면 또 몰라도……. 하지만 그게 누구이든지 간에 불쌍한 영혼 하나, 늦게나마 땅속에 편히 눕게 해준 것만으로도 다행한 일이 아닌가. 허허."

노인은 쓸쓸히 웃었다. 때마침 불어온 바람이 그 웃음을 삼켜 버렸다. 주위가 문득 어두워진 느낌이 들었다. 바람이 불어오는 방향을 바라보니 들녘 저편은 우윳빛 유리를 끼워 놓은 듯 희부옇게 흐려져 있었다.

"눈이 내리는군요. 첫눈이지요 아마."

"그렇구먼."

우리는 한동안 밭둑 위에 서서 희끗희끗 땅 위로 내려앉기 시작하는 눈발을 말없이 눈으로 헤아리고 있었다. 저만치 밭둑 너머로 마을 지붕들이 보였다. 저녁을 짓는 것일까. 몇 오라기 가느다란 연기가 실타래로 풀어지며 희미하게 떠오르고 있었다.

"이젠 다 왔나 보구먼. 그만 돌아가 봐요. 혼자 돌아가려면 먼 길이 될 터인데."

노인이 웃으며, 가라고 손짓을 했다. 나는 순순히 걸음을 멈추었다. 벌써 노인은 저만치 마을을 향해 기우뚱거리며 걸음을 옮기고 있었다. 차츰 굵어져 가는 눈발 사이로 멀어지는 노인의 뒷모습이 유난히 쓸쓸해 보였다. 나는 휘어 돌아간 밭언덕 귀퉁이가 그의 모습을 완전히 감추어 버릴 때까지 서서 지켜보고 있었다.

머리맡에 밥상을 놓는 기척이 들리고 이내 어머니가 나를 흔들어 깨웠다. 첫 휴가를 받아 집에 도착한 다음 날이었다. 밤새 완행열차를 타고 내려와 집에 닿자마자 쓰러지듯 잠에 빠져 들었던 것이다. 눈을 부비며 일어났던 나는 그득한 밥상을 보고 놀랐다. 아이들처럼 여신 수줍은 웃음을 흘리며 어머니는 나를 쳐다보았다.

참, 이상도 하지. 네가 온다는 말에만 정신이 팔려 깜박 잊고 있었는데, 글쎄 오늘이 그 양반 생일이로구나.

누구 말이에요?

느그 아버지 말이다.

얼결에 그렇게 말해 놓고, 그제서야 어머니는 깜짝 놀라며 황황히 내 눈치를 살피고 있었다. 난 가슴이 철렁 내려앉는 것 같았다.

도대체 지금 정신이 있으세요, 어머니. 그 얘긴 다시 꺼내지 말라고 그랬잖아요. 아버진 진즉 죽은 사람이에요. 아니, 설사 살아 있더라도 우리한테는 그게 백 번 나아요.

무슨 말을 그렇게 하는 거냐. 애야. 아직 살아 계실지 누가 안다고 그래.

죽었어요. 그런 줄만 아시라니까요!

그래도…… 살아 있기만 하믄야 언제고 만나게 될지도 모르는 디…….

나는 기어코 폭발하고야 말았다.

어떻게요? 이제 와서 대체 어떻게, 어떤 꼬락서니를 하고 서로 만난다는 말입니까, 네?

입에 씹히는 대로 나는 내뱉고 있었다. 순가락을 쥔 손이 벌벌 떨릴 지경이었다.

아, 아니다. 내가 잘못했다. 빌어먹을 놈의 이, 이…… 주둥아리가 방정이지 뭐이다냐.

어머니는 홀쩍 등을 돌리고 앉았다. 그러고는 주섬주섬 저고리 섶을 끌어올리는 것이었다. 어머니가 울고 있었다. 외아들 앞에선 좀체 눈물을 비치지 않던 그녀였다. 아무리 앓아 누웠을 때라도 입술을 앙다물고 애써 태연해 보이던 그녀가 쭐쭐 눈물을 흘리고 있는 것이었다.

아아, 나는 까맣게 잊고 있었던 것이다. 어머니가 그토록 오랫동안 누군가를 기다려 왔었음을. 내 유년 시절의 퇴락한 고가와 마루 밑, 그

깜깜한 어둠 속에서 음습하고 불길한 냄새와 함께 나를 쏘아보고 있던 한 사내의 눈빛을, 그리고 청년이 된 지금까지도 가슴을 새까맣게 그을려 놓으며 깊숙한 상흔으로만 찍혀져 있을 뿐인 그 증오스러운 사내의 이름을, 어머니는 스물다섯 해가 넘도록 혼자서 몰래 불씨처럼 가슴속에 키워 오고 있었던 것이다. 어머니한테 그 사내는 다른 아무것도 아니었다. 다만 곱고 자상한 눈매로써만, 나직한 음성으로써만 늘 곁에 남아 있었던 것이다.

하지만 그녀가 울고 있는 건 그 미련스럽도록 끈질긴 기다림 때문만은 아니었으리라. 아니, 사실상 어머니는 누구보다도 더 잘 알고 있을 터였다. 그녀의 기다림이 얼마나 까마득하게 손이 닿지 않는 먼 곳으로 자꾸만 자꾸만 밀려 나가고 있는 것인가를 말이다. 스물다섯 해의 세월이, 스스로 묶어 놓은 그 완고한 기만이, 목에 잠기어 흐느낌도 없이 지금 어머니는 울고 있는 것이었다. 밥상을 받아 놓은 채 나는 고개를 처박고 앉아 있었다. 눈앞에는 우리 가족의 그 오랜 어둠과 같은 미역 가닥이 국그릇 속에서 멀겋게 식어 가고 있을 뿐이었다.

이제 노인의 모습은 더 이상 보이지 않았다. 그새 수북이 쌓인 눈을 밟으며 나는 오던 길을 천천히 되돌아가기 시작했다. 걸음을 옮길 때마다 어깨에 멘 소총이 수통과 부딪치며 쩔렁쩔렁 소리를 냈다. 나는 어깨로부터 전해 오는 그 섬뜩한 쇠붙이의 촉감과 확실한 중량을 새삼스레 확인하고 있었다. 그리고 항상 누구인가를 겨누고 열려 있는 총구의 속성을, 그 냉혹함을, 또한 그 조그맣고 둥근 구멍 속에서 완강하게 또아리를 틀고 앉아 있는 소름 끼치는 그 어둠의 깊이를 생각했다

그렇다. 이 땅 위에 그만큼 오랜 날들이 흘렀지만 변한 것은 아무것도 없었다. 아무것도 끝나지 않았고, 정작 모든 것은 처음 그대로 풀리지 않은 매듭이 되어 남겨져 있을 뿐이었다. 그래도 해마다 목이 긴 철

새들은 여전히 겨울을 피해 남쪽 바다를 찾아 날아왔고 이듬해 봄이 되면 어김없이 오던 길을 되돌아갔다. 여전히 이 땅의 그늘진 야산과 후미진 들녘 어디에나 가매장한 숱한 뼛조각들은 아무도 모르게 저 홀로 썩어 가고 있었고, 해마다 그 자리엔 무성한 들쑥과 엉겅퀴와 여뀌풀만 지천으로 피었다가 시들었으며, 그리고 그 시신들을 옭아맨 철사줄은 이 순간에도 퍼렇게 서슬을 세운 채 흙 속에서 변함없이 싱싱하게 살아 있는 것이었다.

까우욱. 까우욱.

어느 틈에 날아왔는지 길 옆 밭고랑마다 수많은 까마귀들이 구물거리고 있었다. 온 세상 가득히 내려 쌓이는 풍성한 눈발 속에 저희들끼리만 모여서 새까맣게 구물거리며 놈들은 그 음산함과 불길함을 역병처럼 퍼뜨리고 있는 것이었다. 얼핏, 쏟아지는 그 눈발 속에서 나는 얼어붙은 땅 밑에 새우등으로 웅크리고 누운 누군가의 몸 뒤척이는 소리를 들었다. 아버지였다. 손발이 묶인 아버지가 이따금 돌아누우며 낮은 신음을 토해 내고 있었다.

아아, 무엇인가. 무엇이 아버지의 그 불편한 잠을 또다시 흔들어 깨우려 하고 있는가. 무엇이 잠자는 아버지의 땅을 날카로운 발톱과 부리로 파헤치고 쪼아대면서 그 피곤한 새우잠을 일으켜 세워 다시금 산산조각으로 부서뜨리려 하는 것인가. 무엇이 아버지의 뼈와 함께 묻힌 철사줄을 썩지 않게 하며 언제고 놀랍도록 싱싱한 윤기로 되살아나게 하고 있는 것인가. 나는 황량한 들판 가운데에 서서 그 몸집이 크고 불길한 새들의 펄렁거리는 날갯짓과 구물거리는 모습을 오래오래 지켜보았다.

머리 위로 눈은 하염없이 쏟아져 내리고 있었다. 함박눈이었다. 굵고 탐스러운 눈송이들은 세상을 가득 채워 버리려는 듯이 밭고랑을 지우고, 밭둑을 지우고, 그 위에 선 내 발목을 지우고, 구물거리는 검은 새 떼를 지우고, 이윽고는 들판과 또 마주 바라뵈는 거대한 산의 몸뚱이마저도 하얗게 하얗게 지워 가고 있었다. 그것은 어머니가 새벽마다 샘물을 길어와 소반 위에 떠서 올려놓곤 하던 바로 그 사기대접의 눈부시도록 하얀 빛깔이었다.

각 심사위원들의 중점적 심사평

새로운 문학 현실의 확인

백 철(白鐵, 문학평론가)

8편을 잘 읽었다. 이제 우리의 문학 작품들도 수준 면에서 안정권에 들어선 것 같은 느낌을 받았다. 내가 몇 년 전부터 기회 있을 때마다 강조해 왔듯이, 현대 한국문학은 공리주의적 계도성을 탈피하고 문학의 본령인 자아의 확충과 미적 감동의 세계로 되돌아가야 한다는 말과도 연관이 된다.

따라서 현대문학은 시사성의 탈피, 그것으로부터 출발을 삼아야 한다고 생각한다. 문학은 영원한 지평 위에서의 계승이다. 아널드의 말과 같이 주체 정신, 정치는 물론 종교로부터까지 비예속, 불편 부당함으로써 문화의 주체성을 확보해야 한다. 또한 공자 역시 "천만의 대군이 와서 나를 끌어가려 해도, 그 길이 정도正道가 아닐 때는 그 강요에 응하지 않으리라"라고 했다. 그러므로 작가는 독자적인 자기 진실의 세계를 천착하되, 현실이 장애가 될 때는 테마를 보다 승화하거나 심화하거나 해야 할 것이다. 메타포를 자유자재로 구사하는 것도 한 방법일 수 있겠다. 그러나 관념의 유희로서의 메타포가 아니라, 외적 현실과 내적 진실의 세계를 동시에 꿰뚫을 수 있는 살아 있는 은유로.

문학상의 심사평을 쓴다면서 공담空談 같은 이야기를 많이 한 것 같다. 그러나 이긴 심사평을 쓰는 내 조그만 전제론이 되는 셈이다.

나는 이번 심사에 올라온 중견과 신인들의 작품 8편을 읽어 보면서, 듣던 것과는 달리 근래의 우리 문학이 침체된 것이 아니라, 질적으로 크게 전환되고, 새로워지고, 성숙해 가고 있다고 보았다. 문학사적으로 긴 과도기를 벗어나 우리 문학이 새로운 문학 현실로 접어들었다고 확신할 만한 예들이 여기 있다고 자신 있게 추천할 수 있다.

　이미 수상했던 작가의 작품 4편을 제외하고 나머지 4편 중에서 특히 내 관심을 끈 것은 이균영의 〈어두운 기억의 저편〉이다. 이 작품은 나의 기대를 꽉 채워 주지는 못했지만 이야기의 전개나 인물의 성격 부각에 남다른 재능이 엿보였다. 기회가 닿는 대로 작품 분석을 따로 해보고 싶다.

내용과 형식이 조화된 작품

김동리(金東里, 소설가)

김원일 〈불망기不忘記〉, 임철우 〈아버지의 땅〉, 윤후명 〈호궁胡弓〉, 이균영 〈어두운 기억의 저편〉.

위의 4편은 어느 거나 수상작이 될 만큼 우수했다. 그 가운데서도 〈어두운 기억의 저편〉이 더욱 수상작으로서의 적합한 조건을 갖추고 있었다.

〈불망기〉, 이 작품은 작자의 수많은 수작들 가운데서도 역작이었다. 그러나 수상작으로는 분량도 조금 문제이고, 구성 면에서도 후반부에 차질이 좀 있었다. 시기점視基點이 3인칭이기 때문에 모든 작중인물의 심리나 내부에까지 서술(내레이션)이 미칠 수 있지만, 소년(주인공)의 내면적 독백이나 꿈이 될 때는 소년의 가지 세계可知世界에의 제한을 받는다. 그런데 이 작품에서는 그 부분의 내용이 일반적 3인칭의 경우와 같이 되어, 많은 혼선을 빚었다. 종반부 쪽으로 전체의 3분의 1가량을 좀 더 손질한다면 《노을》을 능가하는 명작이 될 것 같다.

〈아버지의 땅〉, 박진감에 찬 객관적 묘사에는 무조건 호감이 간다. 리얼리즘이냐 로맨티시즘이냐 하는 따위 문제를 떠나서 소설은 박진감 있는 리얼리티의 바탕 위에 형성되어야 하기 때문이다. 그러나 이 소재, 이 주제(테마)에는 좀 더 작자의 개성적인 컬러 내지 삭도가 부가 되어야 하지 않을까.

〈호궁〉, 기량 면에서 세련된 원숙미를 보인 작품이다. 우리나라 소설에서 이만큼 짜인 작품도 드물 것이다. 그러나 그 속에 담긴 의미랄까 인생이랄까 그것이 너무 평범하다. 그냥 재미에 그치는 아쉬움이 있다.

〈어두운 기억의 저편〉, 도식적인 말이 허용된다면 내용과 형식이 잘 조화된 작품이다. 만취 중의 언행에 기억이 없는 일은 흔히 있다. 이 작품의 경우 다소 과장은 있지만 그 정도로 기억이 감감해지는 경우도 사람에 따라 없는 것은 아니다. 이 작품은 그러한 가능성을 전제하고, 어두운 기억의 저편을 한 장면씩 조명해 나가는 수법으로 독자를 끝까지 이끌어 나가는 표현 면에서 충분히 성공했다.

내용 면에서도 6·25다 이산가족이다 하는 따위 현실 문제를 안개 속 원경遠景으로 여과시키고, 그것의 결과로서 빚어진 두 고아 출신 남녀의 만남을 이데올로기니 목적성이니 하는 참여 의식을 넘어선 인생 차원에서 부각시킨 주목할 만한 작품이다. 중간에 나오는 존재론이 클라이맥스에 연결되지 않는 점, 이 작품의 작은 흠이다.

소재와 주제의 성공적인 조화

최정희(崔貞熙, 소설가)

김원일의 〈불망기不忘記〉는 길고 지루한 느낌을 주었지만 읽어 갈수록 자꾸 빠져 들게 되었다. 이미 전에도 많은 작가들이 6·25를 소재로 하여 피비린내 나는 좌·우익의 싸움, 유교적 전통을 가풍으로 삼아 온 지방 지주들의 몰락을 작품 속에 다루어 온 것으로 알고 있다.

이 작품은 소년을 주인공으로 삼음으로써 그러한 벅찬 테마를 미처 소화시키지 못한 감이 없지 않으나, 반대로 어린 소년의 밝고 천진한 세계와 어른들의 잔인한 세계와의 대비가 저절로 드러나 보인 점은 오히려 이 소설이 지닌 장점이라 하겠다.

윤후명의 〈호궁胡弓〉은 우선 재미있었다. 그냥 재미만 있는 게 아니라 우수도 있고 슬픔도 있었다. 중국인 아버지의 나라에도 어머니의 나라에도 가지 못한 채 제3국인 한국에 엉거주춤 머물면서, 다시 한국인 남자들과 피를 섞게 된 운명이 어쩐지 그 개인의 일 같지 않았다.

이균영의 〈어두운 기억의 저편〉은 소재와 주제를 성공적으로 조화시킨 것으로 보인다. 이 작품은 첫 장부터 독자의 호기심을 불러일으켜, 6·25니 이산가족이니 하는 현실적 문제는 무대의 저편 위에 올리지 않고 원경으로 돌린 채, 독자를 '어두운 기억의 저편'으로 이끄는 데 성공하고 있다. 어두운 기억의 저편, 즉 생生의 본체本體, 그것은 이 작품의 끝이 아니라 시작이다.

각 심사위원들의 중점적 심사평

좀 더 치열한 탐구 정신을

윤후명 씨의 〈호궁胡弓〉을 비롯하여 후보작에 오른 8편은 모두 나에
겐 낯익은 작품들이다. 발표 때 읽고 메모해 둔 노트를 들추면서 다시
읽노라니, 전에 느끼지 못한 의미들이 나를 압도해 왔다. 예술의 수준
에 오른 작품들이란 이런 것이로구나 하는 생각을 새삼 확인할 수 있었
다. 그렇기는 하나, 한편으로는 좀 더 치열한 작품, 좀 더 새로운 그 무
엇이 모자라지 않는가 하는 느낌도 들었다. 창의력의 부족 같은 것 말
이다. 6·25 아니면 한 줄도 못 쓰는 것 말이다. 작품을 너무 쉽게 쓰고
자 하는 것 말이다. 난해한 작품이 좋을 이치는 없지만 좀 더 난해하지
않고 어떻게 창의성을 살려낼 수 있을까 하는 느낌이 들었다.

이런 생각을 하면서 나는 임철우 씨의 〈아버지의 땅〉과 이균영 씨의
〈어두운 기억의 저편〉을 자세히 읽었다. 6·25 미체험 세대의 작가가 6
·25를 다루는 방식의 새로움을 〈아버지의 땅〉은 훌륭한 솜씨로 보여
주고 있다.

〈어두운 기억의 저편〉역시 우리의 역사적 현상인 이산가족 문제를
잠재의식의 탐구를 통해 훌륭한 솜씨로 드러내었다.

그런데 두 작품 모두 어떤 사상이랄까 철학이 모자라긴 하나, 다만
〈어두운 기억의 저편〉이 탐구 정신이랄까, 무엇을 의지적으로 감행하

고자 하는 촉수 같은 것이 좀 더 엿보였다. 끝 장면의 센티멘털한 처리
에도 불구하고 말이다. 탐구 정신이란 난해성을 가져올 것이다. 필요한
만큼의 난해성이 오늘날 우리 소설엔 좀 모자라지 않은가 생각한다.

대상 수상자 이균영의
수상 소감과 문학적 자서전

수상 소감 _ 부끄러움에 대한 보상을 위해
"수상 소식을 듣고 그 어둠에 혼자 앉아 있는 자신과 손에 든 손전지,
곁에서 우는 듯하지만 결코 보이지 않는 소쩍새를 생각하였다.
무엇보다 부끄러울 따름이다."

문학적 자서전 _ 문학은 사후死後의 일이다
"두렵고 초조하고 간절한 마음으로
'혼자' 저 문학의 길을 향해 가려 하고 있다.
나는 출발점에 서 있다."

부끄러움에 대한 보상을 위해

이해 봄 강남의 한끝으로 이사를 온 후 막다른 길로 쫓겨온 듯한 기분이었다. 많은 일과 사람들과의 인연으로부터 멀어진 듯하였다.

아스팔트 길이 끝나는 버스 종점을 지나면 고물 수집소가 있고 그 뒤의 돌무더기 사이엔 야생의 메밀꽃이 피어 있다. 이 길을 지나 꽤 깊은 산속으로 약수를 길러 다닌다. 단조로운 생활 때문에 지금껏 거의 이 일을 걸러 본 일이 없다. 혹시 밤늦게 집에 돌아온 날이라도 손전지를 들고 산엘 간다. 어릴 땐 무서움이 많았는데 깊은 밤에도 이 산행山行은 무섭지가 않다. 적막한 어둠 속의 약수터에 앉아 있을 때면 바로 곁에서 나는 소쩍새 울음소리를 자주 듣는다. 전짓불을 이리저리 비추며 새를 찾아보지만 그것은 결코 보이지 않는다.

수상 소식을 듣고 그 어둠에 혼자 앉아 있는 자신과 손에 든 손전지, 곁에서 우는 듯하지만 결코 보이지 않는 소쩍새를 생각하였다.

무엇보다 부끄러울 따름이다. 단 한 번도 문학을 위하여 생활의 다른 일면을 희생한 일이 없었다. 더욱이 내가 쓰는 소설이란 거짓말이나 속임수라고 생각하여 왔고 왜 이 같은 소설이 사람들에게 필요한 것인가 하는 물음에조차 대답할 수 없었다. 누군가 나를 소설가라고 부르는 것보다 쑥스러운 일은 없었다.

상을 받게 되었으니 여러 가지로 마음의 여유를 가질 수 있을 것 같다. 부끄럽지 않은 작품들을 써내는 것이 이 상의 명예를 지키는 일이며, 나의 부끄러움과 상실감, 의문에 대한 보상과 해답을 구하는 길이라 생각된다.

　나에게 상을 주시기로 정하신 심사위원 선생님들과 상을 마련해 주신 문학사상사에 감사드린다.

1984년 10월

이균영

문학적 자서전

문학의 사후死後의 일이다

할머니의 콧노래 음역 안으로 나의 근심과 슬픔이 사라져

주어진 주제가 '나의 문학 자전自傳'이지만 문학 자전이랄 게 없다.

떠나온 고향, 지난날들의 아득함, 누구나 겪었을 슬픔, 우울, 실의와 방황, 분노와 열정, 여자들, 자살의 유혹 같은 것들이 먼저 떠오른다. 밀항의 꿈, 초등학교 저학년 아이들, 바다, 칼날을 세운 듯한 인문·사회과학의 세례와 한국 근현대사 공부, 80년대 치열했던 민민운동 '구경하기'…… 근처에 약간 다른 내 문학적 경험(혹은 예감)이 있을지 모르겠다. 1972년 할머니가 돌아가셨다. 나는 여수의 바닷가 초등학교 3학년 담임이었다.

근심이나 슬픔이 있어 잠들지 못하고 있을 때면 할머니가 은근히 손을 뻗쳐와 나를 끌어당겨 옆에 바짝 붙이고 손을 젖가슴에 대주곤 하셨다. 나는 할머니의 말라빠진 젖꼭지를 만졌다. 나의 근심이란 시험 점수가 나쁘다거나 내일이 학력고사인데 준비를 하지 않았다든가 학교나 동네의 주먹 센 아이들에게 잘못을 저질러 내일이면 마주칠 그들이 두렵다든가 하는 따위였고, 슬픔이란 아버지 어머니로부터 매를 맞았다든가 가지고 싶은 것을 가질 수 없다든가 동네의 다른 아이와 주먹다짐을 하여 졌다든가 하는 따위였다.

"다 괜찮다. 아가 자자."

할머니는 내 등을 두드리는 것을 박자 삼아 콧노래를 불렀다. 콧노래였으므로 내용은 없었지만 그것은 끊길 듯 끊길 듯 구슬픈 노래였다. 나는 할머니의 기름기 빠진 작은 젖꼭지를 만지며 그 콧노래를 들었다. 그러면 어느덧 나의 슬픔과 근심이 아주 작은 것으로 느껴지는 것을 나는 번번이 경험하였다. 할머니의 콧노래 음역 안으로 나의 근심과 슬픔이 사라져 버렸던 것이다. (중편〈멀리 있는 빛〉중)

할머니가 돌아가신 1972년 봄, 나는 미래에 맞게 될 나의 슬픔과 근심이 이제 어떠한 방법에 의해서도 쉽게 치유되지 않을 것이라고 예감하였고, 따라서 그러한 슬픔과 근심을 멀리하는 것이 가장 평탄한 삶을 누릴 수 있는 길이라고 생각하였다.

내게도 아이들이 생기자 이제는 어머니가 할머니가 되었다.

이청준 선생의《축제》라는 책 광고에 "나는 어머니라는 말만 들어도 눈물이 납니다"라는 구절이 눈에 띄었다. 지난 5월 8일 3학년 학생들 '근대사 특강' 시간에 얼핏 지나가는 어머니라는 글자에 이르러 나는 나도 몰래 눈물을 흘렸다. 학생들이 당황하여 눈길을 돌렸다. 나는 미안하다고 말했지만 아무도 나를 이해하지 못한다. 아무것도 우리를 할머니 어머니처럼 치유할 수 없다. 그러한 세계를 그릴 수 있다면 내 소설은 우선 내게 최상일 것이다.

형만 아니었다면 나는 지금, 내가 아는 영남대의 정석종, 고려대의 최장집, 서울대의 안경환, 서강대의 박호성, 경남대의 임영일 교수 같은 분들처럼 관계없는 분야의 학술 논문을 쓰며 안식으로 틈틈이 시와 소설을 읽을 수 있지 않았을까. 독자는 행복한 것인가. 최근 장석남 시인의 시집을 읽으며 가졌던 그런 느낌이라면 그렇다.

현실이 전개되는 소설에서 과거가 차지하는 자리

형(동화작가 정채봉)을 만난 건 중학교에 입학했을 때였다.《미래未

來》라는 학교 문예지에 글을 내어 당시 문예반장이었던 형을 만났다. 형은 지독한 '문학병'에 걸려 있었다. 한국전쟁 시 행방불명된 서울대 법대생이었던 삼촌과 국회의원을 지낸 외조부를 선망하였던 나는 어느덧 형을 따라 서너 군데의 백일장을 전전했고 형의 주선에 따라《학원》지 학생 기자가 되어 있었다.

형은 나와 다섯 살 차이인데 당시 고향인 전남 광양光陽에는 형보다 네댓 살 많은 문학청년들의 그룹이 있었다. 소설가인 강호무, 김승옥, 시인 주동후 같은 분들이었다. 그분들은 내가 중학교 1학년이던 1960년대 초 어느 여름에 고향의 극장 휴게실에서 '정채봉·이균영 2인 시화전'을 열어 주었다. 고향에 다실이 없던 때였지, 아마 그때가. 호무 형님은 특이했다. 줄담배, 담뱃갑에 씌어 있는 '제2의 생명'이란 글귀가 주던 문학에 대한 저 알 수 없는 열정과 어둠의 깊이, 여름에도 입던 염색한 군인 작업복, 기운 고무신, 그의 방 사방으로 천장까지 닿아 있던 책들.

1977년《동아일보》신춘문예로 등단한 후 내 유일한 '빽'은 호무 형님이었다. 나는 단편 하나가 되면 생생한 내 젊음이고 똥이고 한 달 치 밥이었던 그 원골 들고 호무 형님께 갔지만 형은 늘 태연했다.

담배 연기 저쪽 멀리서 들릴락 말락한 소리로 "균영아, 문학은 사후死後의 일이다"라고 말할 뿐 한 번도 내 원고를 실을 지면을 마련해 주지 않았다(못했다?).

우리는 지금도 남다르다. 채봉 형에게 나는, 그의 말을 빌리면, '세상의 유일한 동생'이었다. 내게도 형은 육친이다. ……그러나 우리는 변했다. 세계와 우리를 변화시키는 것은 시간, 시간에 따라 바뀌는 빛과 어둠.

호무 형님, 채봉 형, 모두 내 중학교 1학년 때 그대로…… 이제 모두 옛날이 아니다. 추억은 변함없지만 서로에 대한 마음은 때에 따라 변한다. 모두가, 모든 것이 그렇다. 그러나 어떠한 변화일지라도 그 바닥, 주기, 폭, 깊이에는 은밀하게, 끊임없이(?), 간헐적으로나마(?) 변함없는 옛 기억이 투영되어 있다. 우리의 삶은 미래를 향해 가면서 동시에 끊임없이 과거로 돌아간다. 이것이 현실이 전개되는 소설에서 과거가 차지하는 자리, 혹은 불변의 가치나 인간성 따위가 차지해야 할 자리가 아닌가.

나는 그때 문학청년들이 별 신통찮아 보였다. 형의 기억에 의하면 나는 "대통령이나 판사가 시인이라면 멋있지 않을까" 하는 정도였다. 어린 놈이, 우습다. 그럴 만한 이유가 있었다. 나는 무엇인가 크게 한판(?)을 해내야 했다.

보리는 밟히면 밟힐수록 뿌리에 힘이 생긴다

나는 우여곡절 끝에 서울의 세칭 일류 고등학교에 진학했다. 아버지는 나를 유학시키기 위하여 마지막 전답을 정리하였다. 고향을 떠나기 며칠 전 아버지는 나를 데리고 들로 나갔다. 아버지는 그날따라 묵묵히 말이 없었다. 들에는 파란 보리 싹이 돋아나 있었다.

"이렇게 추운데 보리 싹 좀 봐라!"

평생 보고 산 보리 싹 트는 것을 처음이듯 아버지는 황홀한 감탄을 섞어 말했다.

"이 논의 보리는 우리 손으로 갈았는데 이제 우리 손으로 거둘 수가 없다."

그것은 이미 남의 땅이었다. 아버지는 나의 등과 머리를 오래 쓰다듬었다. 아버지가 조용히 나를 불렀다. 나는 아버지를 올려다보았다. 아버지는 쓸쓸했다.

"나는 이 땅을 마지막으로 팔았다."

'천석'의 집안에서 태어나 전혀 경제 관념 없는, 중학교 사회 교사를 지냈던 아버지는 그가 물려받은 논밭과 산과 죽림竹林을 하나하나 처분하며 살아왔다. 이제 더 팔 것이 없었다.

"이 땅을 마지막으로 팔았구나. 이 땅을!"

아버지는 논두렁에서 갑자기 논으로 뛰어들더니 서릿발이 선 곳을 다독다독 밟았다. 차마 보내기 어려운 사람에게 정표를 주듯 아버지는,

"보리는 밟히면 밟힐수록 뿌리에 힘이 생긴다."

아버지와 나는 그렇게 한 두덕을 다 밟아 나갔다.

"객지에 나가면 고생이야 말할 것 없을 것이다. 그러나 이 보리를 생각해라. 그래서 이 땅을 다시 찾아라."

다시 찾아라! 빈 가슴을 울리고 나오는 듯한 아버지의 목소리는 겨울 들판으로 퍼져 나갔다.

"이 땅은 내가 산 땅이 아니다. 내 손으로 땀을 흘려 마련한 땅이 아니다. 이것은 너희 7대조 할아버지께서 맨손으로 돈을 모아 제일 먼저 산 논이다. 처음으로 이 땅을 샀을 때의 할아버지의 그 감격을 나는 어려서부터 전해 들으며 자랐다. 너희 3대 할아버지께서 임종을 하시며 너희 할아버지께, 너희 할아버지께서 임종하시며 내게 이 논만은 어떠한 일이 있어도 팔아서는 안 된다고 유언을 하셨던 게 이 땅이다."

이 땅이다! 이 땅이다! (단편 〈보리〉 중)

고향을 떠난 후 내 안에 두 개의 세계를 가지다

나는 고향을 떠났다. 그 후 나는 내 안에 두 개의 세계를 가지게 되었다. 그 하나를 나는 '동양'이라 부르며 다른 하나를 '서양'이라고 부른다. 할머니, 어머니, 집안, 이웃들, 몰락과 눈물, 한, 한없이 따뜻한 정,

가족에 대한 끝없는 헌신, 건강한 자연…… 이런 것이 이루는 세계가 동양이라면 주로 도시 생활 이후의 특성인 이성, 자아와 에고이즘, 불면, 경쟁을 이기려는 극기, 자유에 대한 갈망…… 이것들이 서양이다. 내 안에서(자주 소설 속에서도) 이 두 세계는 끊임없이 갈등하고 화해한다.

철저하게 혼자였던 고교 시절. 투병과 수차의 대학 입시 낙방은 이후의 나의 여러 면을 규정해 버렸을 것 같다. 나는 어디론가 떠나고 싶었다.

젊은 소설가 한강이 보내 준《여수의 사랑》을 읽으며 돌아본 여수 바닷가의 25년 전 초등학교는 그대로였다. 방과 후면 사이다 한 병에 빵을 사 들고 나는 학교 앞 섬의 남쪽 끝까지 갔다. 다복솔 아래에서 책을 읽고 사이다를 마시고 빈 병에 낙서를 써넣고 바다에 던지며 아르헨티나, 칠레, 인도, 필리핀을 생각했다.

나루터 주점에서 술을 마신 날이면 파꽃이 피어 있는 밭둑길을 걸어 신월리 바닷가로 나갔다. 그곳에 잔해가 있었다.

일제 시대 해군창이 있어 보급품을 나르는 경비행기가 그곳으로 뜨고 앉았다고 했다. 바닷속으로 난 활주로가 있느냐구? 썰물 때면 바다 속에서 활주로가 좀 더 길게 드러나곤 했다. 나는 어디로 가고 싶었다. 밤이면 신항의 술집에 앉아 있었다. 휘황한 불빛을 단 외국 선적의 배들을 보며 나는 끊임없이 밀항의 길을 찾았다. 어디로. 미국? 노르웨이? 영국? 스페인?

우리는 여름밤이면 평상에서 저녁을 먹고 강냉이를 뜯으며 할머니의 옛날이야기를 듣곤 했다. 우리는 길게 꼬리를 끌며 떨어지는 운석을 보았다. 별들 사이를 도는 인공위성을 보았다. 우리는 인공위성 나는 곳이, 운석이 떨어지는 곳이, 무슨 산 너머다, 무슨 동네 위다, 지리산 쪽이다, 섬진강 하구다…… 하고 짐작대로 말하곤 했다. 우리는 그때 내렸고 사실 그곳은 알 수 없는 곳이었다.

알 수 없는 곳.

내가 맡은 3학년들은 손해였다. 빛의 굴절 현상에 의해 나타나는 푸른 별이 엉뚱하게 설명되곤 했으므로.

옛날 바다 속에 한 마을이 있었단다. 유리구슬 속처럼 맑고 아름다운 곳이었지. 1년 내내 꽃이 번갈아 피었다. 물결에 담아 둔 노랫가락이 바람이 일 때마다 들려왔어. 사람들은 유리벽돌을 날라와 집을 지었다. 물풀과 꽃들로 울타리를 만들었어. 조개의 품에서 자란 진주들은 밤에도 환한 빛을 밝혔어. 아무런 걱정이 없었어. ……사람들은 별님 한 분을 모셔 오기로 했지. 그들은 물결을 일으켜 별님을 초대했어. ……약속대로 별님은 다음 날에도 바다에 왔어. 얘기했어. 하늘나라의 얘길 했어. 바다 마을 사람들은 황홀했어…… 그러는 사이 별님의 몸은 바다의 푸른 물빛에 젖어 버리고 말았다. 오늘 밤 찾아보아라. 저 푸른 별이다. (단편 〈사라진 나라〉 중)

여수는 오래오래 남았다. 지금도. 〈동동動動〉, 〈흑색의 죽음〉, 〈풍화작용〉 따위의 작품에 어려 있다.

8시간 초병 근무를 하며 나는 그때 이미 시인

3년의 군대 생활. 자아 개체로부터, 조직 사회로. 그러면서도 안으로 나는 더 깊어 갔다. 8시간 초병 근무를 하며 나는 그때 이미 시인이었다.

─별빛 아래서 나는 항상 모든 것으로부터 그리움처럼 멀리 있다.

─잎 진 참나무 숲 사이로 붉은 놀이 촘촘히 모자이크된 풍경은 좋다. 참을 수 없는 울분으로 나와 주위를 다 포기하려는 정점에서도 그 풍경을 떠올리면 고요히게 된다.

─일몰의 황혼을 보기 위하여 초소 안에서 등 뒤로 고개를 돌렸을 때, 창에 어린 내 자화상의 측면상을 보았다. 붉은빛이 반쯤 어린, 그리고 어둔 면이 짙은 코 언저리가 선명한 나를, 빛과 어둠이 어린 나를, 어디엔가 멀리 있는 그리운 나를, 내 안에서 내비치는 나를, 나를 자세히 보려고 창에 얼굴을 마주 대하면 나는 사라져 버리고 없다. 나는 어디에 갔을까.

─어느 구석에 쌓인 외롬과 고통이 이렇듯 자분정自噴井처럼 끝없이 솟아나는가. 영원히 아무 말도 하고 싶지 않다. 그러나 갑자기 세상의 모든 강과 바다를 거꾸로 흐르게 하는 힘을 가지고 싶다.

─밤에, 내 말짱한 정신과 무섭게 피곤한 몸뚱어리의 분리. 무엇 때문인지 모르게 울다. 내 숨죽인 흐느낌과 옆 동료들의 코고는 소리의 선명한 대비. 불안한 미래. (1973~1974년의 병영 잡기)

제대 후 한 후기대학의 사학과에 진학하다. 아버지는 오랜 세월 동안 투병 중이었고 두 동생은 대학 진학이 어려운 형편이었다. 나는 이제 어디론가 가 버릴 수 없었다. 나는 비참했다. 최소한의 인간다운 생활조차 멀었다. 끼니를 걱정하며 다만 등록금 걱정을 안 해도 되었으므로 대학에 다닐 뿐이었다. 나는 무엇인가 한판 벌여야 했다. 그러나 무엇을 할 수 있단 말인가.

나는 난생처음 소설 한 편을 쓸 수 있었을 뿐이다.《동아일보》신춘문예 당선작인〈바람과 도시〉가 그것이다.

저 따뜻한 어린 날의 고향집, 할머니, 어머니, 정다운 형제들. 돈과 관계없이도 건강하고 안락했던 시절. 기차를 보지 못한 시골이었지만 내 마음대로 반장도 되고 웅변도 미술도 1등일 수 있고 어느 여학생도 내가 손을 내밀면 주저 없이 허락하리라고 믿었던 때. 몰락한 천여 평의 낡은 집이었지만 여전히 '이진사 댁' '이오위장 댁' '이 부잣집', 큰

손자 장손이었던 때. ……이제 그 모든 것에서 나는 멀리 있었다. 그러므로 내 소설 쓰기의 시작은 저 고향에서의 자유, 의지에 따라 성취하고 소유할 수 있는 세계에 대한 권력의 지향이 아니었을까. 소설 속에서만이 나는 대통령도 판사도 되고 몰락한 집도 다시 세울 수 있지 않았을까.

나는 지금 저 역사의 인물들을 우리의 현실 속에서 만나려 한다

1984년 제8회 이상문학상을 수상하며 나는 한국 근현대사를 담당하는 교수가 되었다. 1986년 이후부터 1995년 장편 《노자와 장자의 나라》를 쓰기까지 나는 소설 쓰기와 완전히 절연, 가르치고 논문을 쓰고 이곳저곳 민민운동의 장場들을 기웃거리며 보냈다. 견고하고 빈틈없는 역사학계에서 혼자 서기 위하여 나는 쓰기는커녕 읽는 데도 잠시 동안을 빌려 줄 수 없었다. 그러나 소설 쓰기 혹은 '문학적'인 내 삶은 역사 연구를 포함한 나머지 생활 거의를 포괄하고 있었다. 그것은 역사학이 예술의 일반적 개념에 포괄된다는 의미는 아니다. 그러나 그 때문에 소설 쓰기와 절연하고 있으면서도 나는 정신적으로 여전히 '문학적'인 것에 머물렀다.

견디기 힘든 일은 역사학에서는 내가 창조적 작업을 해낼 수 없으리라는 생각이었다. 그러나 그것은 생각 속에서의 일이었고 나는 이것저것 논문을 쓰고 강의를 담당해 나가야 했다. 집과 연구실과 강의실을 잇는 삼각형 구도의 생활이 나를 장악했다. 세 정점의 안정과 균형을 지키려는 노력이 생활의 모두였다. 제일 먼저, 나를 깊고 풍성하게 해주는 독서의 즐거움이 사라졌다. 문학 서적은 말할 것 없고 철학과 사회과학 서적들을 접하는 것조차 꺼려졌다. 당장의 연구 성과를 쌓아 나가는 일에 그것이 오히려 방해가 된다고 생각했다. 얼마나 어리석은 생각인가. 사료를 뒤져 새로운 사실을 아는 기쁨 뒤에 조금씩 조용히 정체된 삶, 기능적인 삶에 대한 불안이 드리우는 걸 느끼곤 했다. (신채호 선생을 기리는 '단재학술상' 제8회 수상 기념 연설 중)

그러나 내가 쓴 역사 논문, 책들 속에는 개인을 타파하고 민족적 삶을 살았던 무수한 인물들이 등장한다. 그들은 누구였던가. 어떠한 가정 환경에서 자랐으며 지적, 경제적 환경은 어떠했던가. 3·1운동에서 어떤 역할을 수행하였는가. 학력은, 또한 직업은. 수형受刑 사실은 있는가. 민족주의 진영인가 사회주의 진영인가. 어떤 기준으로 그러한 구분이 가능한가. 어떻게 그들은 민족 혹은 사회주의 진영에 속하게 되었는가. 사회주의 진영이라면 어떠한 경위로 어떤 계파에 속하였는가.

그들은 왜 거기에 있었는가. 그들을 거기에 있게 했던 것은 무엇인가. 민족적 대의가 그들을 규정하였는가. 그들의 민족운동 참여의 동기를 신념이나 정서적 차원에서 말하는 것은 가능한가. 경제적 요인은 얼마만 한 비중으로 평가되어야 할까.

거기에 그치지 않았다. 그들의 옷차림, 운동 자금 조달 방법, 그들이 읽었던 책 등 궁금한 것은 헤아릴 수 없도록 많았다. 따라서 내가 추구하는 구체적이며 생생한 역사란 사람들의 역사이며 그 개개의 인물들이 역사와 사회 속에서 살아 움직이는 생의 과정으로서의 역사를 의미했다. (《신간회 연구》 머리말 중)

이제 나는 지금 저 역사의 인물들을 우리의 현실 속에서 만나려 하고 있다. 두렵고 초조하고 간절한 마음으로 '혼자' 저 문학의 길을 향해 가려 하고 있다. 나는 출발점에 서 있다.

이균영의 작품 세계를 말한다

어두운 분단의 저편
"〈어두운 기억의 저편〉은 대도시 샐러리맨의 불안한 일상사와
분단 문제를 절묘하게 결합시킴으로써
'분단'이라는 화두가 거창한 역사적 과제이기도 하지만
동시에 우리의 일상사와 무의식에까지 섬세하게 스며들어 있는
'살아 있는 감각'이기도 하다는 사실을
효과적으로 환기시키고 있는 것이다."

― 권성우(문학평론가)

어두운 분단의 저편

권성우(문학평론가)

'분단 문학'이라는 거대하고 다채로운 산맥에 또 다른 개성으로 나타난 작가

이균영의 중편소설 〈어두운 기억의 저편〉은 1983년에 발표되어 이듬해인 1984년에 제8회 이상문학상 수상작으로 선정된 작품이다.

소설가 이균영은 1977년 《동아일보》 신춘문예에 〈바람과 도시〉가 당선된 이래, 산발적으로 집필 활동을 전개해 왔으나 문단의 커다란 주목을 받지는 못했다. 그러나 바로 〈어두운 기억의 저편〉이라는 수작이 제8회 이상문학상에 선정되면서 이균영이라는 이름은 '분단 문학'이라는 한국 현대문학사상 가장 거대하고 다채로운 산맥에 또 하나의 개성적인 골짜기를 보탠 새로운 소설적 상징이 되었던 것이다.

이처럼 마치 혜성과 같이 자신의 존재를 강력하게 문단에 각인시킨 이균영은 그 후, 문제작 〈멀리 있는 빛〉을 발표하고 창작집 《바람과 도시》(문학사상사, 1985), 《멀리 있는 빛》(정음사, 1986)을 연이어 발간하면서 활발한 창작 활동을 전개하였다. 그러나 그는 한 사람의 소설가로만 만족하지 못하는 열정적인 영혼이었던 것 같다. 그는 소설가이기 이전에 한국 현대사를 전공한 한 사람의 역사학자이자 대학 교수였던 것이다. 때문에 이균영은 한동안 역사 연구에 몰두하면서 《신간회 연구》라는 탁월한 연구서를 출간하기도 했다. 아울러 '역사문제연구소'를 비롯한 진보적인 역사 연구와 학술 활동 전반에 대해서도 보통 이상의 열정으로 참여하기도 했다. 그가 이상문학상을 수상한 이듬해에 대학(동덕여대)에 자리 잡았다는 사실이 바로 이러한 그의 행보에 커다란 영향을 미쳤던 것으로 여겨진다.

그 후 10여 년에 가까운 세월이 흘러갔다. 10년의 세월이라면 그 어떤 화려한 예술적 후광도 '망각'이라는 섭리에 지배당하게 되는 시간이 아닌가! 이상문학상 수상자도 이러한 점에서는 예외가 아니었다. 그리하여, 이제 '소설가 이균영'이라는 이름이 문단과 독자로부터 차츰 잊혀질 무렵, 그는 평론가 이동하에 의해 "진정으로 감동적인 문학 작품이란 대체 어떤 것인가를 실감하게 하는 하나의 모범이다"라고 평가받은 장편소설《노자와 장자의 나라》(중앙일보사, 1995)를 약 10여 년 간의 공백 끝에 발표하면서 다시금 소설 쓰기에 자신의 재능과 열정을 활짝 펴 보이고 있는 것이다.

〈어두운 기억의 저편〉이 지니고 있는 문학사적 의미

작가 이균영에게 있어서 〈어두운 기억의 저편〉이라는 이상문학상 수상작은 자신의 문학적 이력에 있어, 영원히 향기로운 샘물이자 소중한 기원에 다름 아닐 것이다. 그만큼 이 작품은 한 작가의 문학적 이력에 있어서 '신기원'을 이룰 정도로 문제적인 작품으로 자리 매김 될 수 있는 것이다. 그렇다면 〈어두운 기억의 저편〉이 지니고 있는 문학사적 의미망은 무엇인가?

이 작품은 주인공이 필름이 끊겨 버린 지난밤의 술자리 여정을 역추적하는 장면으로 시작된다(왜냐하면 지난 술자리에서 주인공은 자신의 회사와 연관된 중요한 서류가 들어 있는 가방을 분실했기 때문이다).

중소 무역회사의 수입부 말단 사원인 주인공은 은행 일 때문에 거래 은행의 신 대리와 술자리를 가진다. 2차, 3차를 거쳐 진행된 술자리 끝에 주인공은 다음 날 아침, 자신의 집 방향과는 거리가 먼 엉뚱한 이문동의 여관에 있는 자신을 확인하게 된다. "정말로 엉뚱했다. 어떻게 해서 여기를 오게 된 것일까"라는 질문을 자신에게 던질 정도로 술자리의 막판 무렵 주인공의 필름이 끊겨졌던 것이다. 그런데 문제는 주인공이 가방을 잃어버렸다는 사실에 있다. 그 가방에는 회사 일과 연관된 중요한 서류가 들어 있었던 것이다. "혼자서 책임을 지면 그만일 일이 아니었다. 처음부터 서류를 다시 만들려면 두 달은 걸릴 것이다. 내일이면 대출을 받을 수 있는 수천만 원의 돈이 두 달 후로 미루어지는 것이다. 회사는 타격을 받을 것이다"라는 구절은 그 서류의 중대성을 극명하게 환기시킨다. 때문에 주인공은 전날의 술자리를 역추적하면서 자신의 가방을 찾으려고 노력한다.

전날에 들렀던 술집들을 순례하기도 하고, 자신을 이문동에 태워 주었던 택시 운전사와 재회하기도 하며 아침에 낯선 자신을 발견했던 여관을 다시 방문하는 등의 노력을 통하여 주인공은 자신의 무의식과 연관된 중대한 사실을 발견하게 된다. 자신이 이문동이라는 낯선 동네로 갈 수밖에 없었던 이유는 자신의 아득한 유년을 지배했던 상처, 그리고 자신의 무의식을 강력하게 지배했던 분단으로 인한 이별의 상처에서 연유했던 것이다. 그렇다면 주인공에게 있어서 이문동이란 과연 무엇인가?

어린 시절, 6·25 때 비행기 폭격이 진행되던 바로 그 당시 주인공은 어머니와 헤어지고 누이라고 생각되는 계집아이의 손을 꼭 잡는다. 헤어지던 마지막까지 어머니는 주인공에게 누이의 손을 꼭 잡으라고 간곡하게 부탁했던 것이다. "이 넓은 세상에 혼자 남으면 외로워서 못 산다. 손을 잡아라. 죽어도 헤어져서는 안 된다. 둘이서 손을 잡고 살아라"가 바로 어머니가 주인공에게 마지막으로 남긴 말이었던 것이다. 하여, 주인공과 누이는 함께 고아원에서 생활하기 시작하고, 주인공의 뇌리에는 그 계집아이가 바로 자신의 누이라는 인식이 자리 잡기 시작한다. 그러니까 주인공의 무의식에는 비행기 폭격 당시 손을 꼭 부여잡았던 그 계집아이가 자신의 유일한 핏줄로 자리 잡게 된 것이다. 그리하여 그들은 고아원에서 2년여간 함께 생활하게 된다. 그러나 누구보다도 예뻤던 누이는 낯선 사람에게 입양되어 둘은 결국 헤어지게 된다. 그 여동생(혜수)은 소문에 의하면 이문동의 박 치과 집으로 입양되었던 것이다. 그러니까 입양 때문에 헤어진 누이(계집아이)에 대한 아득한 추억이 술 취한 주인공을 다름 아닌 '이문동'으로 이끌었던 것이다.

　그렇다면 주인공으로 하여금 어린 시절에 헤어졌던 혜수에 대한 추억을 환기시킨 매개물은 무엇인가? 〈어두운 기억의 저편〉은 그 매개물이, 주인공이 통금 마지막에 들렀던 술집의 아가씨라고 말하고 있다. 그 아가씨는 다름 아닌 고아였던 것이다. 그 술집 아가씨의 존재는 너무나도 자연스럽게 주인공으로 하여금, 유년의 아득한 추억의 대상이자 무의식 속에 어슴푸레하게 남아 있던 존재인 '혜수'를 떠올리게 한 것이다. 다음과 같이.

　　이십 수년이 넘은 그가 까마득하게 잊어버렸던 일을 어젯밤 그는 잊지 않고 있었다. 그는 이미 기억하기도 어려운 일을 찾아나섰던 것이다. 생채기엔 새 살이 돋고 이제 흉터도 남지 않았던 평온한 외모와 단조로운 일상의 내부가, 아 술기운에 곪은 균들을 노출하고 말았다. 그는 자신이 알지 못하던 여러 개의 자신의 존재를 느낄 수 있었다. 하나의 존재도, 하나의 결론도 존재하지 않는다. 이제 그는 거우 가방 때문에 많은 그의 존재 중 하나를 만나고 있는 것이었다.
　　　　　　　　　　　　　—《1984년도 이상문학상 작품집》, 54～55쪽

　고아원에서 2년여 동안 함께 지내면서 한 핏줄의 정을 나누었던 혜수
가 입양된 동네가 바로 이문동이었다는 사실, 바로 그 사실이 술 취한
주인공으로 하여금 갑자기 무의식 속에서 택시 기사에게 20여 년 간 잊
혀졌던 지명인 이문동 박 치과로 가자고 부탁하게 만들었던 것이다.
　혜수와 헤어진 후, 주인공의 유년 시절 무의식에는 '이문동의 박 치
과'가 다음과 같이 강렬한 상징으로 또아리를 틀고 있었다. 다름 아닌
누이 혜수를 기필코 찾겠다는 다짐과 함께.

　　그는 여덟 살 때도 열 살, 열두 살 때도 그 다짐에 변함이 없었다.
　　이문동의 박 치과, 행여 잊을까 봐 꿈속에서도 되새겼다. 그가 작은
　　가슴에 새긴 이문동의 박 치과는 그의 표적이었다. 삶의 표적. 눈물
　　과 굶주림의 표적. 사랑의 표적.

　　　　　　　　　　　　　　　　　　　　　　　　—61쪽

　물론 주인공의 이러한 잠재적인 무의식을 발동시킨 또 다른 중요한
이유는 '밀밭'이라는 술집의 아가씨 '미스 민'의 존재였다. 그리하여
주인공은 우연히 가방을 찾은 뒤에도 술집 '밀밭'을 다시 방문하게 되
는 것이다.
　무엇보다도 다음과 같은 의문, 즉 "그녀가 그에게 보여 주었던 행동
은 알 수 없었다. 왜 그녀는 30분가량 술시중을 들어준 형편없이 취한
손님인 자기와 동행하고 동침할 마음을 갖게 되었을까"라는 의혹이 풀
리지 않았기 때문이다. 다시 만난 미스 민과의 대화를 통해서 해답은

자연스럽게 드러난다. 그 술집 아가씨와 주인공 모두가 자신의 정확한 나이를 모른다는 것, 즉 둘 다 6·25로 인해 고아가 되었다는 사실이 그들을 한순간에 자연스럽게 의기투합하게 만든 가장 구체적인 원인이었던 것이다.

> "'나는 내 나이를 몰라!' 이것이 아저씨가 외친 소리였어요. 어찌
> 나 큰소리를 내었던지 옆자리의 사람들이 고개를 빼고 넘겨다볼 지
> 경이었죠."
> (중략)
> "나도 내 나이를 모르거든요."
>
> —79쪽

미스 민과의 대화를 통해, 만취했던 주인공의 무의식에는 20여 년간 잊혀졌던 누이동생 '혜수'가 돌출했던 것이다. 미스 민에게서 주인공은 다름 아닌 '혜수'를 느꼈던 것이다. 그러나 그것은 취중의 일이었다. 다음 날 술이 깬 뒤에 주인공은 자신이 왜 이문동의 한 허름한 여관에 있는지를 전혀 기억하지 못했던 것이다.

전쟁 때문에 인생을 망친 두 사람의 만남과 대화는 이토록 애틋하고 서글프다. 그들의 기구한 운명은 한국 현대사의 가장 민감한 상처, 그 자체의 문학적 표상일 것이다.

〈어두운 기억의 저편〉과 분단 문학의 새로운 지평

지금까지 우리는 이균영의 〈어두운 기억의 저편〉의 내용 분석을 통해 이 소설이 분단 문제를 조명한 역작이라는 사실을 확인할 수 있었다. 그렇다면 〈어두운 기억의 저편〉의 문학사적 의미를 구체적으로 언

급하면 어떠한 점들을 얘기할 수 있을까.

우선 〈어두운 기억의 저편〉이 주목되어야 하는 이유는 분단 문제를 현대인의 일상사 속에서 자연스럽게 형상화했다는 점에 있다고 생각된다. 대부분의 분단 소설들이 주로 이념적 문제를 중심으로 분단 문제를 정공법으로 접근하고 있는 점과 달리 〈어두운 기억의 저편〉은 대도시 샐러리맨의 불안한 일상사와 분단 문제를 절묘하게 결합시킴으로써 '분단'이라는 화두가 거창한 역사적 과제이기도 하지만 동시에 우리의 일상사와 무의식에까지 섬세하게 스며들어 있는 '살아 있는 감각'이기도 하다는 사실을 효과적으로 환기시키고 있는 것이다. 그러니까 〈어두운 기억의 저편〉을 통해 비로소 분단 문제는 무거운 이념의 밀림과 거대한 역사의 광장을 지나쳐 현대인의 사소한 일상사와 긴밀하게 접목되었던 것이다. 〈어두운 기억의 저편〉을 읽은 사람들이 주인공의 흥미로운 초상에 대해서 연민과 동정, 공감을 느꼈다면, 바로 그 주인공의 일상과 추억, 삶의 역정에 대해서 우리 모두가 공감하고 있다는 사실의 반증일 것이다.

두 번째로는 〈어두운 기억의 저편〉이 드러내고 있는 풍부한 문학적 자질을 눈여겨보아야 할 것이다. 정확하고 세련된 문장, 빈틈없는 구성, 이야기꾼으로서의 재능 등등이 반짝이는 이 소설은 필자로 하여금 작가에게 좀 더 많은 시간을 소설 쓰기에 투자하라고 기꺼이 권유하고 픈 유혹을 제공하고 있다. 다행히 작가가 최근에 소설 쓰기에 다시 매진하고 있다고 하니, 그의 문학적 역량이 유감없이 발휘될 작품들을 앞으로 기대해 보아도 좋을 것이다.

소설가 이균영이 앞으로 소설 쓰기에 자신의 열정과 시간을 최대한 투자한다면, 그것은 한국의 역사학계에게는 커다란 불행으로 작용하겠지만, 한국의 소설 문단에게는 새로운 가능성으로 자리 매김 하게 될 것이다.

앞으로 이균영이 냉철한 역사학자로서의 삶과 개성적인 소설가의 삶 중에서 과연 어느 쪽에 더욱 커다란 비중을 둘지 흥미진진하게 지켜볼 일이다. 그가 〈어두운 기억의 저편〉으로 이상문학상을 수상했다는 사실만으로도 그에게는 소설가로서의 의무가 주어진 것이 아닐까?

'이상문학상'의 취지와 선정 방법
—알기 쉽게 풀이한 이상문학상 제도

  1. **취지와 목적** : 〈문학사상사〉(이하 주관사라고 약칭)가 제정한 '이상문학상(李箱文學賞)'(이하 '본상'이라고 한다)은 요절한 천재 작가 이상(李箱)이 남긴 문학적 업적을 기리며, 매년 가장 탁월한 소설 작품을 발표한 작가들을 표창하고, 《이상문학상 작품집》(이하 '작품집'이라고 한다)을 발행하여 널리 보급함으로써, 순수문학의 독자층을 확장케 하여 한국문학의 발전에 기여할 것을 목적으로 한다.

  《이상문학상 작품집》에 대한 독자의 관심이 고조됨에 따라 순문학 독자층이 광범위하게 형성됨으로써, 일찍이 한국은 물론 다른 나라에서도 유례를 찾아보기 어려운 순문학 중·단편집의 초장기 베스트셀러시대가 실현되었다는 것이 문단의 정평이다.

  2. **수상 대상 작품** : 전년도 심사 대상(對象) 작품의 마감 이후인 당해년도 1월부터 12월 말 사이에 발표된 작품은 모두 심사 대상에 포함된다. 문예지(월간지의 경우 당해년도 1월 초부터 12월 말일 이전에 발행된 '2월호'에서 다음 해의 '1월호'까지 포함된다)를 중심으로 해서, 각종 정기간행물 등에 발표된 작품성이 뛰어난 중·단편소설을 망라하여, 1년 내내 독특한 방법으로 예비심사를 거쳐 본심에 회부한다. 예비심사 과정에서는 물망에 오른 작품의 작가에 대하여, 대상 또는 우수작상으로 선정될 경우, 본상의 규정에 따른 수락 의사 유무를 직접 또는 간접적으로 타진한다. 중·단편소설을 시상 대상으로 하는 까닭은 문학의 중심이 장편소설에서 점차 중·단편소설로 이행하는 추세를 감안하고, 작품 구성과 표현에 있어서의 치밀성과 농축성으로, 깊고 강렬한 소설 미학의 향기와 감동을 자아내게 한다고 믿기 때문이다.

  3. **상의 종류** : 본상은 대상(大賞) 1명과, 10명 이내의 대상에 버금하는 작품에 대한 우수상을 선정하되 경우에 따라 복수의 대상 수상자를 선정할 수 있다. 그리고 기수상작

가를 포함하여 중견 및 원로작가의 문학적 공로도 감안해 당해년도의 뛰어난 작품에 수여하는 '이상문학상 특별상' 1명을 선정한다.

　4. **포상의 방법** : 본상의 포상은 제3항에 명시된 각 상의 매절고료가 포함된 현상금을 일시불로 수여하는 방법과, 판매 실적을 감안하여 추가적인 상여금을 지급하는 두 가지 방법 중 수상자로 하여금 수상 수락 전에 서면으로 그중 한 방법을 자유롭게 선택하게 한다.

　5. **'본상'의 현상고료** : 위 제3항의 '본상'의 대상(大賞) 중 일시불 방식은 발행부수와 관련없이 3,500만 원을 지급하고, 우수상은 각각 300만 원을 지급한다.

　위 항의 일시불 방식이 아닌, 발행 2년이 경과한 이후부터의 판매부수에 따른 추가적인 상여금을 원하는 수상자에게는, 2003년부터 1차로 시상 당시 대상(大賞) 수상자는 2,000만 원, 우수상 수상자는 200만 원을 지급하고, 작품집 발행 후 2년이 경과한 이후부터, 매년 말에 당해년도의 '작품집' 발행부수에 따라, 1부당 정가의 10%를 각 수상자별로 균분하여 10년간 지급토록 한다.

　6. **특별상(현상고료)** : 특별상은, 기수상작가를 포함하여 한국문학 발전에 공로가 현저한 문단의 원로작가 또는 '본상'의 우수상을 3회 이상 수상한 작가로서, 당해년도에 우수 작품을 발표한 작가에게 '본상'의 대상(大賞) 작품과는 별도로 수여하며, 현상매절고료는 500만 원으로 정한다.

　7. **예심 방법** : 예심은 월간《문학사상》편집진이 매 연도의 1년 동안 각 매체에 발표된 작품을 수집하여, 주관사의 편집위원과 편집주간 및 편집진으로 구성된 이상문학상 운영위원회에서 대학교수·문학평론가·작가·각 문예지 편집장·일간지 문학담당 기자 등 약 100명에게 수시로 광범위하게 추천을 의뢰하여 비밀리에 예비심사를 진행한다. 3회 이상 우수상을 받은 작가는 당해년도에 발표된 작품 중 뛰어난 1편을 선정하여 본심에 회부할 수 있다.

　그 모든 자료를 일괄하여 주관사 편집주간이 중심이 되어 편집위원들과 예심위원들의 의견을 수렴하여, 연간 2분기로 나누어 본심에 회부할 작품을 선별한다.

　이와 같은 독특한 예심 방법은 소수의 예심 및 본심의 심사위원이, 짧은 시일 내에 수많은 작품 속에서 본심에 회부할 작품을 선정하고 본심 심사위원이 단시간에 여러 작품을 심사하고 수상 작품을 선정하는 일반적인 문학상 심사제도의 단점을 보완하고, 되도록 문학 발전에 관심이 깊고, 전문 지식을 지닌 다수의 전문가에 의해 장기간에 걸쳐 많은 작품을 수시로 검토하여 심사 대상에 망라함으로써, 신중하고 세심한 예심 과정을 밟기 위한 것이다.

8. **본심 방법** : 예심을 거쳐 본심에 회부된 작품은, 권위 있는 평론가와 작가로 구성된 5인 이상 7인 이내의 심사위원회에 넘겨져, 수일간 개별적인 검토를 거친 후 본심 회의에서 최종 결정을 한다. 본심 회의는 대체토론을 통해 본심에 회부된 작품 가운데 10편 내외의 작품을 먼저 선정한다. 이 작품 속에서 1편(예외적인 경우 2편)의 대상(大賞) 작품을 선정하고, 나머지 작품 중에서 우수상 작품을 선정한다. 수상 작품 결정에 있어 심사위원의 의견이 일치하지 않을 경우에는, 무기명 비밀 투표로써 다수결 원칙에 의하여 최종 결정을 한다.

그러므로 이상문학상의 대상과 우수상은 모두 거의 동일 수준의 작품이라고 볼 수 있으며, 전문 문학인이나 독자의 주관적인 판단에 따라 그 평가는 달라질 수 있을 뿐이다. 그 때문에 한 번 우수상을 받은 작가는 대부분 자주 우수상을 받게 되며, 3~4회 내지 5~6회 만에 대상을 받게 되는 경우가 대부분이다.

9. **저작권** : 대상(大賞) 수상 작품(이하 '대상 작품'이라고 약칭)의 저작권은 본상의 수상 규정에 따라 주관사가 보유한다. 단, 2차 저작권(번역 출판권, 영화화·연극화 등의 저작권)은 저자에게 있고, 《이상문학상 작품집》 발행 후 3년이 경과하면 동 대상 작품을 저자의 작품집 또는 저자의 전집에 한해서 수록할 수 있다. 다만, 어떤 경우에도 《이상문학상 작품집》의 표제(대상 작품명)와 중복되거나, 혼동의 우려가 없도록 하기 위하여 대상 작품명을 대상 수상작가 작품집의 서명(書名, 표제작)으로는 쓰지 않기로 한다.

10. **이상문학상 작품집 발행** : 〈이상문학상 운영 규정〉에 따라 대상(大賞) 작품과 주관사가 본상의 규정에 따라 저작자의 승낙을 받은 저작권법상의 편집저작권을 보유한 우수상 작품 및 특별상 작품을 모아, 염가 대량 보급을 목적으로 《이상문학상 작품집》을 발행한다.

이 작품집은 이상문학상의 공정성과 권위를 독자에게 다시 묻고, 수록된 작품과 그 작가들에 대한 표창과 홍보의 뜻도 담고 있다. 한편 이 작품집은 해마다 문단의 작품 경향과 흐름을 알 수 있는 앤솔러지적인 성격을 띠고 있다. 또한 이 작품집은 아무리 세월이 흘러가도 한 사람이라도 독자가 있는 한 이윤을 초월해서 제한 없이 영구히 보급함으로써, 이상문학상과 그 수상작가에 대한 영원성과 영예를 오래도록 선양하고 세계에 그 유례를 찾아볼 수 없는 문학상 작품의 영원성을 유지케 한다.

그런 뜻에서 《이상문학상 작품집》은, 그 영예로운 작가와 작품을 일과성(一過性)이 아닌 영구적으로 널리 독자에게 보급하여 읽히게 하고, 그 작가에 대해 더욱 탁월한 작품을 창조하기 위한 끊임없는 격려와 기대의 뜻을 담고 지속적인 홍보와 보급에 힘쓰고 있다. 때문에 30여 년 전의 작품도, 계속해서 한결같이 널리 알리고 홍보를 계속하여, 독자의 관심권에서 벗어나지 않도록 하는 매우 독특한 작품집으로 정착되었다. 그러한 노력은 작품의 우수성과 더불어, 이 작품집이 매년 수많은 독자들에게 애독서로 선택되어, 20여 년 전의 《이상문학상 작품집》도 계속 새로운 독자가 끊이지 않고 있다. 그처럼 여러 작가의 작품을 보아 매년 한 권의 책으로 묶은 중·단편 창작 소설집이 장기간에 걸쳐 다량으로 발간되고 있는 것은 세계적으로도 매우 희귀한 예로 알려지고 있으며, 그것은 우리의 문학과 독자의 성장도와 함께 성숙도를 가늠케 하는 한국문학의 상징적 발전의 척도이기도 하다. 그 같은 예는 세계 제일의 출판대국이며, 인구만도 우리의 9배 내지 3배에 가까운 미국이나 일본에서도 찾아보기 어려운 순수문학 중·단편집의 대량 보급 현상과 아울러 순수문학 애호 인구의 엄청난 증가 현상을 말해 주고 있다.

11. 이상문학상 운영위원회 : 주관사의 발행인을 위원장으로 하고 월간 《문학사상》의 편집인과 편집주간 및 문학사상사 이사회가 선임한 3인의 위원으로 구성되며, 본상의 제도와 운영에 관한 모든 업무를 관장한다.

12. 이상문학상 심사위원회 : 이상문학상 운영위원회는 매 연도마다 5∼7인의 이상문학상 심사위원을 위촉하여 이상문학상 심사위원회를 구성한다.

동 심사위원회는 주관사의 편집주간의 주재로, 이상문학상의 대상(大賞)과 우수상 그리고 특별상을 수여할 작품을 심의 결정한다. 수상자를 결정함에 있어 의견의 일치를 보지 못할 경우는 무기명 비밀 투표로써 결정한다.

13. 규정의 수정 : 본 규정은 이상문학상 운영위원회에서 3분의 2 이상의 찬성으로 수정할 수 있다.

2002. 12. 20. 개정
문학사상사
이상문학상 운영위원회

제8회 이상문학상 작품집

초판 1쇄 1984년 10월 5일
 3판 5쇄 2020년 10월 26일

지은이   이균영, 서영은, 임철우, 윤후명
펴낸이   임지현
펴낸곳   (주)문학사상
주소   경기도 파주시 회동길 363-8, 201호(10881)
등록   1973년 3월 21일 제1-137호
전화   031)946-8503
팩스   031)955-9912
홈페이지 www.munsa.co.kr
이메일 munsa@munsa.co.kr

ISBN   978-89-7012-667-8 (03810)